W0061145

Eckhard und Regina Henscheid · *Die Zwicks*

Eckhard Henscheid
und Regina Henscheid

DIE ZWICKS

FRONVÖGTE, ZWINGHERRN UND VASALLEN

*Die Geschichte
einer bedeutenden Familie*

Haffmans Verlag Zürich

Titelbild: privat
Photo E. & R. Henscheid: Maria Henscheid

Der äußere Rahmen und die einschlägigen Zitate verdanken
sich Feld- und Quellenforschungen seitens der Autoren.
Der biogrammatischen Struktur des Ganzen
gleichsam einverwoben sind frei erfundene Einzelheiten
aus dem Privatbereich.
Im Namen des Rechts sei also auch der
gerichtsnotorische »flüchtige Durchschnittsleser«
dazu angehalten, Dichtung und Wahrheit
zu scheiden.

Copyright © 1995 by
Haffmans Verlag AG Zürich
Satz: Fosaco AG, Bichelsee
Herstellung: Wiener Verlag, Wien
ISBN 3 251 00272 4

Die Zwicks

OUVERTÜRE

»Selig, welchen die Götter, die gnädigen, vor der Geburt schon liebten, welchen als Kind Venus im Arme gewiegt, welchem Phöbus die Augen, die Lippen Hermes gelöset und das Siegel der Macht Zeus auf die Stirne gedrückt! Ein erhabenes Los, ein göttliches, ist ihm gefallen, schon vor des Kampfes Beginn sind ihm die Schläfen bekränzt. Ihm ist, eh er es lebte, das volle Leben gerechnet, eh er die Mühe bestand, hat er die Charis erlangt.«

Fürwahr, auf nur wenige Sterbliche trifft die große Friedrich von Schillersche Vision vom »Glück« (so der bekannte Gedichttitel) inniger und intensiver zu als auf jenen, von dem diese hier vorliegende Biografie zentral und im Kerne handelt. Und doch war es ein weiter Weg, im Rahmen einer langen Ahnen-, aber auch großen Leidensgeschichte, ehe der Stern Zwicks und der Seinen definitiv zu leuchten und ganz unübersehbar zu werden sich anschickte, ein Fixstern erster Größenordnung fürwahr, ein Komet, der da raketengleich, ja tornadoartig weiteste Räume durchmaß und wie ein Hurrikan durchstieß, ehe er dann mit Beginn der Neunziger Jahre südlich des deutschen Sprachraums (und wer dächte hier nicht an Goethe, Nietzsche, Platen) wieder zur Ruhe kam und mählich erlosch, vorerst immerhin erlosch — zusammen mit seiner Familie, die eine Dynastie Zwick zu nennen man heute tunlichst nicht länger anstehen sollte; gleich ob nun ihm, dem Nestor, Eduard Zwick also, noch in diesem zügig zu Ende gehenden Jahr 1994 vom Zwick-Untersuchungsausschuß des Bayerischen Landtags bei einer eventuellen Ladung freies oder immerhin sicheres Geleit zugesagt und gewährt wird; gleich auch, ob der gesundheitlich recht Angeschlagene zu der weiten, beschwerlichen

Reise dann auch tatsächlich entschließen sich wird; und ganz gleich, ob der momentane Ministerpräsident Stoiber, so wie die bayerische SPD hartnäckig insinuiert, schon 1987 über den Steuerfall, den sogenannten »Steuerfall« Zwick, informiert gewesen sein sollte oder auch – das dünkt uns heute entschieden wahrscheinlicher – nicht oder kaum.

»Des Menschen Seele gleicht dem Wasser«, so beschreibt es Johann Wolfgang von Goethe in seinem herrlichen Gedicht, und er fährt feurig fort: »Vom Himmel kommt es, zum Himmel steigt es, und wieder nieder zur Erde muß es, ewig wechselnd.« Und Goethe weiß weiter: »Strömt von der hohen steilen Felswand der reine Strahl, dann stäubt er lieblich in Wolkenwellen zum glatten Fels, und, leicht empfangen, wallt er verschleiernd, leisrauschend zur Tiefe nieder« (a.a.O.). Nun, auch E. Zwick scheint derzeit so manchem in der Tiefe angekommen, am Bodensatz seiner persönlichen Existenz und seines biografischen Werdegangs. Und dennoch gilt in weitesten Kreisen als ausgemacht, als unbestreitbar und auch letztlich unbestritten, daß, so abwärtsgeneigt die Inklination der Zwickschen Lebenskurve dem bloßen Auge momentan vielfach erscheinen mag, es doch in der unmittelbaren und auch der ferneren Nachkriegszeit kaum einen prismatisch funkelnderen und wahrhaft fontänehafteren Brillanten gab als den früh schon sogenannten bayerischen, ja deutschen »Bäderkönig«; daß es da kaum, ja schwerlich einen einflußreichen Landes-, ja sogar Bundespolitiker gab, welcher sich nicht Zwicks und seiner unbestrittenen und scheint's unbegrenzten Sachkompetenzen so gerne wie willig und auch häufig versichert und in der Folge nur um so lieber auch bedient hätte. Oft, vor allem so um 1972–78 herum, ging es in Zwicks Bad Füssinger Thermalbereich wie in seinen Privatgemächern »zu wie in einem Taubenschlag«, gaben sich die Minister wie die Staatssekretäre die Klinke ebenso in die Hand wie die normalen und herkömmlichen Heilungsuchenden und die gewohnten und gewöhnlichen Zwick-Vertrauten. Und wenn ein Ex-Ministerpräsident Max Streibl heute, genauer am 13. April 1994, laut eigener ʹ Aussage vor dem Landtagsuntersuchungsausschuß »jede Einmischung« in E. Zwicks sogenannte Niederschlagungssache während nämlich seiner, Streibls, Amtszeit als bayerischer Finanzminister, 1987, bestreitet (er erinnere sich jedenfalls nicht, so Streibl), dann kann man mit dem damals zuständigen Staatsanwalt Josef Weindl nur lachen und die Sache zurechtrücken dergestalt, daß diese »Sache« sehr wohl seinerzeit »auf Weisung von oben« (Abendzeitung vom 4.5.94) eingestellt und also jedenfalls vorläufig unschädlich gemacht worden sei. Das Signal dazu aber sei damals eindeutig »aus München« gekommen. »Und dann weiß man als kleiner Staatsanwalt, was man zu tun hat« (Weindl, ebd.).

Gleichwohl, ein Manko, ein Vakuum, eine Leerstelle bleibt. Bleibt und schmerzt. Eduard Zwick, ein Mount Everest, ja ein »Chimborazo« (Richard Röder) nachkriegsdeutscher Erfolgs- und Aufstiegsgeschichte und insbesondere Bädertüchtigkeit, jener also und nicht zuletzt, der da ab 1964 nach den bleibenden Worten von F. J. Strauß (und keinen Geringeren als ihn nannte Zwick über weite Strecken seines Lebens hinweg seinen besten Freund und langjährigen Weggefährten) »aus Wasser Gold gemacht« (Franz Josef Strauß) – jener mithin, der wie kein anderer das deutsche Wirtschaftswunder eingeleitet, wie dessen Symbol zügig vorangetrieben und endlich wie seine eigene Allegorie erfolgsgekrönt hat: – Zwicks Leben wie das der (gleichfalls am Erfolgsrausche partizipierenden) Seinen entbehrt gleichwohl noch immer der adäquat kompetenten Geschichtsschreibung, es harrte noch bis unlängst der schlüssig auskomponierten Biografie und der stringenten Gesamtdarstellung.

Harrte – es harrt nicht länger. »Alea iacta sunt« (Marc Aurel). So wie nämlich heute und in naher Zukunft die

Sache Zwick in landes- und fiskalpolitischer Hinsicht keinerlei Aufschub länger duldet, so leidet die Niederschrift der Familiengeschichte Zwicks – und schon die Ahnenreihe kennt ja nicht wenige Potentaten, Minister und machtvolle Exzellenzen – keine längere Säumnis. Der Biograf – er betritt allerdings Neuland, Brachland, Wasteland. Und es stünde wahrhaft beklagenswert um den Standard und Rang der zivilisierten westeuropäischen Menschheit, meßte oder mäße man diesen am z. T. erschreckenden Stand und Standort bisheriger und gegenwärtiger Zwick-Forschung, gleich ob Verhandlungsunfähigkeit nun wirklich gegeben ist oder von einschlägigen Interessengruppen lediglich und dolos simuliert wird, wie zu lesen ist. All dies, wie immer man es en detail und in nuce bewerten und taxieren mag – all dies immerhin gab den Ausschlag zum Startschuß für diese erste Biografie samt der ihr engst einverwobenen Familienchronik.

Wenig nämlich, ja praktisch nichts, hat die Menschen, hat die politisch interessierte Öffentlichkeit im letzten Jahr so bewegt, ja erregt und zuinnerst aufgewühlt wie das öffentliche, z. T. sogar publizistische und massenpublizistisch ausgeschlachtete Auftreten (ein »Erscheinen« könnte man es fast schon nennen!) der Familie Zwick rund um den oben schon flüchtig vorgestellten deutsch-banatstämmigen Heilarzt und sog. »Bäderkönig« Dr. E. Zwick, Bad Füssing, heute Südschweiz (Lugano u. a.). Ein Geschlecht von Giganten wurde da sichtbar, ja gleichsam gleißend aufleuchtend, vor dessen glänzendem Hintergrund heutige Führungspersönlichkeiten in Politik und Wirtschaft (und, nebenbei, auch Wissenschaft) sich fast wie Zwerge, ja Gnome ausnehmen in diesem auslaufenden, mit abermals Fr. Schiller zu sprechen so überaus schalen Jahrhundert – auch und gerade im Kon- und Metatext des sog. »Steuerfalls« Zwick.

Wir, ein bekanntes und weltweit erfolgreiches und preisgekröntes Bestsellerehepaar, haben hier mit dieser hiermit erstmals vorliegenden großen Zwick-Familiengeschichte nach unseren gemeinsamen Teamarbeiten über die Habsburger, die Pertinis und Frau Schratt nicht nur abermals einen Seller ersten Rangs gelandet und vorgelegt. Sondern wir haben damit auch, wie fast immer maßstabsetzend, einen neuen Standard moderner politischer Historiografie und Biografistik gekürt, ja für die nächsten Dekaden und Millennien ein für allemal festgeschrieben, und erhalten dafür nach der sehr verehrten Frau Prof. Dr. Gertrud Höhler voll zu Recht wahrscheinlich auch den mit 50 000 SFr dotierten Preis der Schweizer »Stiftung für abendländische Besinnung« (StaB).

»Die Zwicks – Geschichte einer bedeutenden Familie«: Wie das Uhlandsche und Schumannsche »Glück von Edenhall« (op. 143) zersprang und zerschellte das der Zwicks, es mußte fliehen dieses Land, fand Exil in der Schweiz (Lugano) und suchte dort abermals sein Heil in der Flucht vor der feilen Reporter geil wütender und hetzender Meute. Zurück blieb in der leeren Halle des dortigen neuen Oasendomizils zuweilen nur ein einsamer älterer Hund, von des Hauses und Geschlechtes einstiger Pracht kündend, indessen das altgewordene Ehepaar E. und A. Zwick gottweißwo letzte gesundheitliche Reserven für werweiß sein baldiges Erscheinen vor dem Jüngsten Gericht oder immerhin vor dem Untersuchungsausschuß »tankt«. Ja, der Anblick ihres Jammers möchte die Vanitas mundi selber zum Zeugen anrufen und ihr jene Zähren abpressen, die da Zwick in Strömen flossen, als und sobald er einst, fast dreißig Jahre vorher, die ersten zahllosen Kranken und zahlenden Heilsuchenden in Bad Füssing empfing und freundlichst bewillkommnete, hingeschmolzen vom tiefen Weh, vom jähen Jammer ihres Anblicks.

»Ein Potentat«, wie die gern- und vielgelesene Frankfurter Allgemeine Zeitung unüberhörbar anspielend auf seine hohe Familientradition und Ahnengalerie Zwick umreißt?

Dies auch. Auch dies. Mit Gewißheit indessen ist es auch und noch häufiger der Ecce-homo-Schmerzensmann, der jenem, und zumal vor allem jetzt im späten Lebensherbst der trotz aller eigenen Heilkunst schwersten Altersbürde, mehr als allzu oft das längst ja nicht mehr heiße, das leider nur mehr laue Wasser reicht.

14. Sept. 1994 — Tag der Kreuzerhöhung
Eckhard und Regina Henscheid

DER WEG AUS DEM BANAT

Unter Banat verstehen wir die historische Landschaft zwischen Theiß, Donau, Maros und den Südkarpaten; die größte Stadt heißt Temesvar; im fruchtbaren Tiefland finden wir Weizen-, Mais- und sogar Tabakanbau, daneben wie gewohnt Weinbau und Viehzucht, im Banater Gebirge (so die offizielle Bezeichnung der bis zu 1445 Meter hohen Berge) auch Kohle- und Erzbergbau.

Woher der Name? »Banat«, so hießen im Mittelalter mehrere südungarische Grenzmarken, die einem »Ban« (slaw.) unterstanden, ursprünglich also dem höchsten Würdenträger nach den kroatischen Fürsten – außerdem versteht man unter Ban (i. e. »Banus«) auch den Befehlshaber in den östlichen ungarischen Grenzmarken und bis 1918 gleichzeitig das Haupt der kroatisch-slawischen Landesregierung. Daher also der Name.

Seit 1718 war dieser Name »Banat« auf das Temescher Banat beschränkt. Diese Landschaft, seit 1028 zum Kgr. Ungarn gehörig, unter der Türkenherrschaft im 16. und 17. Jh. ganz verödet, fiel 1718 an Österreich, sie wurde größtenteils mit Deutschen, den sogenannten Banater Schwaben, neu besiedelt und 1779, kurz vor der Franz. Revolution, mit Ungarn vereinigt, südl. und östl. Teile gehörten weiterh. zur 1742 eingerichteten sog. Banater Militärgrenze (bis 1872). Durch die Verträge von Trianon und Sèvres (1920) wurde das B. zw. Rumänien (der Hauptteil, das Nord- und Ost-B. um Temesvar), Jugoslawien (ein kleiner Teil im W und S; O-Teil der Wojwodina) und Ungarn (um Szeged) aufgeteilt.

Genug, diesem Banat also entstammten mehrheitlich die Zwicks und Eduard Zwick zumal; ihm, Zwick, wurden seinerzeit noch im Banat von einer Zigeunerin die Karten gelegt dergestalt, daß er, Eduard Zwick, einst zu viel Gold kommen würde (den Autoren gegenüber gemachte Aussagen E. Zwick). Mag sein, daß der junge Dr. Zwick, nach einer offenbar notwendig gewordenen Zwischenstation als Tropenarzt in Sumatra, auch deshalb ins niederbayerische Füssing übersiedelte, weil ihm der Dreiklang Banat/Bad/Bayern im Sinne der zigeunerlichen Weissagung am einleuchtendsten und also erfolgverheißendsten erschienen war – schon zeit Zwicks Geburt war allerdings für Kenner ohnehin zu ahnen, daß aus ihm, dem kleinen Eduard, dereinst ein Großer werden würde, daß aus ihm vielleicht eine komplette Revolution des Bäder- und insbesondere Thermalbadwesens erwüchse, daß ihm gar dereinst die entscheidenden Energien zuwüchsen zur bayerischen Heimaterneuerung, zur geistig-moralischen Wende, ja praktisch zur fast gänzlichen und – wie im Bäderbereich mutatis mutandis – kompletten Parteienfinanzierung jedenfalls im Raum der das Banat und die spätere und neue Heimat symbolisch verbindenden Donau; jener also, die in dem bei Passau-Füssing den Strom erreichenden Inn ihren zweitgrößten, in der extrem kurvenreichen Theiß aber ihren größten Sohn und Nebenfluß besitzt; die Omina dergestalt noch weiterhin verdichtend und verschlüsselnd . . .

Woher genau kamen die Zwicks? Nun, in Anbetracht der derzeitigen und in aller Regel höchst hinterhältigen, ja infamen Unterstellungen, denen sich Zwick und seine Familie seit spätestens 1991 ff. nicht zuletzt durch eine gewissenlose Presse ausgesetzt sieht, geschürt noch durch die erschrecken machende Mut-, ja Instinktlosigkeit führender Spitzenpolitiker auf bayerischer Landes- und Kommunalebene, welche in z. T. übelstverleumderischer Weise heute vor dem bloßen Namen Zwick ebenso zurückzucken, wie sie ihm einst nur allzu hingegossen angehangen hatten und waren – angesichts dieser trostlosen Sachlage stellt sich die Frage heute besonders akut, andererseits ganz anders: Wer waren die Zwicks, was wollten sie, wessen waren sie in und mit aller Energie und Entschlossenheit und Entschiedenheit immerfort bemüht? Nun ja, der Verweis auf Geld und nimmermüde Geldvermehrung alleine und in dieser apodiktisch kategorischen Exklusivität genügt in dieser Form nicht, genügt heute ernsthaften wissenschaftlichen Profilanforderungen längst nicht mehr. Gewiß, Zwick war bald, ja in Windeseile, ein schwerreicher Mann, konnte schon zu Beginn der Siebziger Jahre im Überfluß und aus dem Vollen leben; und doch, er gab auch, und dies mit vollen Händen! Wer bezahlte denn seinerzeit dem »Bayernkurier« Scheinrechnungen in der Größenordnung von, so der Erkenntnisstand 1994, sage und schreibe 200 000 DM? Wer? Wer? Na eben! Dr. med. Eduard Zwick doch, und dies, ohne mit der Wimper zu zucken und ohne daß zumindest zum damaligen Zeitpunkt im eigentlichen Sachsinne entsprechende Anzeigen (Annoncen u. ä.) erschienen wären! Durfte da Zwick nicht umgekehrt ein gewisses Entgegenkommen in der schließlich über die allesverschlingenden Zinsen sich auf 72 Millionen Mark anhäufenden und ihn überwölbenden, ja praktisch gänzlich zudeckenden Steuerschuldsache erhoffen, ja billig erwarten? Denn Steuerschuldgleichheitsprinzip hin und her: Wenn Zwick heute dem Freistaat mit 70, demnächst womöglich bald 80 Millionen DM in der Kreide steht und dafür u. a. der sumatragebürtige Zwick-Sohn Johannes in der niederbayerischen U-Haft in Landshut einsitzt und in Ketten schmachtet, dann frägt man sich ja doch so dieses und jenes. Dann weiß man, was man weiß. Und wie war es damals wirklich? Gegen Dr. Zwick lief seinerzeit umgekehrt ein Strafverfahren an, das jedoch schon 1981 (!) gegen eine Geldbuße von sage und staune 300 000 Mark wegen Verhandlungsunfähigkeit eingestellt werden mußte.

Im übrigen fanden sich unter Zwicks Banater schwäbischen Vorfahren und Großahnen bereits höchste Würdenträger, Fürsten (»Bans«) und Reichsstatthalter, im Mittelalter auch Fronvögte und sehr edle Zwingherrn, in der genealogisch-genetisch sekundären Linie natürlich auch unzählige, vergleichsweise mindere Vasallen und Lehensleute. Als gewaltig und streng und oft unnachsichtig werden die alten Zwicks von der führenden ungarischen wie von der rumäniendeutschen Geschichtsschreibung summa summarum dargestellt – als unbarmherzig häufig, wie auch immer wieder als milde. Sanft und milde und freilich auch lebensklug waren sie, jawohl, wie in ihrer späten Nachhut jener »niederbayerische Lebenskünstler« (R. Finkenzeller a.a.O.) Eduard, der uns hic et nunc zuerst und zuvörderst interessiert und unsere Aufmerksamkeit und zugleich erhöhte Anteilnahme erzwingt und der u. W. auch damals im Banat schon seine Verlobte u. nachmalige Ehefrau Angelika kennenlernte. Zwick: der Name stand von Anfang an für Zweckmäßigkeit, zwingende Lösungen und zwischenmenschliche Mitmenschlichkeit im Sinne Galens und des Hippokrateseids von 410 v. Chr. usw., sowie für Zwicks spezielle allgemeinärztliche Vorbilder Theophrastus Bombastus v. Hohenheim, Johann Andreas Eysenbarth (aus der Bad Füssing nahen Vohenstraußer Gegend), Mesmer und R. Virchow. Freilich, über Virchow ging Zwick nichts, bei Virchow ließ er nichts anbrennen. Vor Virchow zog Zwick auch noch in seiner eigenen medizinisch-ärztlichen Glanzzeit absolut den Hut.

Nur zu plausibel, daß ihm, Virchow, deshalb auch Zwicks damals langsam heranreifende und an der Banat-Universität vorgelegte Inaugural-Dissertation zur gefl. Erlangung der Dr.-Würde mit dem im weitesten Sinn chirurgoorthopädisch-pharmakologischen und totales Neuland betretenden Thema »Über den Einfluß aminonitrilhaltiger Verbindungen auf die Wundheilung« (gedruckt bei Ludwig Müller, 17 S.) gewidmet ist und logisch und voll zu Recht die Note rite bona fide mit Stern erlangte.

Befanden sich auch vordem schon unter Eduard Zwicks
schwabendeutschen Vorfahren berühmte Heilsgelehrte –
oder doch Praktiker und andere Kapazitäten? Ja und nein.
Nein, sofern man jenen Johann Gottlieb (»Amadeus«) Heinrich Zwick hinzuzählt, so da seinerzeit den ungarischen
König Arthur zu heilen sich anschickte, dabei auch zuerst
sich gar nicht ungeschickt anstellte, zuletzt aber dann doch
wegen großer Inkompetenz voll auf die Schnauze fiel, und
den wir hier also doch lieber rasch vergessen wollen. Ja,
wenn man sich entschließt, Cesare Lombroso und Theodor
Billroth (1829–1894), den Freund Johannes Brahms' und
führenden Magengeschwürexperten seiner Zeit, hinzuzu-
zählen. Wenn! Ich sagte: wenn!

Aber wer tut das schon.

In aller Regel brachte das Geschlecht, die Dynastie, die
nachmalige Hegemonie der banatbeheimateten Zwicks, wie
sie vermutlich und nach unseren Unterlagen ab 1732 auf-
brachen und in hellen Scharen und mit klarumrissenen
Land- und Gelderwerbszielvorstellungen ins rumänisch-
donauschwäbische Terrain auswanderten, vor allem groß-
artige Fürsten, Physiker und Förster hervor – Eduard
Zwick war u. W. praktisch der erste, der dem Namen Zwick
auch in Medizinerkreisen guten Klang verlieh, ja ihn als
Nestor in die europäische Medizinalgeschichte ein für allemal eingravierte.

Zwick ein geistiger Nachfolger von Carl Zellers Berg-
werksdirektor Zwack (»Der Obersteiger«, 1894) und dessen
Vollender zugleich? Das auch. Allein nicht nur. Etwas ande-
res kam hinzu. Etwas Neues. So noch nie Dagewesenes.
Ganz und gar Einzigartiges. Singuläres. Das einen Zwick
von allen Vorgängern abhob. Und von seinen Rivalen,
Nachahmern, Nachäffern. Nennen wir es den Koeffizienten,
den Faktor Xplus. Wir werden auf ihn zurückkommen.
Strauß selber, in seiner politischen Weitsicht, entging dieser
Faktor ja keineswegs. Im Gegenteil. Was sonst hätte ihn,

Strauß, den ähnlich veranlagten »Politiker mit Weltmaßstab« (G. Tandler), veranlaßt, sich derart eng auf Zwick
einzulassen, auf ihn sich zu konzentrieren, mit E. Zwick sich
über Jahre hinaus zu verbünden?

Was? Was?

Eben.

Woher gleichwohl, nochmals, der Name »Zwick«? Nun,
die hin und wieder zu hörende Vermutung, hier handele es
sich um eine Hommage, eine Reverenz an den und vor dem
zumal bayerischen Ausruf »Au weh, Zwick!« (etwa: Na, ob
das mal gutgeht! Oder: Oha! Schon erwischt!) – diese Vermutung, so geist- und phantasievoll sie auch für sich ein-
nimmt, hält näherer Betrachtung doch nicht Stich. Sondern
Zwick – die entsprechende Einlassung von Edmund Stoiber
hin und her – kommt etymologisch-phonemgeschichtlich
aus dem Alemannisch-Ungarischen und bedeutet etwa:
Huld, Sinn, Tao.

AUF NACH SUMATRA!

Ehe er dann später in Niederbayern endgültig sein Glück machen wollte, ging Eduard Zwick eine Zeitlang als Tropenarzt nach Sumatra (ARD-Tagesthemen 10.4.94); dort wurde ihm u. W. auch sein einziger Sohn Johannes geboren, jener mithin, nach dem der Vater später das Bad Füssinger Thermalbad benannte; oder vielleicht auch in umgekehrter Reihenfolge. Der Tropenarzt ist ganz ohne Zweifel fraglos einer der gefährlichsten und aufopferungsvollsten Berufe überhaupt (vgl. auch Albert Schweitzer, Mutter Teresa u. v. a.), doch Zwick zeigte sich ihm voll gewachsen. Der junge Mann hatte bereits seine Ehefrau kennengelernt, die uns schon flüchtig bekannte Frau Angelika Zwick – mit Vergnügen und gleichzeitig mit höchster Einsatzbereitschaft machte er sich also an die Malariakranken und an die von Schlafkrankheit und sonstigen Gebresten befallenen Eingeborenen von Sumatra – und genoß doch gleichzeitig das Glück der jungen Ehe. Ja und insofern oft sogar doppelt »vor Freude brüllend stand der Löwe da« (J. Haydn, Die Schöpfung), wenn und sobald er seine fast genauso kraftstrotzende Löwin stillvergnügt beäugte, um sie dann alsbald abermals heimzusuchen – ja, ein tolles Leben war das dortmals da unten in Sumatra und auch sonst in Hinterindien –, und wer immer heute Zwick sen. unbefugt attackiert, ihn gar der Unredlichkeit in diesem frühen sumatreischen Stadium zeiht, der sollte und muß wissen, daß Zwick und gerade Zwick es war, der damals die Tsetsefliege als den Erreger der Schlafkrankheit in und an den Eingeborenen ebenso unbarmherzig bekämpfte wie den bösartigen Verursacher des Wechselsumpf- und Tropica-Fiebers (Malaria), die Anopheles-Fliege, u. a. in der Gestalt der vielleicht allergrößten Geißel der Menschheit, der absolut teuflischen Trypanosoma gambiense.

Natürlich rückte Zwick nebenbei auch der Diphtherie auf den Leib, meist mit dem von Emil Behring um 1900 erfundenen Serum, mit den 51 Aminosäurebaugruppen des von Ernst Ferd. Sauerbruch entdeckten Insulins senkte er gleichermaßen nimmermüd die Blutzuckergehalte und bekämpfte nebenher alle möglichen Stoffwechselinsuffizienzen; auf dem Gebiet der Abwehrfermentbildungen aber setzte er stark auf die Vorarbeiten von Emil Abderhalden.

Und Krebs? Na, da kamen natürlich nur die Therapien des alten Nobelpreisträgers Otto Heinrich Warburg (1931) für Zwick ernsthaft in Betracht.

Sumatra versteht sich im übrigen als eine Insel des Malaiischen Archipels, es umfaßt 118 000 Quadratkilometer und 107,5 Millionen Einwohner. Die Hauptstadt stellt Jakarta – und es ist diese auch gleichzeitig (was Wunder!) der politische und wirtschaftliche Kern ganz Indonesiens.

Noch 17 Vulkane sind heute auf Sumatra oft tätig, im Osten ragen sie als Einzelkegel auf: Merapi, Semeru (mit 3676 m ü. M. der höchste Berg von ganz Sumatra), Bromo. Die Südküste weist die bizarren Formen des trop. Kegelkarstes auf; die Küstenebene im N ist teilweise kaum erträglich versumpft. Das Klima kann als geradezu klassisch tropisch angesprochen werden. In der Pflanzenwelt herrscht im W immergrüner Regenwald vor, wie er dann Zwick vorzüglich das Herz erfreute; im O überwiegt der laubabwerfende Monsunwald mit wirtsch. bed. Teakholzbeständen (größtenteils Pflanzungen). Nur noch 23 Prozent der Fläche sind waldbedeckt. Große Städte sind neben Jakarta Surabaya, Surakarta, Semarang, Bandung und Yogyakarta. Angebaut werden in Sumatra Reis, Kokospalmen, Mais, Zuckerrohr, Tee, Kaffee, Tabak, Chinarinde, Kautschuk, Kakao. Im Nordosten wird Erdöl gewonnen. Die Industrie hat hauptsächlich in den Hafenstädten Fuß gefaßt; gut ausgebautes Straßen- und Schienennetz aus holl. Zeit kam auch immer wieder mal E. Zwick bei seinen zahllosen Krankenvisiten sehr zustatten.

Die Kunst auf Sumatra entwickelte sich im Dienst des Brahmanismus und Buddhismus jahrhundertelang als Zweig der indischen Kunst; erst in letzter Zeit kam auch etwas Brahms in den Konzertsälen dazu. Die sumatreische, d. h. westmalaiopolynesisch-indonesische Sprache der austronesischen Sprachfamilie wird in verschiedenen Dialekten in Zentral- und Ostsumatra, in einem Teil von Westsumatra und sogar in einigen Regionen von Java, Borneo und Celebes gesprochen. Kennzeichnend für sie sind besonders die sog. fünf Rangsprachen, deren Anwendung vom sozialen Status, vom Verwandtschaftsgrad und – was Zwick bei seiner Ankunft in dem Maß vielleicht noch gar nicht wußte – vom Alter der Gesprächspartner abhängt.

Nun, was das betrifft, Eduard Zwick und die Seinen verständigten sich in dieser ersten Zeit notgedrungen mit einem alten banatgefärbten Englisch und später mit einem passablen Ostindonesisch, einem sozusagen moderat selbstgefertigten Esperanto-Polynesisch, um genau zu sein – im medizinisch-fachwissenschaftlichen Bereich selbstverständlich mit Latein und Kirchenlatein. Ja doch, die Sache lief und – was immer Stoiber heute dagegen vorbringen mag – ließ sich gar nicht schlecht an, die erste fette Kohle fiel scheppernd in die Geldkiste (Bankkonten gab es damals auf Sumatra noch nicht, und das war für den jungen Zwick auch besser so) – und dann am Abend, wenn die Glocken über dem Berg Semeru Frieden läuteten und der Vögel wundervolle Züge gegen Borneo abdrehten: Ja, da mochte es denn immer wieder sein, daß Zwicks Blick auf die holde Gattin fiel, auf die süße Knospe ihres jungen Mundes, der zieren Nase leises Flügelatmen, aufs zarte Augenpaar, den seelenvollen Blick, mit dem sie diesen voller Anmut voll auf

Zwick und dann auch über das Gesinde gleiten und wohl schweifen ließ – und dann und dann:

Ihr reizender Gesang! Der Stimme zartest ach liebselig zährenweher Klang. Achachach!

Ja, eine schöne Zeit war das damals da drunten in Sumatra, und wenn heute, offenbar »i. A.« Stoibers, ein sogenannter CSU-Fraktionsvorsitzender Alois Glück hergeht und unkt, dem »Spiegel«-Gespräch mit Ed. Zwick Anfang April 1994 seien »viele Andeutungen«, aber »herzlich wenig Fakten« zu entnehmen und genannter Zwick überhaupt in dieser Hinsicht »nicht gerade präzis gewesen« (FAZ vom 8.4.94): So mag auch dies ein Erbe, eine partielle Prägung Zwicks durch seine Sumatrazeit sein, eine späte Folge seiner erst nachher bekanntgewordenen vorteilhaften Beeinflussung durch die Welt des Brahmanismus und Hochbuddhismus: die verschleiernde Rede ein später Reflex der frühen Zwickschen Schulung durch das berühmte verschleierte Bild von Sais. Und wenn Glück weiter berichtet, soviel er wisse, sei das Verhältnis Zwick–Strauß »zum Schluß gespannt« gewesen, eben weil der Arzt seine leidige Steuerangelegenheit partout nicht habe in Ordnung bringen wollen, dann darf man doch umgekehrt und zurückfragen: Hat denn Strauß vor seinem Ableben am 3.10.88 (Regensburg) selber immer alles in Ordnung gehalten? Laut Nachrichtenmagazin »Spiegel« wissen seine drei Kinder noch heute nicht einmal so richtig, wo genau, auf welchen Bankkonten im einzelnen, das ganze schöne – von keinem anderen als von E. Zwick mit angelegte – Geld in der Schweiz herumflackt!

Dies ist die Wahrheit. Die volle Wahrheit über Strauß!

ENDLICH IN NIEDERBAYERN

Von Sumatra aus ging es dann für die Familie Zwick weiter und wieder zurück ins niederbayerische Füssing, wo sich Zwick, Frau Zwick, der Sohn Johannes und die allerdings noch nicht geborene Tochter (Luitgard) bis in die Achtziger Jahre hinein gemeinsam niederließen.

Niederließen allerdings nicht zum Rasten. Sondern Zwick richtete alle seine sieben Sinne, seine, wie der Mediziner sagt, medulla oblongata, auf das Finden, das Aufspüren und den Erwerb warmer Wasserquellen, Thermen, wie der Lateiner es nennt. Zwicks »Prinzip Hoffnung« (E. Bloch) lautete damals zu jeder Zeit und unter allen Bedingungen auf den Erwerb oder aber das Ansichreißen einer jener zuerst 1938 erbohrten, 1953 bei einer konstanten Temperatur von 56 Grad Celsius als anerkannte Heilquellen zugelassenen Thermalquellen im gegenwärtig 5500 Einw. zählenden niederbayerischen Bade- und heutigen Kurort im Landkreis jenes Passau, in welchem damals schon zumindest mittelbar und »immateriell«, gleichsam spirituell, ja konspirativ die Fäden gesponnen wurden zu Zwicks späterem Lebensstern Franz Josef Strauß; jenem also, der, wie man inzwischen längst weiß, damals im Zusammenhang der später häufig sogenannten sowohl Fibag- als auch »Onkel Aloys«-Affaire mit dem seinerzeitigen Pressezar der »Passauer Neuen Presse«, Johann Evangelist Kapfinger, in der engsten, ja der allerengsten Verbindung stand.

Mit der nur dem Banatschwaben eigenen eisernen Energie arbeitete damals Dr. Ed. Zwick sich vorwärts, immer enger und unverzichtbarer in die Thermenthematik hinein – und siehe, schon 1964 wurde Zwick mit einer akkurat 56 Grad Cels. starken Quelle fündig, ließ sie in der Registerabteilung

des Bayerischen Innenministeriums eintragen (Nr. II B3 –
9305 b 54), zahlte 100 000 DM für das betr. Grundstück –
und war ein gemachter Mann. Allerdings nur im Prinzip.
Die »goldgräberartige Entwicklung« (E. Zwick) der Ther-
maldinge mit ihren dann in den Achtziger Jahren zweistel-
ligen Millionengewinnen stand praktisch noch am Anfang,
»in statu nascendi« (Franz Josef Strauß), ja, noch mußte
Zwick sich erst ordentlich einarbeiten, in das wissenschaftliche und banktechnische und versicherungsstrategische Ge-
flecht des neuentstandenen und später auf praktisch Milliar-
denumsatzumfänge hochschnellenden Bäderwesens hinein,
Zwick kämpfte um jeden Zentimeter, gab nicht mehr auf
noch nach, und fand sich dabei bei aller heißen allg. Kampf-
schlacht doch im geborgenen Gefühl des gleichsam schüt-
zenden Umfelds, eines Vereins nämlich von ähnlich gesinn-
ten und gesonnenen Mitbewerbern und Widersachern. Ja
Deutschland und zumal Süddeutschland war damals noch
immer »bewohnt von gemütlichen, aber etwas peinlichen
Wurzelzwergen« (E. Maletzke, George Eliot, p. 142), aber
eben auch gleichzeitig von ragenden Persönlichkeiten wie
Kapfinger und Flick und Strauß und Zwick und – etwas
weiter im Landeswesten – dem auch schon langsam hoch-
und emporkommenden jungen Kohl – doch, Zwicks Anwartschaft auf die Quelle und mithin den ganzen späteren
Ruhm und Segen war damals im Prinzip vom Land Bayern
und seinen allerhöchsten Behörden bereits im Kern ebenso
gebilligt wie die spätere Verfügungsgewalt; auch Zwicks
späteres Ansinnen an die Finanzbehörden um vorläufige
Stundung fand zuerst kaum ernstlichen Widerstand und
– auch wenn Tandler und seine Hintermänner wie Streibl,
Stoiber, Nüssel heute vor der Presse etwas anderes behaup-
ten sollten – um so mehr willige Fürsprecher. Ja, Zwick
stand in diesen noch einigermaßen notigen Zeiten des allseitigen Neubeginns der zweiten Wiederaufbauphase schon
wie eine Eiche im Sturm – wie eine Erscheinung in der

Füssinger Senke mochte er damals so manchem erscheinen –, kurzum, wer ihn, Zwick, damals traf, der wußte, hier
hatte er es mit einem Mann und Banatdeutschen zu tun, für
den Ciceros Lehrsatz »Veni, vidi, vici« zutraf wie auf schwerlich einen anderen. Nicht einmal Kapfinger. Höchstens
Strauß noch selber.

Nun gut also, zuvor war Zwick aus Sumatra wieder frisch
und wohlgemut und braungebrannt aus- und zurückgewan-
dert und mit ihm die Seinen, und wer sich heute vom jungen
Zwick und seiner stählern braungebrannten Schönheit ein
Bild machen möchte, der tut gut daran, ihn, Zwick-Senior,
am heutigen noch jungen Zwick junior (»Johannes«) zu
messen – doch, nicht nur die jungen Madln waren es damals
in Füssing, Passau und noch im etwas südlicheren Braunau,
die sich nach dem noch immer mit etwas fernöstlicher Exo-
tik und Bronzehautfarbe brillierenden »Newcomer« um-
drehten. Dabei war Zwick ja quasi erst frisch verheiratet, ja,
noch in Sumatra war es ihm gelungen, seine Gattin Angelika
Zwick heimzuführen und damit seine »Ranzzeit«, wie der
»schlaue Fuchs« es selber clever nannte, mehr oder weniger
zu beenden, indem er sie, Angelika, zwang, ihn, den damals
schon in jeder Beziehung »mit allen Wassern (!) gewaschenen
Krösus« (so der angesehene Roswin Finkenzeller noch im
Frühjahr 1994 in der FAZ!) zu erhören – ja, eine »Gattin
hold und anmutsvoll« (Haydn, Die Schöpfung) war ihm,
dem vor Freude brüllenden Löwen (a.a.O.), ja schon vor
den Thermalquellen zugefallen, und es war dies akkurat
jene, die (laut »Spiegel« vom 11.4.94) darüber wehklagte
und sich selbst anklagte dergestalt, ganz »schön blöd« seien
beide, sie und Zwick, damals mit ihrer Freigebigkeit gegenüber der CSU gewesen. Jetzt habe man den Salat.

Und im Unterschied zu Marianne Zwicknagl, der späteren
und (gleich ihrer Tochter Monika Hohlmeier) schon reich, ja
steinreich als Konsuls- und Brauereibesitzerstochter geborenen Gemahlin des späteren bayerischen Ministerpräsiden-

ten, des damals weltweit berühmten F.J. Strauß, war sie, Angelika Zwick, vordem arm wie eine Kirchenmaus geboren worden. Wahrscheinlich und nach unseren Unterlagen gleichfalls da unten im Banat.

Im übrigen erfolgte Zwicks damalige bzw. schon früher erfolgte Bewerbung um seine Frau A. Zwick noch durchaus jenseits der heute kurrenten strukturalistischen, in diesem Fall systemtheoretischen Sehweisen und Optiken dergestalt, Liebe sei – im spektakulären Bedeutungswandel seit dem romantischen Begriff – ein intimes System »symbolischer Codes« und insofern zu verstehen »als ganz normale Unwahrscheinlichkeit« (Niklas Luhmann, Liebe als Passion, Zur Codierung der Intimität. 8. Aufl., Frankfurt/M 1994, Suhrkamp Verlag); auch wenn Zwick damals schon gewisse Sympathien für Luhmanns nachmaliges integrales Axiom mitbringen mochte, Liebe bestehe in der Übernahme je wechselnden Ideenguts (Thermalbereich) durch den Liebenden, womit »Ideal« und »Paradox« der Liebe zur Konkordanz gezwungen würden. Nicht viel hielt Zwick seinerzeit auch von der Liebe als einer schwindelerregend metaphysischen Romanze. Sondern vielmehr zwangen Zwick seine ärztliche Ausbildung und sein unverbrüchliches naturwissenschaftliches Ethos zu einer nüchternen Sehweise mit der – allerdings dann doch wieder »romantischen« – Pointe: Es habe die Evolution dem Homo sapiens eine starke Bereitschaft eingepflanzt, sich Hals über Kopf zu verlieben, und dies verhältnismäßig »unselektiv«, vulgo wahllos – und dies wiederum vorzüglich darum, auf daß zwischen Wildfremden rasch eine starke Bindung und mithin eine doppelte Motivation, gemeinsam Kinder großzuziehen, entstehen möge. Gewiß, so streng, ja rigid Zwick im allgemeinen, und dies durchaus anders als der junge Strauß, gegens unselektive, ja wahllose Kopulieren (im Kuhstall, im Beichtstuhl und weißderteufelwo) bei jeder sich bietenden Gelegenheit sich aussprach: Der zweckgebundenen Pragmatik im Sinne von I. Kants Praktischer Vernunft schwor Zwick seit seiner Lehrzeit in Sumatra niemals ab – und so auch nicht in seiner, wie er es immer wieder humoristisch und nimmermüd nannte, »Ranz-, ja Brunftzeit«. Im Grunde war das Ziel von Zwicks wiederholter Bewerbung um Frau Zwick dasjenige, das Laurence Sterne schon am 9.7.1767 seiner Braut Eliza ungeschminkt brieflich nahelegte: »Bis wir einander näher sein werden, wird mein Leben nicht viel mehr sein als ein Traum.«

Der Lebenstraum beider als tertium comparationis aber lautete, wir erwähnten es schon, im Fall Zwick sodann: Bad, Bad, Bad. Badbadbad.

Ja, nicht nur »alle Gestirne«, wie Goethe in seinem herrlichen Gedicht (loc. cit.) schwärmt, »weiden ihr Antlitz im glatten See« des Wassers und seinen vom Wind lieblich umbuhlten Wellen – die neuen Besitzer taten es ja auch und oft und reichlich. Ansonsten gefiel und behagte es den Zwicks in Niederbayern sehr gut, in jenem 10 331 Quadratkilometer (1992) großen (und mithin wenn auch viel kleineren als Sumatra) Landstrich also überwiegend südlich der Donau und des Böhmerwaldes und seiner Ausläufer, in diesem kleinen Land mit dem bewährten Verwaltungssitz Landshut und nahe der Domstadt Passau, einer der, laut A. v. Humboldt, sieben schönsten Städte der Welt. Ja, all das sagte ihnen sehr zu, den Zwicks, denen dann im Lauf der Zeit ja auch sogar noch eine Tochter Luitgard geboren wurde, die später zeitweise auch noch mit der reizenden Monika Hohlmeier-Strauß eng befreundet und liiert war.

Doch, Zwicks Welt stand und ebenso sein Weltbild – und Zwicks Wert und Anwert zeigten sich sodann aber nicht einmal so sehr bei der Direktion und zügigen Expansion der von ihm dann in der Folge – Hommage an den »Filius patris« (Strauß) – so genannten Bad Füssinger Johannes-Thermalbadquelle; sondern recht erst in den nächsten

Jahren, Dezennien und Dekaden. Er, Zwick, abstammend von armen frühschwäbischen Auswanderern, z. T. gesellschaftlich inferioren Zauberern, Hasardeuren, Desperados und Moriskentänzern – er, der körperlich kleine (ca. 1,64 Meter, wohlwollend geschätzt) Mann hatte es voll geschafft. Gewiß, um den 10. Dezember 1968 herum war der neue »Bäderkönig« und »Hoffnungsträger« (Bloch) des Treibens schon etwas müde; auch stieß Zwicks seinerzeitiges Ansinnen an das Wasserwirtschaftsamt Passau-Süd, auch noch den Inn oder wahlweise die Donau durch das Zwicksche Füssinger Thermalbad (sog. »Zwick-Bad«) zu leiten, zwar zuerst auf lebhaftes Interesse, schließlich aber doch auf ganz erheblichen Widerstand; gewiß zwang Zwick schon damals temporäre Not resp. ein Liquiditätsengpaß zu zeitweilig verschärftem Vorgehen gegen die zumal ostbayerischen Steuerbehörden: Allein bald fing Zwick sich wieder, sehr bald sah alles schon wieder anders aus, weißgott, obwohl sich damals Strauß noch keineswegs für Zwick verwendete oder jedenfalls verwandte; wenn auch, laut Angelika Zwick heute, schon zuweilen umgekehrt sie, die Zwicks, für Strauß und Consortes. Jedenfalls, auch wenn die übergeordnete fiskalpolitische Kontrollbehörde den berühmten Dr. Eduard Zwick damals schon im Auge, ja im Fadenkreuz hatte und manchmal mehr als ein Auge zudrücken mußte, so war es dann doch wieder Zwicks Persönlichkeitsausstrahlung und -strahlkraft, welche später selbst höchste Machthaber (Tandler, Huber, womöglich sogar Stoiber, wahrscheinlich Streibl) immer wieder blendete und wiederholt sogar hinriß. Ja, so und nicht anders war das damals, und jedenfalls so manche, die damals, in dieser frühen Thermalperiode, sei's in Bad Füssing unter der abendlichen Dorflinde, sei's im Schlagschatten des Passauer Doms und umrauscht vom Vollklang der größten Orgel der Welt, sei's gar auch schon in München bei den beginnenden großen internationalen Thermalkongressen, der jungen Familie Zwick ansichtig wurden, brachen nicht selten in laute Hochrufe aus und warfen begeistert ihre Hüte in die Luft:

Warmes, ja heißes Wasser aus der Erde, das war doch was; das war doch des Rätsels Lösung!

Hah!

BAD FÜSSING, JOHANNESBAD

»Umgeben von weitläufiger Natur und Ruhe. Ein Ort der Ruhe und Entspannung, eine Insel der Heilung und Erholung, ein Zentrum des Lebens.« So stellt sich heute in ihren Informationsgrundlagen die Johannesbad Reha-Kliniken AG 94067 Bad Füssing Postfach 1151 Fax (8531) 232986 selber dar (»Die Insel – Bad Füssing, Dolce vita in Gesundheit«), und dies mit vollem Fug. Denn: »Geborgenheit finden und sich wohl fühlen. Umsorgt und verwöhnt werden, sich behandeln und betreuen lassen, Schmerzen lindern oder heilen, Kraft und Energie schöpfen. Kuren verschönt das Leben. Wo? In Bad Füssing« (loc. cit.).

Im einzelnen heißt das: Die Kurhäuser sind »Orte der Unterhaltung« – der Kurpark »ein gesunder Treffpunkt Gleichgesinnter«. Beides zusammen ergibt eine »Oase der Sinnlichkeit« – es gibt aber auch »stille Begegnungen an heimlichen Ufern – weit weg von allem anderen«. Und zumal dies das geltende Gebot ist: »Spielerisch ernsthaft, lust- und freudvoll oder diszipliniert. Je nachdem . . .«

Insgesamt kann man also absolut zu Recht und total legitim als von »Die andere Kur« als dem heutigen Bad Füssinger Markenzeichen insgesamt und insbesondere dem des Johannesbads sprechen.

Denn kurzum, Bad Füssing will »das Auge verwöhnen«, es will »lustvoll kuren« helfen nach dem Motto »Genießen und die Seele verzaubern« (ebd.) und dabei sogar »die Seele wiederfinden« und schließlich auch noch »Gefühle neu entdecken« (ebd.). Den der Schrift beigefügten Fotos nach zu schließen, geschieht dies auch beim Flirten, Rotweintrinken, Radfahren, Tennisspielen und beim abendlichen festlichen Gesellschaftstanz mit Pauken und Klavieren. Denn:

»Möglichkeiten gibt es genug.«

Die Kurverwaltung im engeren Sinn befindet sich heute in der Rathausstraße 8, D-94072 Bad Füssing, Fax 21367; Auskünfte über Bahnverbindungen und Ihre Fahr- und Platzkarten erhalten Sie durch unseren Bundesbahn-Schalter Kurallee 15. Die Bahnstation lautet: Bahnhof Pocking-Bad Füssing, Tel. (08531) 4017 und 41436.

Die Kur im engeren Sinn richtet sich in Dauer und Umfang nach der Art der Erkrankung und dem Befund des behandelnden Arztes. Im allgemeinen ist eine 4-Wochen-Kur zu empfehlen.

Laut Heilwasseranalyse der Füssinger Thermen, erarbeitet von Akad. Direktor Dr. D. Eichelsdörfer, Institut für Wasserchemie und chemische Balneologie der Technischen Universität München (Auszug), beträgt die Wassertemperatur, wie bereits mehrfach erwähnt, 56 Grad Celsius, der pH-Wert liegt bei 7,7. In einem Liter Wasser sind enthalten (Kationen): Natrium 302,5 mg, Kalium 17,0 mg, Magnesium 3,80 mg, Calcium 24,8 mg und Eisen 0,16 mg; die entsprechenden Äquivalentwerte betragen 13,16 mmol, 0,435 mmol, 0,313 mmol, 1,238 mmol und 0,006 mmol; die Äquivalente in Prozent belaufen sich derzeit auf 86,85, 2,87, 2,07, 8,17 und 0,04 (zusammen 100,00) % (Prozent).

An entsprechenden Anionen liegen an:

Fluorid 6,19 (0,326 bzw. 2,14), Chlorid 165,3 (4,663 bzw. 30,55), Hydrogensulfid 2,80 (0,085 bzw. 0,56), Sulfat 8,04 (0,167 bzw. 1,090002), Hydrogencarbonat 611,2 (10,2 bzw. 65,66), Summe: 1142 (15,26 bzw. 100,00).

Dem fügt sich die Bäderordnung des ganzjährig geöffneten Johannesbads Reha-Kliniken AG Bad Füssing (Niederb.) aufs sinnvollste. An Bewegungsbädern stehen heute zur Verfügung das Medizinische Bewegungsbad, das angrenzende und ins Freie führende Bewegungsmassagebad, das Strömungsmassagebad (durchgehende Wasserfläche unter einer kleinen Brücke hindurch), das Gegenstrombad, das

Isokinetische Bewegungsbad mit isokinetischem Aquatrai-
ning bei 27–30 Grad Cels. und das neuartige Kneipp-Tret-
becken. Als kurortspezifisches Heilmittel im Johannesbad
steht gleichzeitig und darüber hinaus das System der sogenannten »Thermal-Schwefel-Gas-Bäderkombination« (ein
Novum!) zur Verfügung mit seinem Felsen-Sprudelbad (7),
dem Luftsprudelmassagebad (8), dem Thermal-Wellenmassagebad (9), dem Hyperthermalbad (37–39 Grad Cels.) (10)
und schließlich und endlich mit dem Inhalationsdampfbad
mit 60 (!) Grad Raumtemperatur – wir sprechen von Celsius!

Dem schließt und paßt sich im Inneren an die Kranken-
gymnastik samt Elektrotherapie im 1. OG, die Infothek mit
Gesundheitsbildung, Solarien und Ruheräumen im 2. OG,
Massagen, Fango, Inhalation und Wannenbäderbehandlun-
gen werden durchgeführt im TG – den Badezugang (mit
Behandlungsannahme, Garderobenschränken und Kabinen)
hat man im EG zu suchen, mit bequemem Durchgang auch
zur Caféteria.

Kurz sei die Geschichte der Johannesquelle und mithin
des Johannesbads (Stammhaus) sowie der Reha AG (Dach-
firma) referiert: Am 25. August 1964 – der Tag war regenlos
und sonnenschwer – begann mit dem Fündigwerden der
Johannesquelle (Nr. II B 3 – 9305 b 54) der definitiv un-
aufhaltsame Aufstieg Bad Füssings zum international anerkannten Heilort. Der bekannte Wissenschaftler Prof. Dr.
K.E. Quentin vom Institut für Wasserchemie und (wir
stießen oben schon auf den Begriff) Balneologie an der
Technischen Universität (vormals: Technische Hochschule)
München charakterisierte seinerzeit die Einmaligkeit der
Johannesquelle im Vergleich zu anderen Quellen in Europa
folgendermaßen:

»Der herausragende Unterschied besteht in der idealen
Kombination von drei Eigenschaften, von denen jede für
sich schon allein eine balneologische Rarität darstellt: die
hohe Quelltemperatur, ein erhöhter Mineralstoffgehalt von

über einem Gramm pro Liter, der den Mindestgehalt von Mineralquellen topweit überschreitet, und schließlich die hervorstechende Eigenschaft in der europäischen Bäderlandschaft, der bemerkenswerte Schwefelgehalt von 3 mg pro Liter, der die geforderte Grenzzahl von 1 mg pro Liter erheblich überschreitet und damit die besondere Heilkraft der Johannesquelle ausmacht.«

Zur Bäderordnung ist ferner zu sagen, daß sie Ihnen und allen Patienten zu einem reibungslosen Ablauf des Heilverfahrens verhelfen soll. Wir sind sicher, daß Sie für die genannten Regelungen Verständnis haben, da diese letztlich auch Ihrem Wohlbefinden und einer erfolgreichen Heilbehandlung dienen.

Unter den gasförmigen Stoffen bietet die Johannesbad-Klinikengesamtheit auf: Freies Kohlendioxyd im Umfang von 36,3 mg (0,825 bzw. 18,36) bei 0 Grad Cels. und 1013 mb (760 mm Hg) sowie an Schwefelwasserstoff (H_2S): 0,51 (0,015 bzw. 0,333333 ml) bei den gleichen 70 mm Hg-Grundbefindlichkeiten.

Die Heilwirkung der Johannesbad Reha-Kliniken AG schreibt sich her aus verschiedenen Quellen und Ursache-Wirkung-Korrelationen. Schon erwähnt wurde oben die in Europa wahrlich einmalige Zusammensetzung des Thermalwassers (Quelltemperatur 56 Grad Celsius!), sie bewirkt, zusammen mit anderen Faktoren des Kuraufenthaltes, eine völlige Umstimmung des Organismus und damit eine Wiederherstellung der körpereigenen Abwehrkräfte. Die ungewöhnliche Wirksamkeit der Thermen macht es erforderlich, daß die Kurmittel auf Verordnung eines mit den ortsgebundenen Heilmitteln vertrauten Arztes jeweils nach Art und Schweregrad des entsprechenden Leidens abgegeben werden.

Der in den Thermen vorhandene Sulfidschwefel wird dabei durch die Haut aufgenommen und vorwiegend an erkrankten Körperstellen abgelagert. Weitere Mineralien und Spurenelemente sind ebenfalls von besonderer Bedeutung für den Heilungseffekt. Die Wärmewirkung in Verbindung mit der besseren Durchblutung und dem verstärkten Abtransport schädlicher Stoffwechselprodukte führt an den erkrankten Körperteilen (Gelenke, Wirbelsäule u. m. a.) zu rascher Beschwerdeabnahme und Schmerzfreiheit. Damit beginnt der Heilungsuchende, Vertrauen in seine Genesung und endlich vollständige Gesundung zu gewinnen und wiederzugewinnen. Nähere Auskünfte erteilen neben Ihrem Arzt auch Ihr Therapeut, die medizinischen Bademeister des Klinikums und unser gesamtes Personal gerne und gehen mit den entsprechenden gewünschten Erklärungen und Auskünften zur Hand. Im Foyer des 2. Obergeschosses (Aufgang zu den Ruheräumen) finden Sie zudem eine Informationsstelle, die jedenfalls werktags besetzt ist. Was die Abreise anlangt, so werden die Kosten mit Ihrem Versicherungsträger direkt verrechnet, sprechen Sie bitte am Abreisetag am Schalter »Unterschriften« im Eingangsbereich vor.

Bäder und Badezeiten: Das Bad ist täglich von 6.45 Uhr bis 18.00, während der Winterzeit immerhin bis 17.00 Uhr geöffnet. Eine Übersicht über die einzelnen Bäder finden Sie unschwer in der Heftmitte.

Die Heilanzeigen haben ihre Betreffnis insbesondere und vor allem in den Bereichen der Rheumatischen Krankheiten (chronisch entzündliche Gelenkerkrankungen, chronische Polyarthritis, PCP, bzw. rheumatoide Arthritis und Arthritiden anderer Genese), Wirbelsäulenleiden (Spondylose, Spondylarthrose), Bandscheibenleiden (Chondrose bzw. Osteochondrose), Bandscheibenvorfall (Nucleus-pulposus-prolaps), Hexenschuß (Lumbago oder auch »Lumperlkrankheit«), Migräne (cervicale), chronisch entzündliche Prozesse an Wirbelgelenken, Bandscheiben (der Kon-Verfasser, E. Henscheid, kann ein Lied davon singen und wird sich sofort nach Abschluß dieser Biografie und Familiengeschichte zum »Auskurieren« nach Bad Füssing verfügen) und am Bandapparat (Morbus Bechterew bzw. Spondylitis ancylopoetica), Fehlhaltung der Wirbelsäule und Fehlstellung der Wirbelsäulenkörper, Wirbelsäulenverkrümmung mit statischen Beschwerden (nach M. Scheuermann, Kyphoskoliose, Hyperlordose, Rundrücken, Schweinerücken, hohlrunder Rücken, Gibbus, Spondylolisthesis), Wirbelsäulenschwäche (Wirbelsäuleninsuffienz), Deformierungen der Extremitäten und Gelenke sowie allerlei Stoffwechselkrankheiten, Herzerkrankungen, Herz-, Kreislauf- und Durchblutungsstörungen, Kreislaufkrankheiten, Lähmungen (Akrocyanose, Erythrocyanose, Endangiitis obliterans bzw. Morbus Winiwarter-Bürger, Morbus-Raynaud, Arteriosklerose), Lähmungen schlaffer und spastischer Art, Frauenkrankheiten (Adhäsionen), myotendinitische Schmerzsyndrome und allgemeine Stresskrankheiten, wie sie ja gerade heute immer und immer wieder vorkommen.

Das Tragen von Bademützen ist aus hygienischen Gründen »Pflicht« (Dr. med. Johannes Zwick). Damen und Herren mit langem Haar werden gebeten, dies unter die Bademütze zu geben. Die einschlägigen Badeanlagen dürfen nur mit Badeschuhen betreten werden, denn wo Nässe ist, herrscht, so Dr. J. Zwick (a.a.O.), trotz spezieller Fliesen und Bodenbeläge ständig Rutschgefahr und mithin Grund zur Befürchtung neuer Bandscheibenschäden.

Gegenanzeigen in Bad Füssing betreffen trotz aller Vorsichtsmaßnahmen akute Entzündungen aller Art, maligne Tumoren, bis 5 Jahre postoperativ, schwere körperliche Erschöpfungszustände (Kachexie), Infektionskrankheiten, auch tuberkulöse Prozesse (sofern nicht deren Inaktivität gesichert ist). Schwere, nicht ausgeglichene (dekompensierte) Herz- und Kreislaufkrankheiten gehören gleichfalls zu den »unerwünschten« Kurfolgen, aber allzu ernst sollte man das nicht nehmen, allzu ängstlich sollte man da keineswegs sein (mündliche Aussage: Dr. J. Zwick jun.), und wenn heute z. B. eine »rote Renate« Schmidt (SPD) hergeht

und über die Dörfer zieht und dort erzählt, bei der Bad
Füssinger »Waschanlage« (gemeint: Bäderkomplex) handelt
es sich doch letztlich nur um eine lange Zeit gutgetarnte
»Geldwaschanlage« (sic!) der Besitzerfamilie, deren langjäh-
riger Senior-Chef und Ober-»Krösus« (FAZ vom 8.7.94)
sich heute auch noch als vernehmungsunfähig bezeichnen
lasse und zuvor schon abgesetzt habe (Lugano, Schweiz),
obzwar momentan »weder die Justiz noch der Bayerische
Landtag weiß, wie krank er ist« (a.a.O.): dann kann man nur
entgegnen, nur replizieren und kontern, daß die Bad Füssinger Johannesbad Reha-Kliniken AG sich seit 30 (!) Jahren
medizinisch wie therapeutisch wie prophylaktisch volle
Pulle bewährt hat! Da beißt die Maus keinen Faden ab! Auch
im heiklen Bereich der chirurgischen Nachbehandlungen!
Astrein Spitze! Gerade die sehr gefährlichen Callusbildun-
gen oder die gefürchteten Rückstände nach Prellungen und
Gelenkverletzungen, nach Blutergüssen und Muskelverlet-
zungen: Einwandfrei! Voll paletti!
    Oder nach diesen komplizierten Gelenkoperationen oder
– mehr noch! – diesen Totalendoprothesenimplantationen in
die Hüft- und Kniegelenke: In Bad Füssing jederzeit. Keine
Bedenken. Unwahrscheinlich saubere Arbeit.
    Ganz anders als z. B. im konkurrierenden Bad Kohlgrub
(Obb.), wo man ja wochenlang praktisch nur im Moor-
schlamm rumliegt. Dessen therapeut. Nutzwert darüber hinaus ja noch nicht einmal bewiesen ist . . .
    Währenddessen jenes Foto, welches Zwick sen. zusam-
men mit seinem Landesvater F. J. Strauß am Bad Füssinger
Thermal-Schwefel-Gas-Bäderrand zeigt, wie sie freundlich
auf ein paar badende ältere Frauen hineinplaudern und
-lachen, ja doch klar beweist und illuminiert, wie wohl sich
hier alles fühlt. Aktive und sogar Zuschauer.
    Die medizinische Betreuung in Bad Füssing erfolgt
seit vielen Jahren durch – selbstverständlich frei zu wäh-
lende – frei praktizierende und z. T. als Kurarzt für Bade-

arztschein aller Kassen zugelassene – Ärzte und Internisten; sowie durch Augenärzte, Frauenärzte, Allergologen (derz.: Dr. med. Ute Joeres-Hartmann, ja, der emanzipierte Doppelname hat sich auch in Bad Füssing unter den immer als etwas rückständig verspotteten »Quacksalbern« herumgesprochen und eingebürgert!), Neurologen, Psychotherapeuten, Urologen, Zahnärzte, Apotheken, Heilpraktiker, Krankengymnasten (staatl. geprüft u. anerkannt) sowie zahllose staatl. geprüfte Masseure und Physiotherapeuten, welche mit den Kassen in der Regel eine Kurmittelverrechnung anstellen. Die Behandlungspreise sind jeweils durch Aushang in den einzelnen Instituten klar ersichtlich.

Dabei steht die moderne Cafeteria im Erdgeschoß grundsätzlich allen Patienten offen. Diese können dort speisen oder auch Getränke, Zeitungen etc. kaufen und käuflich erwerben. Man nehme aber Speisen und Getränke nach Möglichkeit nicht mit in den Außenbereich bzw. Badebereich. Der Verzehr selbst mitgebrachter Speisen ist im gesamten Badebereich aus guten Gründen nicht gestattet und faktisch verpönt.

Sehr geehrte Patienten, wir begrüßen Sie herzlich in der ambulanten Abteilung der Johannesbad Reha-Kliniken AG in Bad Füssing (Ndb.). Bedenken Sie bitte, daß überall, wo viele Menschen zusammenkommen, gewisse Regelungen unerläßlich sind. Diese machen ein harmonisches Zusammenleben überhaupt erst möglich. Wir wiegen uns in der Gewißheit, daß deshalb die genau elaborierte und eingehendst ausgetüftelte und praktisch allen Umständen unermüdlich und unverbrüchlich Rechnung tragende und Tribut zollende aktuelle Badeordnung der Bad Füssinger Johannesbäderklinik Reha AG allerorten aller irgend Beteiligten Verständnis findet und bei eingehenderem Studium praktisch nur zufrieden und einsichtig nickende Köpfe findet. Dabei ist das Fotografieren in den Therapeutischen Anlagen und Einrichtungen des Johannesbades ganzjährig kaum oder nicht gestattet, das Duschen im Johannesbad vor dem Baden aus hygienischen, medizinischen und allgemeinen Gründen hingegen und hinwiederum Pflicht. Einseifen im Verbund und in etwelcher irgend gearteter Koalition mit Thermalwasser kann unter Umständen zu unverhofften Hautreizungen führen und sollte deshalb unter fast allen Umständen so strikt wie stracks unterlassen werden.

Die Temperatur des Hyperthermalbads beträgt in aller Regel 37 bis 39 Grad, also deutlich mehr als etwa die des deshalb auch deutlich entfernten Strömungsmassagebads (33, höchstens 35 Grad). Die Thermalbäder und die ganzjährig verabreichte physikalische Therapie werden getragen von der Gemeinde Bad Füssing (Kurmittelhaus, Therme I, Kurallee 1), vom Zweckverband Bad Füssing (Kommunales Kurmittelhaus, Therme II, Kurallee 23) und vor allem vom Johannesbad (Therme III, Johannesstraße 2, Tel. 231, Fax 232972). Die Behandlungspreise und Kurbeiträge errechnen sich aus den allgemeinen Grundlagen und liegen zwischen 6 DM (Badezusatz) und 98 DM (Zehnerkarte/Bewegungsbad als kontroll. Selbstbehandlung). Besonders eignet sich Bad Füssing mit seinen vorerwähnt hochwertigen Sulfidschwefelverbindungen, Kationen und Anionen sowie gasförmigen Stoffen zur Behandlung von gesetzlich anerkannten und unter bestimmten Voraussetzungen von den Kranken- und Rentenversicherungsträgern kostenmäßig übernommenen Rheuma-, Muskelrheuma- und Muskelhärteschwächen sowie zur allgemeinen Regeneration (»Bad Füssing – Dolce vita in Gesundheit«, o. J., p. 26 ff.); fernerhin zur Stoffwechselanregung, Entschlackung, bei Umweltschädigungen, Stresskrankheiten, Erschöpfungszuständen sowie in einem Atemzug im Sinne der allgemeinen Linderung von generellen und motorischen Altersbeschwerden sowie sonstig irgend denkbarer Insuffizienzen. Dies setzt in der Regel einen Antrag beim zuständigen Kostenträger voraus. Auskunft hierüber erteilen die örtlichen Verwal-

tungsstellen der Krankenkassen, die Rentenversicherungs-
träger oder gemeindlichen Dienststellen. Auch der behan-
delnde Arzt ist über das Kurantragsverfahren im allgemeinen gut informiert und wird beratend zur Seite stehen.
Weitere Informationen erhalten Sie jederzeit oder jedenfalls
untertags von unserer Kurverwaltung Tel. (08531) 22 62 45
sowie 22 62 46 bzw. von Ihrem Kostenträger. Die Wahl der
Unterkunft richtet sich nach Ihrem Gusto – wir bitten um Ihr
Verständnis, daß wir hier keine speziellen Häuser namentlich
nennen und expressis verbis weiterempfehlen dürfen, das
verletzte die Richtlinien der Fairness und insbesondere die
Grundsätze der deutschen Hotel- und Logisordnung
(s. auch a.a.O., p. 31). Bei Ihrer gleichwohl erfolgreichen
Unterkunftssuche ist Ihnen aber die Kurverwaltung jederzeit ziemlich gerne behilflich. Gegenanzeigen: keine. Die
Wärmewirkung des Sulfidschwefels und des warmen Wassers in Verbindung mit der verbesserten Durchblutung und
dem verstärkten Abtransport führt an den beschwerten und
beschwerlichen Teilen oft zu rascher Beschwerdenerleichte-
rung bzw. -linderung usw. Damit (bei einem durchschnitt-
lichen pH-Wert von derzeit aktuell 7,7 per anno) beginnt der
Heilungsuchende Vertrauen in seine Genesung neu- oder
doch wiederzugewinnen.

Was Wunder, daß unter diesen Umständen da auch ein
junger Arzt namens Dr. Eduard Zwick, aus dem Banat und
zuletzt sogar aus dem fernen Sumatra kommend, Mor-
genluft witterte und nicht zurückstehen wollte, sondern sich
ansiedelte und niederließ und für rasche Erweiterung und
Expansion, ja Explosion der vorher mehr beschaulichen Bad
Füssinger Verhältnisse Sorge trug. Und wenn auch vor
seinem, Zwicks, Dienstantritt schon Leute wie der Bundes-
präsident Herzog, der Bundestagsabgeordnete Unertl, der
unvergessene Minister H. Höcherl und der bekannte Schau-
spieler Alfred Edel der betr. Gegend entsprangen, so beweist das lediglich & obendrein und fast über die Maßen die

Richtigkeit von Zwicks spontanem, ja jähem und doch insgeheim so wohldurchdachtem Entschluß. Man erreicht heute wie damals Bad Füssing mit der Eisenbahn (Dortmund–Wien, Station Passau, dann umsteigen) und seit einigen Jahren auch schon mit der Autobahn Nürnberg–Regensburg–Passau, Abzweigung Tutting – bis Ortsmitte noch 11 km circa. Oder: Über die Bundesstraße B 12 München–Passau. Sowie noch andere Verbindungen. Zwick konnte es jedenfalls zufrieden sein. Prominente Gäste reisen auch nicht selten mit dem Hubschrauber oder sonst. Flugmaschinen an. Kurgäste mit 80% Behinderung erhalten 50% Ermäßigung der Kurtaxe. Bei 100% Behinderung entfällt die Kurtaxe in aller Regel ganz.

Die Kurzeitung Bad Füssing (erscheint monatlich) enthält interessante, ebenso aktuelle wie häufig zeitlose Berichte und Analysen aus den Bereichen Medizin, Gesundheit und Thermalbadwesen. Das Editorial selbst zu schreiben, und sei es, wie im Juniheft 1994, aus dem recht nahegelegenen Untersuchungsgefängnis Landshut heraus, läßt sich der »Junior«, Dr. med. Johannes Zwick also, selten nehmen. Doch, sehr fundiert und lesenswert, sein aktueller Essay »Gesundheitspolitik in Europa«, nämlich nach den Verträgen von Maastricht und im Sinne einer vielleicht gar nicht mehr so fernen Utopie einer »gemeinsamen Sozial- und Gesundheitspolitik« (6/94) aller Anrainerstaaten. Doch, alles was recht ist, sehr gründlich und fundiert.

Zumal neuerdings ein Wellness-Programm »Gesundzeit« die »Gesundheitsbildung im Kurort« (p. 31) Bad Füssing als dem führenden Heilbad Europas mit seinen inzwischen bereits legendären Thermalwassererfolgen mittels des Abbaus von Stress und Unruhe zugunsten von Entspannung, Lockerung, Spaß und Freude als »ein herausragender Lebensabschnitt« (loc. cit.) durch vielfältige – und Stoiber oder auch Waigel sollten sich ruhig davon mal aus dem eigenen Augenschein überzeugen, auch heute noch! – Ortsspezifica,

Schmankerl und attraktive Action-Standards optimal und jederzeit bestens akkompagniert und arrondiert und zur Perfection macht.

Auf nach Bad Füssing, kann man da nur behaglich schnurrend flüstern. It's phantasticly! Come and look. That's Bad Füssing.

Lassen Sie sich in Bad Füssing (Ndb.) auch anregen zu einem selbstbestimmten und optimal kreativen Umgang mit der Zeit. Genießen Sie die veränderten Lebensumstände während Ihres gemütlichen Aufenthaltes in Bad Füssing.

Den Anweisungen unserer Bademeister ist unbedingt Folge zu leisten.

DER WEG ZUM GIPFEL

»Gott ist der gemeinsame Vater aller Menschen. Aber er macht besonders die Besten zu den Seinen.« So Alexander der Große (cit. nach A. Toynbee, The Study of History, dtsch: Der Gang der Weltgeschichte, B. I, p. 643); und aber so, wie der Krieg, laut Clausewitz, noch heute immer und jederzeit und wie schon unter Aristoteles der Vater aller Dinge ist, so liegt im Sinne E. Blochs der Geist der Utopie ja überaus nahe beheimatet jenem dem Fortschritt der Humanitas ja ebenso unabdinglichen wie überragenden Prinzip Hoffnung, das nicht zuletzt selbst der Heilige Vater, Papst K. Woityla, noch immer als die durch Hegel zunächst profanierte, sodann aber letztendlich wieder frappant resäkularisierte geschichtliche Dynamik begreift: »Die Schwelle zur Hoffnung überschreiten« forderte und heischte im Herbst 1994 in einem vielgelesenen Buchtitel kein Geringerer als der römische Pontifex selber, Papst Johannes Paul II. also, derart noch einmal Mommsens wie Nietzsches pathetisches Postulat ein- und heimholend, daß große Geschichte immer noch und vor allem von dafür besonders ausgesuchten großen Männern, den landläufigen Goetheschen Monaden und Großmonaden in der genauen Wortbedeutung Leibnizens, gemacht und bewerkstelligt werde.

»Die Geographie ist das Schicksal«, soll andererseits Napoleon I. einmal geäußert haben (cit. nach Veit Valentin, Geschichte der Deutschen, 1946, Neuausg. 1993, p. 19), und auch wenn da eine jegliche Epoche, so Leopold Ranke und seine Schule, unmittelbar »zu Gott« ist, so kommt doch offenbar so ziemlich alles darauf an, wo einer ansetzt und angreift – unbeschadet der sehr tiefen Einsicht Christopher Columbus' (cit. nach J. Burckhardt, Die Kultur der Renaissance in Italien, 1860) nach seiner wieschon einem Mißverständnis ähnelnden Entdeckung Amerikas anstatt, wie erhofft, Indiens: »Il mondo è poco« – ein bedeutender Gedanke, den dann der greise Verdi, Shakespeare aufgreifend, entschlossen ins Metaphysische, ja Eternale verlängert: »Tutto nel mondo è burla, l'uom è nato burlone« – alles ist Spaß auf Erden, der Mensch wird als Narr geboren. Das aber heißt:

»Die Phantasmagorie der wirklichen Welt« (A. Schopenhauer, W.a.W.u.V.) ist die einzige Realität, die wir besitzen; will sagen: »Die Welt ist meine Vorstellung« (loc. cit.). Oder wie es E. M. Cioran paraphrasiert: »›Seitdem ich auf der Welt bin‹ – dieses ›seitdem‹ scheint mir voll von einem so erschreckenden Sinn, daß er unerträglich wird.« (De l'inconvénient d'être né, Edition S. Unseld u. a., 1973 ff.) – mit anderen Worten: »Ich weiß, daß meine Geburt ein Zufall, ein lachhaftes Akzidens ist, und dennoch: sobald ich mich gehenlasse, führe ich mich auf, als wäre sie ein Ereignis erster Ordnung, unentbehrlich für den Fortgang und das Gleichgewicht der Welt.« Und: »Das wahre einzige Pech: das Licht der Welt zu erblicken. Es entspringt der Aggressivität, dem Prinzip der Expansion und der Raserei, das im Ursprung angelegt ist.«

Eben. Im Einzelfall bedeutet und speziell im Fall Eduard Zwick aber bedeutete das:

»Der Anstieg« (Richard Strauss, Eine Alpensinfonie, op. 64) zum »Gipfel« (a.a.O.) der Macht und Herrlichkeit und zumindest virtuell praktisch der Weltherrschaft führte zwar immer wieder mal auch – auch! – über »blumige Wiesen« (a.a.O.), viel häufiger und stetiger aber doch durch überaus »gefahrvolle Augenblicke« (ebd.) der Gletscherüberquerung und der Schlündeübersteigung hindurch, bis endlich alles unter Dach und Fach geborgen und die, mit L. Rinser zu sprechen, »Mitte des Lebens« erklommen war. Und das beinhaltete nicht mehr und nicht weniger als:

Kaum in Niederbayern eingetroffen und die Grundsteinlegung des dortigen Füssinger Bads erfolgreich absolviert
und die Temperaturen (56 Grad) abgemessen und notiert
und an die Kapfingersche sowie an die überregionale Presse
weitergeleitet, ging der junge Dr. Zwick, wie schon ge-
streift, sofort in medias res und aufs Ganze und lernte an
seinen freien Ärztewochenenden, sei's auf einsamen Spaziergängen, sei's in der eigenen Heimsauna, die damals gerade
bekanntgewordenen, vor allem von Carnot formulierten
zwei Hauptsätze der Thermodynamik in- und auswendig:
  1. Wärme, die man einem System zuführt, wird dazu
verwendet, Arbeit zu leisten und die innere Energie des
Systems zu verändern.
  2. Es kann keine Wärme von einem kühleren auf einen
wärmeren Körper übergehen, ohne daß einige andere Verän-
derungen auftreten (»entropischer Pfeil«).
  Dies erledigt, ging Zwick um so energischer erneut daran,
seine Verhältnisse neu zu ordnen und immer besser zu regeln, seine betriebswirtschaftlichen zumal, seine kostenkal-
kulatorischen (Input/Output) vor allem über die Stadtspar-
kasse Bad Füssing und die Raiffeisenbank Pocking – nein,
nein, von Schweizer Konten war damals noch keine Rede,
noch etwa gar davon, daß er Strauß dort schon in den besten
eidgenössischen Bankhäusern untergebracht und ihm ein
Plätzchen gesichert hätte durch einen Zinssatz, wie er bewirkt, daß Sterbliche glauben die Engel singen hören –
  – ja, wie Napoleon, nein, wie Blücher, wie B. Engholm
sprengte Zwick damals vorwärts und nach vorne im Rahmen des neuen »Verfassungspatriotismus« (Dolf Sternber-
ger) von 1948 ff. und der aufs beste wiederbelebten politischen Ausgangslage; wie der alte Wrangel gab er seinem
Pferd immer wieder die Sporen; gleichwie Emil von Behring
oder vielmehr Virchow war er zu jeder Zeit auf der rastlosen
Suche nach dem Serum des Heils und des Henkaipan als dem
Ureins des Weltallschlüssels, und wie Heinrich Leibgeber

(Jean Paul, Siebenkäs, II,2) klopfte da Zwick auch »mit dem
Zwickel des Zeigefingers einige Male stark auf den Tisch«,
wenn die Sache, um die es ging, wenn die großen Gemein-
schaftsleistungen der Blümschen Gesundheitsvorsorge sowohl als -pflege zeitweise durch gewisse Verstopfungen der
Quellen und allg. Hydrauliken nicht so recht vorwärtsspru-
deln mochten – aber, wichtig: immer und immerfort glückte
es Zwick dabei, den ungünstigen Eindruck zu vermeiden,
den in der Öffentlichkeit und zumal für die Thermalbad-
sache schädlichen, ja tödlichen Eindruck zu vermeiden, die
Berufslaufbahn des oft sog. »Horrorarztes« (Bild-Zeitung
21.7.94) vorzustellen – nein, das Leid, das heute für seinen
Sohn Johannes, nachdem ihm der Vater 1988 fürsorglich
alles überantwortet hatte, wesentlich in dem quälenden
Zwang begründet liegt, »sich regelmäßig bei der Polizei (zu)
melden« und auch noch im Falle seiner vorübergehenden
Freilassung »seine Ausweispapiere bei der Staatsanwaltschaft Landshut zu hinterlassen« (FAZ/Reuter, 21.4.94), das
mochte Zwick sen. sich in dieser frühen Phase des ersten
und fast romantischen Bäderblütenfrühlings ja weißgott
noch nicht zumuten, das gerade wußte er überaus klug zu
meiden, weiß der Gerechte.

O ja, Zwicks Tatendurst erreichte in jenen Tagen, vor
allem immer im Mai/Juni herum, seinen ersten und ganz
unleugbaren Höhepunkt, ja seine bruchlose Klimax. Hei-
deggers berühmtem Postulat an die Philosophen, »den Boden
zu einem Abgrund machen«, setzte Zwick damals die korre-
spondative Antithese darwider: dem Boden Quellen ent-
springen zu lassen – im Sinne der »vita activa« und auch im
Sinne der von M. Heidegger selbst reklamierten »philoso-
phia perennis«. Jetzt war Zwick schon nicht mehr zu halten.
Das Wasser rauschte, das Wasser schwoll, es lächelte selig
und lud zum Bade, viele und immer mehr kamen damals
zum holden Gestade – gearbeitet wurde damals in Füssing
zuweilen außer mit schierer Wärme auch schon mit Moor,

Schlamm, Fango, Schorf und Grind sowie selbstverständlich mit Elektrizität und Elektroschocktherapie (High-Tech): Die Patienten wurden, nach einer spontanen Eingebung des »Chefs« (wie ihn seine Angestellten und Subalternen nannten) elektrisch derartig geschockt, daß es sie gewissermaßen »zwickte«.

Daher vermutlich auch der Name »Zwick«.

Jawohl, einen steinigen Alpen- oder doch Böhmerwald-vorlandschaftsweg ging seinerzeit der mit runden 45 noch immer praktisch junge Dr. Zwick, und nicht selten ging es dabei auch »voll ans Eingemachte« (Dr. Zwick heute). Indessen, seine ihn vorwärtstragende »außergewöhnliche Persönlichkeitsstruktur« (St. Effenberg über Stefan E.) war nie und nimmer dazu gemacht, Schwierigkeiten und Troubles linkisch aus dem Wege zu schleichen, au contraire, nein, das gerade nicht, und dabei war Zwick ja auch noch en passant so quasi damit befaßt, peu à peu wenn nicht schon früher, so spätestens jetzt endlich seine spätere Frau Angelika heim-zuführen und seinen Heiratsantrag vorzubringen, ja, Zwick stellte es auch hier trefflich und sehr gut an und machte ihr immer wieder und treffsicher »due ladri gli occhi belli« (Puccini) oder vielmehr »due occhi ladri nel loro movimento« (Boccaccio) und stimmte sie »zärtlich, weil er sie in den Arm gezwickt« (Emmerich Kálmáns »Zirkusprinzessin«) hatte. Ah, jawohl, ein rechter »Hallodri« (Roswin Finkenzeller in der auch damals schon gerngelesenen FAZ) war aus Zwick sogar auf diesem heiklen Sektor mittlerweile geworden, und staunen machte der junge »Chef« damals wenn schon nicht die Welt, so doch seine spätere Ehefrau »Frau Doktor« Zwick vor allem durch seine für einen deutsch-rumänischen Thermal- und Gesundheitsarzt und für die damaligen Verhältnisse sehr beträchtliche Geschlechtskraft (Priapismus) – hm, ja, freilich, beklommen quakelte da zuweilen in den zuständigen Innauen ein schlaftrunkener Frosch, sobald (Woppel) die beiden jungen Liebesleute wenn nicht schon in Sumatra, so jedenfalls jetzt abermals zur Sache gingen und »enorm« (Dr. Rahm, Amberg) zulangten – ei, es rieselt einem noch heute richtiggehend kitzlig durch Mark und Bein, gedenkt man in einer ausnahmsweise mal ruhigen und nicht so fickrigen Minute des seinerzeitigen Heiratsantrags, der endgültigen Vermählung und des damit offensichtlich verbundenen Kindersegens im Hause Zwick – und vor allem des immer wieder nimmermüden Gemaches und Gegrabsches und Gerumples Zwicks und seiner davon auch noch begeisterten Gemahlin. O wie ließ der junge Bäderchampion da weißgott nichts anbrennen!

Dies geschafft, und kaum war die Frau dann im Bett, verfügte Zwick sich jedoch sofort wieder und oft noch bis weit nach Mitternacht an seine theoretisch-thermalgesetzlichen Fach- und Einzelstudien (pH-Werte).

Zwicks wunschgemäßes frühes Walten im Bäder- oder jedenfalls Thermenbereich fand damals denn auch konsequent seinen Höhepunkt, seine insgeheime Erfüllung in der wenn nicht (da strebt die historische Quellenforschung etwas auseinander) vielleicht schon auch vorher erfolgten Zeugung, Austragung und Geburt des Erstsohnes Johannes, zu welchem sich später auch noch eine Tochter mit Namen Luitgard gesellte; sowie, damit partiell kausal verknüpft, in seiner damals schon langsam heranreifenden inoffiziellen, gleichsam unterderhandmäßigen Hoffnungsträgerschaft für die CSU (Christlich-Soziale Union Bayerns). So viel läßt sich immerhin sagen: Wer heute E. Zwick (z. Z. Lugano) inhaltlich ablehnt, der muß wissen, der muß sich dahingehend belehren lassen, daß er damit letztlich und letztendlich dem Kommunismus (Weltkommunismus) und seinen antikapitalistischen und anarchistischen Ammenmärchen eine Stütze verschafft, ja ihm »in die Hände arbeitet« (Th. Waigel). Auch der Jude (Weltjude) sollte im übrigen vorsichtig sein, sollte ganzganz vorsichtig sein, und sich, so gut es geht, »am Riemen reißen« (Fellner). Damit keine Mißverständnisse entstehen. Und damit nicht eines schönen Tages bald hint wieder höher als vorn wird. Wer Zwick jedenfalls damals erlebte, wie es dortmals, in Niederbayern, aber auch darüber weit hinaus, darum ging, allen Schwierigkeiten und allen Straßensperren zum Trotz die Sache Zwirn zwingend zu Ende zu treiben (Anästhesie), der wußte, was er weiß. Daß er nämlich hier einem Berufenen, einem Gesalbten, aber auch einem von seinem ärztlichen Ethos bereits Gezeichneten und Gebrandmarkten gegenübertrat und -stand. Und das ist in der Regel ja nicht wenig. Zweckmäßigerweise mied Zwick damals gleichwohl berufsärztliche Zwangsjakkensysteme, wie sie drei Generationen hindurch und z. T. heute noch im Weltkommunismus gang und gäbe sind und waren. Zwerchfellerschütternd gleichwohl lachte Zwick (das ist durch herrliche Farbfotos in seinem Familienalbum dokumentiert und für alle Ewigkeit festgehalten) zweifellos schwerelos, ja selig auf, wenn und sobald Franz Josef Strauß seine Zoten und zweifelhaften Witze machte, oft ja schon zum zweiten Champagnerpokal, sei's zu Lasten H. Kohls, sei's des Chinesers oder gar des Zwergpygmäen, hahaha.

Nevertheless, der Laden lief, pfeilschnell das warme Wasser schoß, – für die ein- und wieder ausströmenden Kurgäste aber hieß das, was Peter (»Pathétique«) Tschaikowski schon am 12. Juni 1887 in Tiflis ins treue Tagebuch notiert:

»Aufgestanden, in den Park mit den Mineralbrunnen gegangen.«

Nur waren es in Bad Füssing, no sweat, eben Thermen, haha. Thermen zum Rumplanschen, ha.

Und schon vier bzw. sieben Tage später erwähnt Tschaikowski durchaus ehrend auch noch die »Kurkapelle« (Ed. Kuhn, 1992, p. 196 resp. 197).

Dann aber:

»Einen Knopf verloren« (ebd.).

Yeah, it was a long way to Tipperary for Zwick, ein Weg auf den Olymp, in Niederbayern und zumal in dieser Phase des stetigen Wiederaufbaus – aber gerade jetzt, jetzt, wo es wieder drauf ankommt, so kurz nach der »Zeit des Niederbruchs und des Versagens einer ganzen Führungsschicht eines Volkes« (Albert Speer noch am 14.4.1945 an Gauleiter Hanke) ist, anstatt dem Ehepaar Al. und M. Mitscherlich zu folgen und groß rumzutrauern, Zwick wieder voll wach und bei der Sache und obenauf und beginnt seine und mit diesen die Verhältnisse des Staates zu seinen Gunsten neu zu ordnen; und mit diesen beiden gewissermaßen als neue Dantesche vita nuova den thermalgebadeten Menschen als gleichsam »entsündigte Natur« (R. Wagner, Parsifal III) zu entdecken und als innovatorischen (56 Grad Cels.! Man muß sich das einmal vorstellen!) und überaus ausbaufähigen und relevanten Wirtschaftsfaktor Ostbayerns zu entdecken und zu fördern; und zur definitiven Schmiedung der Achse Bad Füssing (Zwick) – Altötting (Tandler) – München/Rott am Inn (Fam. Strauß) und endlich Oberaudorf (Stoiber) schien es – Gauweilers weiland ehemaligen »Mandantenstamm« (SZ) hin und her – nur ein ebenso bedeutender wie letztlich aber recht winziger Schritt, da beißt die Maus keinen Faden ab. Gesichert waren so ziemlich alle Wasserrechte, auswendig beherrscht wurden sämtliche bekannten Thermalphysikgesetze – und so konnte es denn auch kaum ausbleiben, daß es zwischen den Eigentümern dreier anderer Thermalquellen bald zur Gründung eines entschieden gegen Zwick tätigen und eingestellten »Füssinger Zweckverbands« (FAZ 18.4.94) kam, welcher später zu Recht gleichfalls den Zwick-Untersuchungsausschuß sehr beschäftigen sollte, insbesondere aber die Landtagsabgeordnete Carmen König (SPD).

»Details« allerdings – typisch SPD – »wollte Frau König nicht veröffentlichen« (FAZ 18.4.94).

Und das heißt ja wohl nichts anderes, als daß die Feinde E. Zwicks, diese schamlosen Schufte, dieses infame und schon zum Erbarmen, ja Erbrechen ehrlose Gesindel, moralisch unzulänglich bis hin zur blanken Gaunerischkeit und

zur flagranten moralischen Gesetzesbrüchigkeit im krimino-
genen Gesamtgefüge eines »Staates, dem die Ehrlosigkeit
aus allen Poren dringt« (K. Kraus 608, 1 – ja, freilich, im
nahen Österreich machte gleichzeitig so schön langsam der
strukturell recht affine und charakterähnliche Zwicksche
Gesinnungsbruder Friedrich »Hendl« Jahn von sich reden
und zog bald seine unwiderstehlichen Kreisel) – daß Zwicks
ehrvergessene Feinde noch heute, da der deutlich Gealterte
im fernen Lugano erste Lebensbilanz zieht und seine Latifundien neu ordnet, den einstmals so zornigen jungen Mann
aus Sumatra Grund haben, weiterhin zu hassen und zu
fürchten, zu fürchten und immer noch zu fürchten.

AUF DEM PARNASS

»Wer ist wie Gott?«

Die Frage des zornigen Erzengels Michael, gerichtet an die
böswilligen Aufständischen unter den ersten alttestamen-
tarischen Engeln, Cherubinen und Seraphinen berührt sehr
wohl und durchaus und gleichsam durch den Geist des
augustinischen sowohl als manichäischen Denkens hindurch
den theosophischen Problemfeldkreis dessen, was, ungeachtet aller bewährter altbayerischer Frömmigkeit und allen
barocken süddeutschen Milieukatholizismus auch und gerade in der unteren Inngegend, jenseits auch aller unbestrit-
tener und erst neulich wieder vom Präsidenten Herzog in
der Tradition der ehemaligen Stammesherzogtümer öffentlich formulierter Liberalitas Bavariae, als christlich-christo-
logische Existentialphilosophie im Sinne und Zuge Karl
Rahners der Frage der Hybris ebenso zugeordnet ist wie jene
Freiheit der Kath. Bestimmung des Menschen im imma-
nent-nichttranszendenten Gestaltbereich. Denn, um der
überaus heiklen Thematik hier nicht skrupulös noch lax
pietistisch aus dem diffizilen Wege zu gehen: »Wie ein Gott«,
nämlich »noch liehter denn der tac« (Wolfram, Parzival), so
erschien der noch junge, aber schon arrivierte Bäderarzt
Eduard Zwick damals, so um 1968, so manchen alteingeses-
senen Füssingern, ja sogar zahlreichen Niederbayern und
darüber hinaus natürlich den Kurgästen, inzwischen fluktu-
ierend anreisend aus Franken, Rheinland, Hamburg, Berlin,
ja oftmals sogar aus Dänemark und den Beneluxstaaten –
und es mag dieser wolframische Parameter des paradigmatisch Parzivalisch-Ritterlichen prima facie magsein diesem
oder jenem kontingent dünken, er ist es nicht; denn:

»Der Grâl«, diese »Frucht des Heils« (Edition Knecht, Nördlingen, 1993, p. 140), diese, wie es anderswo auch noch heißt, »Summe der Süßigkeit auf Erden«: Hatte er nicht inzwischen tatsächlich erneuerte Gestalt, übers Wolframisch-Cretienmäßige weit hinaus, danteisch geredet Vita nuova, papistisch gesprochen vita moderna, angenommen und gewonnen in der abermals und essentiell lebens- und überlebensspendenden und schmerzlindernden und gar schmerzerlösenden Gestalt der schon mehrfach erwähnten 56-Grad-Celsius-Quellen? Was Wunder, daß vice versa Zwick in persona das perennisch profane Wunder Parzival wiederholte: »Alt und jung glaubten, von ihm ginge eine zweite Sonne auf« (W. v. Eschenbach, a.a.O., p. 228). Ja, eine in durchaus Walter Benjaminscher Terminologie »profane Erleuchtung« ging von Zwick und in der ferneren Folge auch zuweilen von Frau Zwick aus, Zwick selber war ja zuzeiten von sich wie entflammt und -facht und hochbegeistert, wenn er, wie vor ihm Goethe (Brief an Frau Stein), immer wieder verwundert bedachte, daß, wie jener mit seinem Ministeramt in Weimar schon mit 30 Jahren alles erreicht hatte, was ein Bürger in Deutschland zu erreichen vermochte, nämlich in diesem zarten Alter schon nichts Geringeres als »Weltgeschichte« mitzugestalten, auch ihm, Zwick, mit Hilfe von Virchow, Galen, und nicht zu vergessen, des hochverehrten Heilgotts Asklepios, es ja schon mit 42 Lenzen voll gelungen war.

Ja, Zwick – unter dessen hohen Ahnen es ja zwar auch schon weißgott jede Menge Medicusse und Medizinalräte und Erste-Hilfe-Praktikanten gegeben hatte, aber auch, warum es verschweigen, sehr viele einfache Sekundanten, Chiromanten und bloße Gaukler –, Zwick, nachdem er bereits lang vor dem Kriege u. W. in der Hohen Tatra sein Doktordiplom mit einer wissenschaftlichen Studie über den Zwischenthermenknochen bei Prodecan Weps mit Protektion von Collega Schnurpel mit summa cum dignitate abge-

legt und vollrohr bestanden hatte – Zwick, wie er jetzt auf
dem erhabenen Olymp, auf dem hohen Pantheon, auf dem
eisigen Parnaß (griechisch: Par-nas-sos) saß und thronte,
dünkte so manchen Einheimischen und durchreisenden Be-
suchern wie ein wahrer Großwesir, wie ein Großkophta, wie
eine leibhaftige Epiphanie, ein im Kantschen wie sogar im
Schopenhauerschen Sinne objektivisch »Erscheinender« –,
ha, wer dachte und dächte da noch des leidvoll filzigen
Grindes am Hinterkopf des Kindes Zwick da drunten im
heimischen Banat, wer der, ungeachtet allen hohen Kindersegens, mentalen, ja zerebralen Insuffizienz (Frühsklerose,
div. Stammhirnmuskellähmungen) des alten Zwickschen
Elternpaars, wer der nervopathologischen Ausfallsymptome
und Ausflippereien noch des 19jährigen Notabiturienten
Eduard Zwick? Nein, »so groß, so wunderbar« (J. Haydn,
Die Schöpfung) schuf Gott der Gerechte diese seine Welt,
daß selbst für einen fast widernatürlichen Sonderfall wie
Zwick und seine Gattin noch durchaus Platz war, genügend
Platz zur Dehnung, zur Weitung und zur Mehrung, und sei
es in jenem nun fast täglich national und international noch
bekannter sich herumsprechenden Johannesbad Bad Füssing, das dem insgeheim immer noch etwas unter seiner
mehrfachen Exilierung und Asylantenschaft leidenden
»Chef« nun auch definitiv zur zweiten Heimat geworden
war, jawohl! Schön eingerahmt von den Bad Füssing umge-
benden Ansiedelungen Egglfing, Würding, Eitlöd, Schöchlöd und Dürnöd trieb er, Zwick, mittlerweile sein Wesen –
die frühe und sehr spürbare Suprematie des Zwickschen
Geistes aber geht auch und vor allem schon daraus hervor,
daß jener ca. fünf Häuser starke Weiler hinter Schöchlöd und
Zieglöd und kurz vor Haidzing nun plötzlich wie durch ein
Wunder »Zwicklarn« hieß, jawohl »Zwicklarn«; als Zwick
davon erfuhr, hätte er sogar nur allzu gern sein Johannesbad
dort, lediglich drei starke Steinwürfe weiter nördlich, ange-
siedelt, aber da war es ja schon zu spät, da hätte man ja einen

wahren Zeitsprung in der Zeitmaschine von Einsteins Relativität der Raumzeitkrümmung o. ä. machen müssen –

– zur Entschädigung aber benannte kurz darauf der Gemeindevollversammlungsrat Bad Füssing die dem Johannesbad vorgelagerte und fast unversehens neuentstandene Straße zwischen Inntalstraße und Hochrainstraße so plausibel wie stringent »Johannesstraße« und nahm sie gleichzeitig mit in die allg. Unterlagen auf, und schon bald konnte der damalige Chef der Landesversicherungsanstalten (LVA), Axel Haltenberger, bei seiner Festansprache in Bad Füssing zufrieden versichern und ausrufen: »Mir ist um dieses Haus nicht bange!«

Später wurde dann auch behauptet u. kolportiert, Dr. Zwick sen. habe die einstmals meist Sacklöd genannten vier – fünf Häuser von Zwicklarn selber und mit massivem Druck (über die Marianne-Strauß-Stiftung) zwangsweise in Zwicklarn umgetauft, um sich ein derart fast noch persönlicheres irdisches »Denkmal im Herzen« (Zar Peter der Große von Rußland) der Inntalbewohner zu erwerben und zu setzen. Aber das stimmt nicht. Sondern geht auf eine üble Machenschaft Tandlers zurück; Wiesheu, der auch mit hineingezogen werden sollte, hielt sich als damals kurzfristig vorgesehener Schwiegersohn in spe Zwicks weitgehend zurück, sauber und schadlos.

Soweit das.

Unschwer versteht sich, daß Zwick, derart zügig auf dem Parnaß angelangt und eingetroffen, nicht zögerte noch säumte, seine schon vorhin erwähnte geistige Suprematie und Superiorität über die territoriale Expansion hinaus auch in geistig-wissenschaftlicher Hinsicht zu befestigen, zu zementieren und aber gleichfalls stark zu dehnen. So beschäftigte der junge Wissenschaftler und Bäderpraktiker sich damals auch besonders intensiv mit den damals gerade neu bekanntgewordenen subatomaren Kernstrukturen und den dazugehörigen und mit Blick auf den Ostblock immer wichtiger werdenden Kernfusionen resp. Kernspaltungen; stark setzte er sich, später z. T. hierin angeleitet auch schon durch F.J. Strauß, mit den div. Alpha-, Beta-, Gamma-Strahlungen in der Forscherfolge Madame Curies sowie mit anderen exotischen, ja schon fast »ekstatischen« (B. Kronauer, die in Deutschland beste Schülerin des Ehepaars Frédéric Joliot und Irène Curie-Joliot) Formen der fortgeschrittenen Radioaktivität auseinander; und selbstverständlich unterließ es Zwick partout auch nicht, sich gleichfalls hinsichtlich der nagelneuen Bausteine der Nukleonen, der Quarks, der Antiquarks, der Leptonen und vor allem der Neutrinos zumindest im groben zu informieren und sich so weit sattelfest zu machen. Alles verstand Zwick damals wie spielerisch leicht und sehr wohl, alles, nur eines nicht – eins nicht, über eins kam er mental nicht weg, auf eins kam er nicht drauf; den Lehrsatz nämlich: »Die Masse des Atomkerns ist geringer als die Gesamtmasse der darin enthaltenen Teilchen.«

Aber das ging doch gar nicht! Spuk! Höllenblendwerk! Da ging doch – wobei ja ein Proton doch auch nur $1,675$ mal 10 hoch minus 27 kg wiegt! – unübersehbar die Welt zuschanden!! Und mit ihr – das Proton hat also eine Masse von $1,0076$ amu, aber das erklärt es ja auch keineswegs! – und unabhängig vom Problem der Isotopen und ihrer modernen Ordnungszahlen, z. B. Zink-64, Zink-66, Zink-68 usw. –, mit ihr ging alles zuschanden, alles, alles, das wiederaufgebaute Deutschland, das fast noch funkelniegelneue Johannesbad, er, Dr. Zwick, auch, die ganzen gottverfluchten Heilbecken – !!! –

Nein, Zwick kam und kam nicht drauf, und so ging er denn allmählich dazu über, sich nebenbei lieber über abermals gänzlich neuartige Wirbelsäulentechniken zu unterrichten, zum Beispiel die Wirbelsäulenchirurgie mit dem Schraubenschlüssel bei Instabilitäten und v. a. degenerativen Erkrankungen mit dem Ziel der Wiederaufrichtung des Kreuzes und der gebrochenen Wirbel (vgl. FAZ-Beilage

»Natur und Wissenschaft«, 4.5.1994), dies in einem sozusagen subkutanen Kausalitäts- und Korrelationsgeflecht zur Syndromatik der vorgenannten thermischen Hauptsätze. Und nicht verpaßte es Zwick, statt sich bereits auf seinen verdienten Lorbeeren auszuruhen und es sich in der nur allzu wohlbekannten überlieferten Medizinerwelt der Sauerbruch, Hippokrates und Paracelsus vorschnell einzurichten und gemütlich zu machen, sich auch in den vollends innovatorischen Disziplinen der Neurologie, der Neuropathologie und der Neuronen-Synapsen-Hochleistungsforschung fit zu halten – ja, selbst in dem »farbigen Universum« (FAZ 22.12.93) der aktuellen Schlaf- und Tiefschlafforschung, in der Morphologie der REM-Perioden und item der Halluzinationsformen in Morpheus' Armen machte Zwick sich langsam ganz tabufrei und weit über Freud hinaus fürs Gröbste kundig, ohne sich doch andererseits darin zu vergessen und zu verlieren und vor lauter Wissensdurst das Alpha und Omega seines eigenen Fachressorts zu vergessen und nicht mehr draufzukommen, die beiden Thermodynamischen Gesetze also, unter welchen beiden ihm besonders das Zweite, das heiklere und apartere und prekärere also, so überaus gefiel, das Zweite, das aber bei aller entropischen Unordnungsinklination innerhalb geschlossener Systeme von Zwick so primissima beherrscht wurde, daß er es jederzeit auch in offenen aufsagen konnte, postiert vor den hauseigenen Bassins und Thermenlöchern also zwischen Inntalstraße und Hochrainstraße, welche sich beide dann im nahen Würding in einem spitzen ca. 30-Grad-Winkel trafen, worüber Zwick wiederholt und manchmal sogar wie benommen und etwas benebelt nachdenken mußte, warum dann diese beiden, die noch beim Johannesbad durch die ca. 500 Meter lange Johannesstraße verbundene Inntalstraße und die Hochrainstraße, dann nicht eigentlich gleich zusammen angetreten waren, als ens unio mystica, anstatt sich wie die berühmten Planckschen Parallelen erst im Weltraum wiederzufinden, kraft eben desser oder besser dessen bewußter und behämmerter Krümmung – ja, manchmal in solchen schwierigen Augenblicken und Lagen spielte der immer noch junge Bäderarzt Dr. Zwick wohl auch zuweilen mit dem Gedanken an ein freiwilliges Verscheiden oder jedenfalls aus Nervosität mit einem kleinen Mädchen Ball (Kafka, Tagebuch, 1912). Und wie sein großer Prager Kombattant hätte er mitunter gern all sein Leid munter aus dem Fenster in die immer und immer munterer unter ihm sprudelnden und plätschernden Thermenplanschbecken schütten mögen, aber das hätte ja vielleicht evendöll die obligatorische oder jedenfalls notorische 56-Grad-Celsius-Erfolgstemperatur versaut oder jedenfalls ziemlich oder jedenfalls unziemlich geschwächt, und immer wieder mal war es Zwick auch, als ob der Haftbefehl im nahen Landshut oder in Passau-Ost ja schon praktisch insgeheim geschrieben und unterfertigt und mit Brief und Siegel versehen und in einen dieser gelben Postkasten, wie er hier in Bad Füssing wie in Passau wie im fernen Lochhausen – –

Ein Mißverständnis dagegen war eindeutig (und wurde nur später von Tandler u. a. als verleumderische Zwecklüge gegen Zwick verwandt), daß dieser kurzzeitig so böswillig wie andererseits versehentlich über einen Kontakt zu Streibl bzw. Herbert Mies unter der Nummer 100 Mitglied der damals gerade leicht sich hochrappelnden Kommunistischen Partei Deutschlands, Sektion Inntal, geworden wäre; sondern vielmehr handelt es sich hier um genau jene üble und infame Ungezogenheit und Verunglimpfung, die im Sommer 1993 das z. T. schon verstorbene Ehepaar Mitscherlich laut »Süddeutsche Zeitung« aus der gemeinen Feder der FAZ-Samstagsbeilage (12.6.93) traf. Und Zwick vermochte denn da dann auch tatsächlich das Mißverständnis baldigst aufzuklären und das Komplott als Sabotage zu entschärfen.

Und da verwundert es denn nicht, wenn er, Zwick, dergleichen quantités négligeables als faits accomplis en passant

hintersichfegend, sein Reich, sein Imperium, seine Neue
Heimat mit neuerwachtem Lebensmut überblickend, sich
gleich Lynkeus auf die allerhöchste Turmkuppel des Johan-
nes-Thermalbadkomplexes stellte, die Augen über sein wei-
tes flaches Land schweifen ließ und alsbald lauthin sang:

> *Zum Sehen geboren,*
> *Zum Schauen bestellt,*
> *Dem Turme geschworen,*
> *Gefällt mir die Welt.*
> *Ich blick in die Ferne,*
> *Ich seh in die Näh,*
> *Den Mond und die Sterne,*
> *Den Wald und das Reh.*
> *So seh ich in allen*
> *Die ewige Zier,*
> *Und wie mir's gefallen,*
> *Gefall ich auch mir.*
> *Ihr glücklichen Augen,*
> *Was je ihr gesehn,*
> *Es sei, wie es wolle,*
> *Es war doch so schön!*

Und schon bei dem Wort »Reh« aber schweiften des »Tür-
mers« Zwick Gedanken, Wünsche und Sehnsüchte fast immer und regelmäßig ab und herüber zu einem Seitenblick
auf das, was er in Wahrheit am liebsten sah, auf seine Gattin,
diese holde und noch immer blitzsaubere Mutter seiner
beiden sehr lieben Kinder, und mit dem Ko-Vater und
Freiherrn Joseph v. Eichendorff (1788–1857) und mit sehr
heller Stimme sang dann Zwick meist dies:

> *Wohin ich geh' und schaue,*
> *In Feld und Wald und Tal,*
> *Vom Berg hinab in die Aue:*

Viel schöne, hohe Fraue,
Grüß' ich dich tausendmal!

Die letzte Strophe mit dem unguten Fazit, daß der singende
Gärtner »wohl froher Dinge« scheint, sich aber dabei unversehens selber »bald (sein) Grab« gräbt, die ließ der ahnungsvolle
Zwick aus allgemeiner Vorsicht und spezieller Rücksicht-
nahme auf Frau Dr. Ang. Zwick jeweils lieber stillschweigend
weg – die so besungene Ehefrau und Mutter aber revanchierte
sich zumeist mit einem reizend verschämt geträllerten Dank-
liedchen, das sie von keinem Geringeren als von Johann Peter
Eckermann wortwörtlich adaptiert hatte, welcher nämlich
schon 1823 in seinen »Beyträgen zur Poesie«, noch vor seiner
schließlichen Ankunft in Weimar, dieses Huldigungs- und
Zuneigungsgedicht »An Goethe« zustande und zu Papier
gebracht hatte:

Wenn im Rechten ich begriffen,
Hab' ich's einzig Dir zu danken,
Denn im Irren, Suchen, Schwanken
Hat mich Deine Hand ergriffen
Und auf rechten Weg geleitet,
Der geebnet, fest, gebreitet,
Nicht in Sümpfe sich verlieret,
Nein, zum sichern Ziele führet.

Ja, so ging es damals her und zu, in diesem voll entsumpften
und eigenartig halbhufeisengestaltigen Bad Füssing da drunten, hah! Zur Johannestherme wuchs und erwuchs schon
bald eine zugehörige so weitläufige wie hypermoderne Kur-
Wohnanlage (»Kurzone 1«), es entstanden damals herrliche
neue Gasthäuser und Hotels wie der »Haslinger Hof« mit
seinen gemütlichen Stüberln zwischen Füssing oder vielmehr jetzt Bad Füssing und Kirchham oder gar der »Eggl-
finger Hof« in der Oberen Inntalstraße (Dienstag Ruhetag!)

mit seiner reichen Auswahl an Fisch- und Wildspezialitäten
sowie an bayerischen Schmankerln, herzhaften Brotzeiten
und täglich frischen hausgemachten Mehlspeisen oder gar
das über die Landesgrenzen hinaus legendäre Tanzcafé
»Würdinger Kutschn«, der beliebte Treff für nette Leute mit
Live-Musik, täglich Tanz ab 19 Uhr und erweitertem Biergarten mit 250 Sitzplätzen, Pilspavillon und – schon öster-
reichisch animierter! – Jausenstation in Bad Füssing-
Würding am Göschlweg 16 und durchgehend warmer
Küche bis 24 Uhr und oft noch darüber hinaus.

Das alles rund ums noch immer recht neue Thermenbad
Dr. Zwick mit seiner »Musterklinik Johannesbad« (Kur-
Zeitung Bad Füssing 6/94), nein, weißgott, »von steriler
Krankenhausatmosphäre ist im Rehabilitationszentrum Johannesbad nichts zu spüren. Die modernen diagnostischen
und therapeutischen Einrichtungen werden umgeben von
modern-funktionalen Aufenthaltsräumen und den beiden
futuristisch anmutenden Eingangshallen« (ebd., p. 5); und
darum herum wieder als »ideales Trainingslager« etwa das
»Schloßgasthaus Frauenstein«, die »Wachauer Weinstube«
im nahen Obernberg sowie vor allem, allem voran, das
große Gautrachtenfest mit Fahnenweihe in Pocking mit
zweitägigem Festprogramm und der Ausstellung »Unser
Hoamat an der Rott« oder, kaum sei das zu Ende gegangen,
dann wieder und mit besonderer Empfehlung der Kur-
Zeitung der »Kornreder Stadl« mit Biergarten und Grillspe-
zialitäten und Spanferkel vom Grill oder auch das Erste
Bayerische Schnapsmuseum mit echtem Bayerwald-Bärwurz
zur »Nachschwitztherapie« (Dr. Krautwurst) oder auch die
Einkaufsanlage »Super 2000« mit Frischfleich, Frischfisch
und Tschibo-Depot sowie nicht zu vergessen der berühmt-
berüchtigte Bauermarkt in Bad Füssing am Rathausplatz,
jeden 1. Sonntag im Monat von 11.00 Uhr bis 16.00 Uhr –
– wen wundert's, daß da bald auch schon die nahe Stadt
Braunau am Inn mit regelmäßigen Busfahrten von Bad

Füssing aus für sich warb (»Braunau lädt ein«) – und schließlich wurde auch und sogar der später mit Dr. Zwick so
unselig verfeindete Gerold Tandler namens seines Hotel-
gasthofs »Zur Post Altötting« alias Gerold Tandler GmbH
wieder schwach und gab – »Altötting ist eine Reise wert« –
ohne Kosten und mithin weitere Schulden zu scheuen eine
lila Anzeige in der Juni-94-Nummer der Kur-Zeitung auf,
um dergestalt fromme Besucher nach der Besichtigung der
Altöttinger Heiligen Kapelle, der Bruder-Konrad-Kirche,
der Schatzkammer und des Panoramas »Kreuzigung Christi«
sicher zu sich ins Posthotel (»einer der schönsten Plätze
Deutschlands«, Boulevard-Café, Dachterrasse mit Blick auf
die Heilige Kapelle) zu locken und zu lotsen; und das unbeschadet der offenbar noch immer bestehenden Tandlerschen
Deckungslücke von jedenfalls zwischenzeitlich überschlagsweise 17 Mio. Mark gutding.

So zeigt sich denn auch – mehr noch als der gerade mal
einsitzende Ärztliche Reha-Kliniken-Direktor Dr. med. Johannes Zwick – vor allem der momentan leitende Chefarzt
Dr. med. Michael Fritzsche, Arzt für Orthopädie, Rheuma-
tologie, Chirotherapie und Sozialmedizin, mit all dem hoch-
zufrieden: »Durch die Integration verschiedenster Bäderar-
ten in die Bäderlandschaft Johannesbad ist für die Patienten
die Möglichkeit gegeben, in einer hintereinanderliegenden
Behandlungsserie verschiedenste aktive und passive Behandlungsformen ausführen zu können.«

Punktum.

Ein Mann, ein Wort.

Schade, daß der Nestor und Doyen und Spiritus rector
des Ganzen, Dr. Eduard Zwick, all das nicht mehr erleben
darf.

Obwohl, gegen die sog. Schneiderpleite seine ca. 70 Mio.
so arg ja nun auch wieder nicht sind.

Und vor allem: »Alle wußten von der Steuersache!« (Dr.
Zwick im österreichischen »Kurier« vom 18.4.94). Gemeint:

alle von der CSU. Diese ganzen notigen Krüppel rund um
Streibl, Tandler und – sit venia verbo – leider auch um
Strauß ihmselber.

Soviel dazu.

Andererseits diese Pracht! Diese Reden und Hymnen und
Elogen! Am emphatischsten wohl jeweils jene, welcher der
einst. Oberlandesanw. a. Verwaltungsger.hof München, Rudolf Samper, jetzt praktisch jederzeit und bei jedem Anlaß
im Johannesbad abstattete dergestalt, es sei Zwicks Streben
»stets darauf gerichtet, Großes und immer wieder Neues zu
schaffen (. . .) das kann ins Geniale vorstoßen« (Der Spiegel
4.4.94) u. dgl. mehr – kurzum, Zwicks Anwartschaft andererseits auf die Spitze im bayerischen, ja bundesrepubli-
kanischen Bäderwesen war nach gut einem Dezennium
Aufbauschwerstarbeit praktisch betoniert –, und seine fer-
nergehende Anwartschaft auf die sukzessive daraus resultierenden höchsten Ämter des Staates und insbesondere im
Lande Bayern wäre, »Ressortprinzip« (FAZ 13.5.94) hin,
Subsidiaritätsvolumen und Anwaltschaft des reformierten
Landesentwicklungsplans hin und her, praktisch genau so
zementiert gewesen, hätte da nicht ein Jemand, und sein
Name sei Tandler oder mutatis mutandis Schedl oder Goppel sen. oder evtl. auch ein Georg Freiherr von Waldenfels,
geb. Meyer aus Hof, dieser zuweilen, seltsamseltsam, mit der
Pressesprecherin der Zwickschen Füssinger Anlagen Constanze Müller »verbandelt« (ebd.), ja, wahrlich, seltsamstselt-
samst – ihm, Zwick, nicht den bewußten Strick (Denunzia-
tion u. a.) gedreht. Denn es sei gedreht und gewendet, wie
Stoiber heute wolle: Strauß selber jedenfalls hatte Zwick
nicht lediglich schon für allerhöchste Ministerämter vorge-
sehen und fest eintaxiert, sondern diese Zwicksche Anwar-
tungsstellung zwischen Mai 1975 und Januar 1982 auch
schon öffentlich im Grundgesetz, pardon: im Grundsatz,
voll gebilligt. Allein der damalige beklagenswerte Abstieg
von 1860 München ausgerechnet unter der Ägide des dortma-

ligen schärfsten Zwick-Rivalen Erich Riedl (CSU) vereitelte noch Ärgeres, u. d. h. einen noch stärkeren und ergo zugleich noch jäheren Aufstieg des da und dort und vor allem in Pockinger Kreisen schon als Kronprinz nämlich alias Straußscher Kronprätendent gefeierten »Bathing-King« (Paul A. Hassold im »Weißenburger Tagblatt« 1979 und dann öfter mal) aus jenem Landessüden, der da weiß der weißblaue Himmel nicht zufällig, sondern zum Sündenfürchten nahe an jenem dito magischen Bermuda-Dreieck Passau–Braunau–Altötting usw. situiert war und ist, das weiter oben ja schon mal kurz und crazy abgefackelt wurde. War es nicht ein Stoiber selbst, der damals Steine staunte?! Ob des stupenden Startsprungs des seinerzeit zeitweise und zweifellos zwangsweise schon zur faktisch zweiten Staatsperson heran- und hochgewuchteten E. Zwick!

Jawohl, genau so war's.

In Erwägung, daß es mit ihm immer und immer weiter aufwärtsgehen täte, zog Zwick damals auch schon die ihm bereits flüchtig bekannte österreichische Top-Journalistin Ro Raftl als PR-Chefin zu sowie die ihm gleichfalls schon gutbeleumdet läufige und hinlänglich geläufige Filmkritikerin Kitty Kino (Wien) als Thermenverfilmerin in Betracht; wurde aber letztlich doch durch Angelika Z. daran gehindert, diese beiden je endgültig zu bestallen und zu besteigen. Weit über den Bad Füssinger OB hinaus die ersten wichtigen, ja entscheidenden politischen Bekanntschaften Zwicks waren in dieser Phase und unter den dortmaligen Würdenträgern der Nabburger Landrat Dr. Martin Busch (jener, der dann J.E. Kapfinger in der Fibag-Sache so gut wie heraushaute und restlos entlastete), sodann der hohe Landtagsabgeordnete Dr. Raß aus Amberg sowie Zwicks damaliger und wahrer Augapfel, Landgraf Kingrimursel von Schanpfanzûn; und keine drei, sondern vier Jahre später war es ja dann auch mit der Erstbegehung stop it: mit der Erstbegegnung von F.J. Strauß, soweit so gut, jo Sackrament, jo mi leckst am Oasch (ndbyr. Jargon), wor dös a G'schlog, hot dös an Schlog toa, host g'hört, wêi dêi zwoa affanander g'rumpelt san!

Zwick der Vater aller Dinge? Das nun eben nicht. Vielmehr, der neue »Bäder-Superstar« (Hassold, a.a.O.) blieb im Kern bescheiden, behutsam, vorsichtig, in seinem Wesen und auch in seinem Treiben. Bescheidenheit und fast selbstaufopferungsvolle Zurückhaltung bewirkten z. B. und bewirken bis heute, daß Eduard Zwick nebst den Seinen weder im Standardwerk »Die großen Deutschen« drinsteht noch im Brockhaus (24 Bä.) noch im Meyer noch im Gelehrten-Lexikon noch im Munzinger Archiv noch auch nur mit einem Sterbenswörtchen im deutschen »Who is who« von 1993, in dem doch sonst jeder Depp drinsteht. Der eben aber wollte Zwick gerade nicht sein, sondern bescheiden bis hin zur effektiven Selbstpreisgabe bleiben – und dabei keineswegs ja ohne Selbstkritik und Selbsterforschung! »Manchmal«, glaubte Zwick damals zuweilen mit H. Heine (Brief an Friederike Robert, Jan. 1830) vor allem so um 1972/73 herum zu spüren oder doch höchst ahnungsvoll zu wittern, »manchmal um Mitternacht miaut eine tote Katze in den Ruinen meines Herzens«, und derlei bedenken-, ja gedankenlose Bonmots und Spruchweisheiten noch viel mehr – auch setzte ihm das ihn damals sehr, ja überaus beschäftigende Problemfeld mehr und mehr zu: Was wohl ist der Genitiv der »Kur«? Nun: der Kurs. Nämlich der Kurs seiner damals gerade neu geschaffenen und angeschafften Schweizer Aktienpapiere sowie der festverzinslichen Staatsanleihen. Und: der gute Kurs, den er, Zwick, einschlug, um seinen pluralen Füssinger Kurs zu einem erfolgreichen Kursende zu treiben, jedoch – was war dann wohl der Genitiv des Kurs? Hm. Bzw. der Kurses, um kursorisch ganz genau zu sein und – – ?

Allein, Zwick verfing sich nicht im Ungefähren der tiefsten Schründe der Dialektik, sondern fing sich bald immer wieder, berechnete solide und z. T. mit Hilfe schon seines zügig heranwachsenden Sohnes Johannes Zw. den Kurswert seiner kurzweiligen Kurparcours und Courtagen, und so konnte es denn nicht oder jedenfalls kaum ausbleiben noch fehlen, daß (wobei, laut FAZ vom 18.4.94 der damal. Staatskanzleileiter E. Stoiber damals viel mehr wußte, als er bislang zugegeben und eingestanden habe) bereits billigerweise »1983 der Name Zwick in einer Liste mit Vorschlägen für die Verleihung des Verdienstordens der Bundesrepublik Deutschland aufgeführt gewesen sei« (loc. cit.). Auch diese Liste, so insistiert der überaus angesehene Münchner Korrespondent Roswin Finkenzeller des in Frankfurt erscheinenden Blatts, weise einwandfrei Stoibers Paraphe (!) auf. Und, einmal fündig geworden, fährt Finkenzeller schon fast unbeirrbar fort: »Der vom Bundespräsidenten verliehene Orden sei jedoch an den mittlerweile in die Schweiz geflüchteten Steuerschuldner nie ausgehändigt, vielmehr zusammen mit der Verleihungsurkunde an das Bundespräsidialamt zurückgegeben worden.«

Und das ist jammerschade.

Aber: immerhin.

AHOI!

Blast, Winde, sprengt die Backen! Wütet! Blast!
Ihr Katarakt' und Wolkenbrüche, speit!
Bis ihr die Türm' ersäuft, die Hähn' ertränkt!
Heult, heult, heult, heult,
O seid ihr denn von Stein?
Und lacht im Heulen noch und heult im Lachen!
Und lacht und schreit und brüllet:
Vivat!
Vivat, vivat, vivat!
Und:
Hoch die Quellen,
Hoch die Wässer!
Doppelt hoch lebe die Wärme,
Dreifach der pH-Wert hoch!
Flüssiges aus Füssings Bad
Für die Füße Strom und Fluß,
Für die Arme fließend Süßes:
Dolce vita in Gesundheit,
Vita nuova in mens sana
Therapie durch schöne Wärme
Bonne santé durch eine Therme –
Noch ein Hoch aufs Reagenzglas!
Nieder mit der Reaktion!
Auf und nieder, immer wieder,
Hoch und tief,
Östlich-Westlich
Yin und Yang
Zwicks sehr schön östliche Seele:
Vivat hoch und hoch:
Evviva!

Ahoi! Ja, aufjodeln wollte es da in Zwick oft und oft vor innerlicher Freude, und wie ein heißer Sprudelquellstrahl zischte es da richtiggehend in ihm heftigst auf: Der Gipfelpunkt seines Lebens – er war erreicht. Hah, unstreitig: Sein, Zwicks, Leben war an seinem Scheitel-, ja gar Siedepunkte angelangt!

Ja, wie ein Schneekönig und eine Weihnachtsgans freute sich der Bäderkönig Dr. Zwick, besah er von der höchsten Zinne des Hauses aus immer wieder mal sein neues Reich. Und, ja, halb von Sinnen vor Freude und Lust jagte er dann wie eine gesengte Sau diese und nämlich sich durchs Dorf, durch jene Ansiedelung also, in der jetzt auch in der kürzesten Zeit so herrliche und erhabene Quartiere wie das schicke »Kurhotel Allgäu«, die verträumte »Pension Dornröschen«, das aparte »Haus Evelyn«, das beinahe fast rustikale »Appartementhaus Bavaria« (gegenüber Therme I), das lieblich herbe »Appartement Zehentstadl«, aber auch das mondäne »Kurhaus Sanatorium Oliva-Esperanza«, vom gemütlichen pferdebestückten »Haflinger Hof« (TV-Anschl., Liegew., Kutschfahrt) fast nicht einmal zu flüstern, in allerkürzester Zeit entstanden waren: Zu eigenem Nutzen, dem Johannesbad zu erneutem und vermehrtem Frommen. Und allesamt gemeinsam darauf aus: dem allgemeinen Siechtum stramm zu wehren.

Darum, laßt schmettern nochmals der Trompeten
Hellen Schall!
Laßt sprudeln fürder der Warmwässer Strahl!
Heil dir, Bad Füssing, hohes Heil,
Heil dir, du Hohes Haus E. Zwick!
Zu deinem eigenen ewigen Glück!
Heil dir und immer Heil!
Heil, Heil und Heil!
Heil und Ahoi!

SEIN BESTER FREUND FRANZ JOSEF

Es war um die Mitte der Siebziger Jahre, vielleicht auch schon erheblich früher, daß die Wege E. Zwicks und des nachmaligen bayerischen Ministerpräsidenten und langjährigen CSU-Vorsitzenden Franz Josef Strauß sich kreuzten; und sofort, nach einem nur ganz kurzen Zögern, gab es für beide praktisch kein Halten, kein Zurück mehr. Es war Liebe auf den ersten Blick, amour fou, ein coup de foudre, wie der Franzose sagt – gesucht und gefunden, wie es der Banatdeutsche häufig ausdrückt. Unvergessen noch heute die großen und meist geburtstagsbedingten Familienaufläufe in Füssing oder u. a. auch an der südfranzösischen Mittelmeerteilküste, zu welchen Strauß im Überschwang auch oft (wie herrliche Farbfotos aus dem Zwickschen Farbfamilienfotoalbum bezeugen) christlichsoziale Spitzenpolitiker wie Tandler und W. Gröbl und sogar Gerstl mitbrachte, die dafür dann auch freiwillig ihr Wochenende opferten und sich abkargten, nur um gleichfalls Zwick nahe zu sein. Zwick, dem Vorbild, Zwick, dem großen christlichen und thermalbadhumanistischen Leitbild, Zwick, der zu diesen besonderen Gelegenheiten und zum Champagnertrinken auch immer wieder seine Gattin und auch schon mal den noch sehr zarten Sohn Johannes mitbrachte – doch, für Zwick, da opfern selbst die gefragtesten CSU-Tops schon mal ihren Sonntag.

Was aber nun interessierte, was fesselte selbst einen Weltpolitiker wie Franz Josef (»To whom it may concern«) Strauß derart an Eduard Zwick? Was zwang ihn immer wieder in die Gefolgschaft, ja buchstäblich in die Arme seines Freundes Zwick? Nun denn, wir sprachen schon kurz und en passant davon, welche Bewunderung, ja Verwunderung es selbst und gerade einem »Urgestein« (H. Schmidt über F.J. Strauß) wie diesem bayerischen Löwen mit Weltstadtformat früh und dann immer wieder abrang, wie Zwick, kaum genesen von den Strapazen in Sumatra, in Bad Füssing darangegangen war, »aus Wasser Gold zu machen« (so unermüdlich staunend Franz Josef Strauß, der ja einst ganz Ähnliches vorgehabt hatte, damals in Rott am Inn oder, jedenfalls in einem sehr frühen Knabenblütentraum in Salt Lake City oder Sacramento oder jedenfalls zumindest in Kohlgrub bei Murnau) – was Wunder, daß sogar ein Tycoon und Torpedo wie Strauß für einen Doradofinder wie Zwick nur die allerhöchste Bewunderung empfinden, vor Bewunderung, ja Ehrfurcht, praktisch nur hinwegschmelzen konnte. Hinzukam forcierend Straußens damals auffällig, ja schon fast befremdend werdende Vorliebe, eine wahre Präferenz, nein, eine – doch, hier muß es ausgesprochen werden – richtiggehende Passion für einsilbige Namen: sein beinahe grenzenloses Vertrauen in sie, in ihre (und bei einem Antimarxisten wie Strauß mochte das durchaus verwundern!) fast klassendefinierende Kraft. Strauß' Weltbild, auf seine Grundpfeiler zurückgeführt, setzte sich damals, so ab 1972, mit dem immer unbeweglicher werdenden Bonner Koalitionsgefüge ganz offenbar so zusammen, daß er in den Zweisilbern auf »er« (Tandler, Stoiber, Huber, Maier, Neubauer, Huber, Wagner, Aigner, Zehetmair, Faltlhauser) sowie auf »(e)l« (Streibl, Goppel, Waigel, Kiesl, Schedl, Heubl, Höcherl, Pirkl, Seidl, Gröbl, Gerstl, Nüssel zuletzt) innerhalb der CSU und der ihr nahestehenden Kreise die genuin Dienenden, die Subalternen und genotypischen Lakaien (Schranzen) sah bzw. zu erkennen vermeinte – in den einsilbigen Persönlichkeiten und Menschen aus seiner Umgebung aber die Mächtigen, die Weltgeschichtstragenden, das jeweilige Dynamit ihrer Epoche; kurzum, die wahren Freunde:

Hatte Strauß schon immer erhöhten Wert gelegt auf gute, ja vorzüglichste Verbindungen zum Hause Flick väterlicher-

seits und dann auch zum Sohn Flick (vgl. Straußens ein-
drückliche Aussage vor dem Bonner Flick-Untersuchungs-
ausschuß 1984 ff.), desgleichen natürlich auch zu Mick und
Muck Flick; so erstreckte und wölbte sich dieses Straußsche
Grundvertrauen, ja diese ominöse Leidenschaft, bald auch
auf Persönlichkeiten wie den Hendl-Verkäufer Jahn, den
papuaneuguineischen Konsul Schöll (auch im Aufsichtsrat
der Johannesbad-Gesellschaft), den Mercedes-Filialleiter
Dersch und besonders auf den Rosenheimer Wurstspezia-
listen und -exporteur März, in dessen »Gästehaus Spöck« im
Zuge dieser wünschenswert doppelten metzgerlichen Asso-
ziation ja auch die wichtigsten Milliardenkredit-Verhandlun-
gen mit Herrn Schalck »erheblich« (Strauß) vorangetrieben
und schlußendlich höchst erfolgreich durchgeführt worden
waren, ehe es dann in deren Spätfolge zur von Strauß leider
nicht mehr erlebten deutschen Neuvereinigung 1990 kam;
und schließlich und ganz offensichtlich in der Spätfolge der
frühen Strauß-Beziehungen zu Quandt, Diehl und Dr. Ries
eben auch zur Familie Zwick, welche – vive la petite diffé-
rence! – nicht nur das erfolgverheißende Motiv der Flick-
schen Wortmelodie nochmals steigernd aufgreift; sondern
auch – honni soit qui mal y pense – die eigene Straußsche
Singularität per monochromatischer Einsilbigkeit als – in
hoc signo vinces – seine zuhöchst eigene natürliche Erfüllung nochmals sanktioniert, für sakrosankt erklärt und hm:
beteuert. Um nicht zu sagen belauscht.

Und es ist diese elementar-essentielle Straußsche Vorliebe
für hohe und allerhöchste Geschäftsleute also keineswegs,
wie Kurt Scheel im »Merkur« (5/94) wähnt, in Wahrheit eine
für »windige Geschäftsleute«, geschweige denn, so Scheels
fernere und immer ufer-, ja haltlose Spekulation, daß Strauß
selber »in gewisser Weise asozial« (ebd.) gewesen wäre, ei
was, Possen! – was heißt hier auch »in gewisser Weise«, he?
Sondern vielmehr, auch wenn Zwicks Steuerverbindlichkei-
ten sich wie gesagt z. B. gegen J. Schneiders gleich darauf

bekanntgewordene (Privat!-)Verbindlichkeiten in Höhe von 5(!!) Milliarden Mark reichlich bescheiden, ja tendenziell kümmerlich ausnehmen: es ist dieses mit den natürlichen Mitteln der rationellen und diskursiven Vernunft kaum erklärliche und plausibel zu machende Faible, diese fortschreitende und ihn offenbar selber fortreißende Leidenschaft auch und gerade des reifen Strauß für Zwick und die Seinen (mag die »schöne« Monika Hohlmeier geb. F.J. Strauß da heute deuteln, was sie will) – und dies noch jenseits und unabhängig von der Affaire Frau Piller, die eine wirklich späte Amoure zu nennen kritischer Abwägung allerdings heute, gut fünf Jahre nach Strauß' Heimgang, ohnehin zunehmend schwerer fällt, ja eigentlich schon der Anstand glatt verbietet – es ist, Scheel hin und Monika Hohlmeier her, eben diese Strauß/Zwick-Passion nur und lediglich zu verstehen und begreifbar zu machen vor dem Hintergrund frühkindlicher Straußscher Prägung vermutlich ungefähr zwischen Oral- und Analphase im sekundären Stadium, will sagen: im Lichte von Strauß' – und er war ja nicht zufällig in seiner frühen Jugend Rennfahrer und dann mit großem Erfolge humanistischer Lateinlehrer – Anfälligkeit gegenüber der Klang und Buchstabe gewordenen ehern mystischen Kraft der magisch-mythischen Letter, des Urworts orphisch, das nun mal, und da sind sich so unterschiedliche wissenschaftliche Temperamente wie Schadewaldt, Kerényi, Jens und Habermas frappant d'accord, dem Einsilber zugehörig ist und ewig angehört –

– so Gott, so Zeus, so Strauß, so Zwick.

Mag sein, daß in dem früheren Landrat von Schongau und ehemaligen weltanschaulichen Referenten und Rottenführer beim Nationalsozialistischen Kraftfahrerkorps Sturm 23/M 86 in München und späteren Offizier für Wehrgeistige Führung (1943/44) und später dann sogar Kanzlerkandidaten Franz Strauß mit der Klangmagie und polyvalent semantischen Aura des Worts »Zwick« auch eine regressiv präpuberale Prägung der nachgeholten Genitalphase als degressive Wunschlibido wirksam und wirklichkeitsbildend wurde in Form einer Langzeiterinnerung an das sehr frühe Zwicken der Mutter oder werweiß der Amme in den weichen, in den ach so weichen, kissenartigen Hintern, vulgo Oasch: Wie auch immer, jedenfalls verband Strauß so ab 1975 mit Zwick eine fast ebenso innige Leidenschaft wie umgekehrtherum – es hatte beide nacheinander verlangt, man hatte sich gesucht und gefunden, das selbander gemeinsame Glück war geschmiedet. Mag sein, daß hier die C.G. Jungsche Animatheorie internalisiert ins Viril-Phallische fröhliche Wiederkunft feierte, mag gleichfalls sein, daß gerade der reife und späte Strauß in dem ehemaligen Tropenarzt und jetzigen Niederbayern (vgl. dazu Erwin Huber ca. 1987 in einer sogar vom Fernsehen übertragenen Rede vor christlichen Jungbauern: »Mir san alle Niederbayern!«) im Sinne der platonischen Idea-Lehre eben die Idee des Ebenbürtigen und damit einer gewissermaßen spiritualisiert-christologischen Wiedergeburtstheorie erahnte, ja sehrend ersehnte. Denn gewiß doch zählte die Familie Zwick seit spätestens 1964 zu den, im Sinne antiker Hochphilosophie, pauci beati, gleichzeitig zum Finanz- und Seelenadel des neuen wiederaufgebauten Deutschland (vorerst: West) – nicht ausgeschlossen sogar, daß hier für den bevorstehenden Kanzleraspiranten F.J. Strauß im Bäderkönig Eduard (»King«) Zwick »mit bewundernswerter, bohrender Insistenz eine Hoffnung choreografiert« (Thomas Assheuer zu J. Habermasens 65. Geburtstag am 18.6.94 in der »Frankfurter Rundschau«, ja, in der »Rundschau« geht ab sofort heute alles durch – ehrlich; auch eine »choreografierte Hoffnung«, ja varreck!) war und dann mit den Jahren danach immer insistenter und bohrender choreografiert wurde –: genug, wie eine insistente Choreografie muten uns Nachwachsende oder gar bewundernd Nachgeborene entsprechend hoffnungsvoll jene unvergessenen Fotos an wie zum Beispiel unser Buchtitelfoto, das da die beiden Dioskuren wie Castor und Pollux bei, den azurblauen Lampen im Hintergrund nach zu urteilen, einer Art Staatsakt in der Münchner Staatskanzlei zeigen könnte, Strauß mit Krawatte, Zwick (vermutlich symbolisch anspielend auf das immer beliebtere Fliegenfischen in seinen niederbayerischen Thermalgewässern) sogar mit pechdunkler großkreativer Fliege am Hals, Zwick mit, Strauß prima kontrapunktisch ohne Brille, und beide doch geeint durch den unicord tiefgraublauen Anzug, und das Ganze bei der Übergabe »sicherlich« (Beckenbauer) einer neuen Bädereinzugstariffordnung oder aber der vorläufigen Ablehnung des Steuerbescheids des Finanzamts Passau –

– ja und dann, dann erst recht die noch viel trefflicheren Fotos vom gemeinsamen Geburtstagstreffen auf der Terrasse von Zwicks Villendomizil sur Mer! Was eine Pracht! Wie sie da dastehen nebeneinander, beide in jenen weißlich gestreiften – längsgestreiften! – Freizeithemden mit je sperrangelweit offenem Kragen, wie sich dieses gestreifte Weekendweiß aber schon derart über die Hosenbünde wölbt, daß es selbst der europäischen (!) Kulturzeitschrift »Merkur« (6/94) noch viele Jahre post mortem Strauß' eine hingerissene Analyse abtrotzt; wie sie stehend (während der von Strauß mitgebrachte G. Tandler offenbar etwas unbotmäßig sitzen geblieben ist oder aber wie in übergroßer Huld aufgrund einer Sondergenehmigung in Anbetracht eines chronischen Rumpfleidens sitzen bleiben durfte) der Welt, der dunklen, der schwül atmenden mediterranen Nacht selber zuprosten mit Kelchen wie Abortschüsseln so mächtig, wie sie beide ahnbar Mühe haben, geradezustehen (und die beiden mitgebrachten Ehefrauen schauen auf einigen Fotos auch schon ziemlich besorgt, ja recht zuwider drein), und sich doch eben wie schon entmaterialisiert, wie metasymbolisch, ja den ewigen Gesetzen der Statik trotzend, an diesen Riesenkelchen festhalten, an der abermals platonischen Überlebensidee Champagner gewissermaßen; wie G. Tandler dazu

immer besinnlicher, beschaulicher, ja sozusagen gewissermaßen desperater vor sich hin auf die Tischdecke mit zahlreichen weiteren und schon geköpften Sektflaschen äugt
und sichtbar von seiner Altöttinger Postwirtschaft und den
ihr hoffentlich bald aus Bad Füssing zusätzlich zueilenden
Logiegästen und Schweinsbratenessern träumt, träumt und
träumt, aber hier nicht und nicht weichen darf, will er sich
seine Nachfolgerchancen gegen Stoiber, Waigel und gegen
den auch schon nachdrängenden Huber Erwin wahren,
diese »Bleedezauh« (Tandler); indessen von linkerhand der
mit einem Freizeithemd karierte und gleichfalls champag-
nerglasbestückte Arm des seinen Vater adjutierenden
Zwick-Sohns Johannes ins farbige Bild des allgemeinen
Grauens ragt; während auf einem anderen Foto wieder der
CSU-Spitzenpolitiker Gerstl wie ein steinerner Gast postiert
hinter Zwick und Strauß Wache, wenn nicht Rache schiebt –
– ja, herrliche Fotos von der Terrasse der Villa »Bavaria«
in Le Rayol-Canadel-sur-Mer, die herrlichsten sind es von
unserem Diabetikerpärchen Castor und Cleopatrus, Hype-
rion und Belladonna vergleichbar, allein zu messen an der
Friesenheimer Nachwuchskonkurrenz Helle Kohl und
Schrecki Schreckensberger (vgl. E. Henscheid, Helmut
Kohl, Zürich 1985, p. 39 ff.), wahre Karfunkel und buchstäblich Kronjuwelen aus dem allg. Zwickschen Privatfoto-
album, angelegt als Beweisstück für evtl. schlechtere Zeiten
– anzunehmen, ja zu hoffen, daß E. Zwick 1994 in Lugano
vom deutschen Nachrichtenmagazin »Der Spiegel« für den
Farbabdruck dieser tollen Fotos mindestens eine halbe Mio.
Mark oder besser noch Franken an sich gerissen und rüber-
kommen hat lassen, eine hochverdiente halbe Mio. aus den
Kassen Augsteins, finanziert von uns Leserdeppen, die 1994
ja tatsächlich an wenig so viel Freude gehabt haben wie an
diesen beiden nächtig gestreifthemdigen deutschen Elite-
menschen, randalierend an der südfranzösischen Küste hinein ins fahle Morgengrauen – –

Ja, Gott erschuf den Menschen nach seinem Ebenbilde, nach dem Ebenbilde Gottes schuf er ihn – und zurückgestellt sei deshalb bis auf weiteres hier die Frage, warum Strauß nebst Tandler und Gerstl und Marianne Strauß-Zwicknagl nicht auch noch die eigenen Kinder mit angeschleppt hat, also Franz Georg und Max Josef Strauß sowie die reizende Monika nachmalig Hohlmeier-Strauß, die hätten doch auch noch 1a in dieses tagelang wütende Gewürge und Saufnasenzusammengestecke gepaßt als Dekor, als juvenil frühvertrottelte Abrundung, als Arrondissement, wie der südfranzösische Kisten-, pardonnezmoi: Küstenbewohner sagt; und nicht nur er. Allein, bei aller Freude am Begleitschmuck, an der barocken Prachtentfaltung, bei der fotografischen Umsäumung von »Zwicks Leuten« (Der Spiegel 18/94, S. 36, links) mit Strauß' Familie und ausgewählten politischen Meinungsbildnern: Ihre eigentliche Klimax als einen der »Markstein der deutschen Zeitgeschichte« (Albert Wucher, Frankfurt 1991) erreichte bzw. erkor excusezmoi: erklomm die »Männerfreundschaft« (H. Kohl, später) Strauß/Zwick doch immer erst dann, wenn sie beide unter sich, wenn das ganze restliche G'schwörl endlich im Bett, wenn namentlich »die Frauen, als ob die Luft von lästigen Fliegen befreit sei, aus dem Zimmer waren« (George Eliot, Die Mühle am Floss, p. 101) kreuzkruzifixundscheißdiewandan. Und jedenfalls, wenn ein M. Streibl heute daherkommt und zugibt, es habe seinerzeit bzw. dann zu seiner Zeit als Finanzminister hin und wieder »Fälle gegeben, wo ein bestimmtes Wollen an uns herangetragen worden ist«, dann könne er, Streibl, aber – und das gilt u. E. analog natürlich genausogut für Stoiber – gleichwohl nur sagen: »(Strauß) hat mir nie Anweisung gegeben, das Ding« – die Sache Zwick – »niederzuschlagen« (dpa).

Wohl deshalb, weil Zwick damals laut M. Streibl (FAZ 13.4.94) schon »hochgradig zuckerkrank« war. Weiß man's? Man weiß es kaum.

Und auch ob Zwick sich wirklich zusammen mit Franz Josef (»Sind Sie überhaupt Abitur?«) Strauß im Falle eines Atomkriegs in eine für West-Samoa geplante Johannesbad-Dependance zurückgezogen hätte (»Der Spiegel« 4.4.94): Man wird es niemals mehr erfahren. Ist auch leicht besser so.

HOHE AHNEN

O dunkler Tann uralter Zeiten, o banger Traum von fürstlichen Geschlechtern stolz und hehr!

Am Ausgang einer steil aufragenden waldigen Felszunge reckt sich eine mächtige Burg. Eine gewaltige Schildmauer kündet von ihrer Wehrhaftigkeit. Im Osten, der Hauptangriffsseite, schreckt eine riesige und starke Mauer mit Schießscharten und hervorkragendem Wehrgang jeden unerwünschten Besucher ab. Der Bergfried, an die dreißig Meter hoch, scheint Gott selbst zu trotzen. Doch heute herrscht kein übermütiges Treiben wie sonst zu Friedenszeiten. Eine seltsame Stille lastet auf den alten Steinen. Die Menschen haben sich zurückgezogen in Stuben und Kammern. Hin und wieder beugt sich ein Besorgter aus dem Fenster, den Himmel zu beobachten.

Ein kränklicher Mond lugt bläßlich durch die Wipfel der hohen Eiche auf der westlichen Kernburg. Giftiges Gelbgrau überzieht die Himmelskuppel, vor der sich dunkelgraue, bald schwarze Wolken ballen, ja türmen. Sie wachsen und wachsen, schon scheinen sie über der Burg zu hängen. Jedoch, es fällt kein Regentropfen.

Nichts regt sich. Totenstill liegen die Haine im Rücken der Burg. Gespenstisch, wie erstorben, streckt eine alte, vom Blitz zerrissene Eiche ihre nackten Arme ins Weite. Weiter südlich gleißt der Fluß Theiß. Sonst so lieblich, blitzt er nunmehr giftig auf.

Drunten im Tal werden die letzten Getreidewagen eingefahren, man hört bis in die Giebelsäle hinauf das Peitschen und Schreien der Bauern und Knechte. Der Burgherr sieht's trotz aller Bedrückung, die sich ihm von seinem Gesinde, von Frau, Kindern, Mannen mitteilt, mit tiefer Befriedigung: Die Ernte ist gerettet. Doch, ach, was wird das Wetter bringen? Der Bergfried lockt Blitze an, ein schwacher Punkt. Zwar hat man, wir schreiben 1760, schon früher alle Holzelemente im Außenbau entfernt, doch wie ist's mit dem Innenraum?

Die Frauen heben an zu beten, das dunkle Glaubenswort soll Schutz und Rettung bringen. Sie werfen sich seufzend in der Kapelle nieder und flehen um Schonung für die stolze Burg, das ganze Tal.

Man weiß es von alters her: Die mächtige Sippe derer von Zwick ist dem Nächsten verbunden. Die Sorge um ihn, die Anteilnahme an überhaupt allen, die im Schutz und Schirm der Burg leben, bestimmt die Hohen Herren und Frauen. Dafür sind sie landauf, landab bekannt, und ihre Vasallen ehren sie in Treu und Fleiß.

Für diesmal sollte das Gewitter noch vorbeiziehen und weiter südlich, nahe der Burg Medergen, dem Stammsitz einer Nebenlinie, niedergehen. Fernhin sichtbar schlug da die Feuerslohe hoch. Doch auch dort konnte das Ärgste verhindert werden. Der Götter Segen ruhte letztlich sehr auf allen.

Die Ursprünge dieser ehrwürdigen Familie verlieren sich im Dunkel der Zeit. Der erste urkundlich erwähnte Zwick (Ziwigo) hieß Rudolf. Er siedelte in der Gegend von Augsburg. Ein naiver, doch sehr naturalistisch arbeitender Bildhauer hat uns sein Portrait hinterlassen, es findet sich in einer schwäbischen Abtei. Etwas skeptisch blickt er unter seinem Helm hervor, mit gerunzelter Stirn, hochgezogenen Augenbrauen und gesenkten Mundwinkeln. Schon er war ein kühner Rechner und Planer. Geistige Interessen hatte er so gut wie keine, aber gute Witze liebte er über alles. Frühzeitig schon rankten sich Anekdoten um ihn.

Er hatte sechs Töchter, Mathilde, Hedwig, Agnes, Katharina, Guta und Clementia, die er gut bis sehr gut verheiratete. Dadurch mehrte er sein Hab und Gut und befestigte

seinen Besitz. Die Sippe kam zu Ansehen. Ihr Einfluß-
bereich dehnte sich in Schwaben wie im Banat aus. Durch
kluge Verträge und starke, kaum demonstrative Bewaffnung
sicherte man das teure Erbe.

Am Anfang aber stand Rudolf I. Zwick, der Stifter. Eine
weise Frau hatte bei seiner Taufe geweissagt: »Das Haus
Zwick beginne mit einem Rudolf und ende mit einem hinwiederum.« Diesen Satz hatte man jahrhundertelang füglich
weitergegeben und beherzigt. Man hieß die Söhne Albrecht,
Friedrich, Maximilian, Karl, auch Ferdinand, bis der Spruch
in Vergessenheit geraten sollte. Wer würde, ohne es zu
ahnen, mit einer verhängnisvollen Namensgebung den eig-
nen starken Stamm zu Fall bringen?

Die Frage kann – noch – nicht beantwortet werden.
Allein, zur Warnung und zur Befolgung würden Vergleiche
mit dem Hause Habsburg, der noch etwas bekannteren
Familie, den Zwicks nicht schlecht anstehen. Auch dort
hießen der erste Herrscher und recht eigentlich der letzte
Rudolf. Der erste hatte so gut wie keine geistigen Interessen,
liebte aber gute Witze über alles. Frühzeitig rankten sich
Anekdoten um ihn. Wie man aber weiß, war es mit dem
Hause Habsburg, mit seiner Macht und Pracht, im Jahre
1918 so gut wie aus.

Insgesamt und bis jetzt hatte sich die Familie Zwick also
gut entwickelt. Sie hielt gut haus, mehrte sich und machte im
großen und ganzen alles richtig, wo immer sie grad siedelte.
Wie die Kirchenregister zeigen, ging alles einen geregelten
Gang: Geburt – Heirat/Vermehrung – Tod – Letzte Ölung.

Natürlich waren auch tragische Zwischenfälle zu ver-
zeichnen. Sie blieben aber, gütiges Schicksal, in ihrer Mehr-
zahl Minderzahl. Wenige Beispiele mögen dies vor den
Augen der Welt bestätigen.

Hartmann, der Sohn des Rudolf I. Zwick, war ein allseits
beliebter und angesehener Knabe. Als er heranwuchs, wollte
ihn der Vater mit einer englischen Königstochter zusam-

menbringen, deren Familie Ansprüche auf die Provence und andere Teile des Arelats zu haben glaubte. Alles schien sich aufs beste zu fügen, die Brautleute fanden Gefallen aneinander, die Hochzeitsvorbereitungen waren im Gange und stellten alles Vergleichbare in den Schatten. So sollten die Schabracken der Pferde aus Brokat und golddurchwirktem feinsten orientalischen Damast sein, um nur ein Beispiel für den verschwenderischen Geist der Familie zu geben. Doch am Abend der Zeremonie ritt Hartmann noch einmal zum nahen Rhein (bei Worms), sich ein wenig in seinen raschen Wassern zu erfrischen. Das Verhängnis nahm seinen Lauf. Eine Stromschnelle war es, die seinem jungen Leben ein jähes Ende bereitete.

Wie reagierte die Familie? Die Chronik berichtet, daß die Sippe von diesem Zeitpunkt an trachtete, reißende Flüsse, dräuende Meere, ja selbst hurtige Gebirgswässer zu meiden. Sie fühlte sich nur sicher an den Gestaden ruhender Gewässer und mit milde aus der Erde sprudelnden, warmen Quellen (Thermen).

Wie unerforschlich sind doch die Wege des Himmels! Ein tragischer Zwischenfall aus der Frühzeit der Sippe, vom Vater dem Sohne berichtet, von der Mutter der Tochter mitgegeben, bereitet den Boden für eine der erstaunlichsten Schöpfungen der modernen Zeit, das international anerkannte Gesundheitsbäderimperium Bad Füssing!

Einen anderen Sproß, Karl, bestimmte die Familie zum Handelsmann in der fernen Stadt Gent. Die Genter sind, wie die Geschichte ihrer Stadt lehrt, stolz, ja heikel. Doch gerade dort soll sich Zwickscher Pioniergeist bewähren, sollen Zwicksche Tüchtigkeit und Handelsklugheit eine sog. Zweigstelle gründen. Die Ältesten wollen es so.

Zunächst geht alles gut. Die Stadt am Zusammenfluß von Schelde und Leie nimmt Karl Zwick auf. Als der junge Mann, nur begleitet von seinem treuen Schreiber Friedmann, durchs südliche Stadttor reitet, läuten die Kirchenglocken von Sint Baaf und Sint Niklaas. Karl nimmt dies als gutes Omen. Er sieht, wie junge und auch ältere, zumeist dralle Frauen in kleidsamer Tracht ihre Schritte verhalten und ihm versonnen nachblicken, ihm, dem Fremdling, und er weiß: Er wird seinen Weg machen über die Herzen der Frauen.

Gesagt, getan. Schon bald ist er aufgenommen in allen möglichen Gilden, ist gut Freund mit allen Gentern, sitzt unter ihnen in den Wirtsstuben mit den niedrigen Deckenbalken, wo nicht vornehm getafelt wird, wie es im Hause Zwick, daheim, die Regel war, sondern wo regelrecht »gespachtelt« wird, wo Huhn in Kalbssud, das sog. »waterzooi de poulet«, in immer neuen Schüsseln aufgetragen wird, wo Rind, Lamm, Schwein die hungrigen Münder und Mägen füllen und wo süßes dunkles Bier die durstigen Kehlen netzt. Karl ißt und trinkt und scherzt mit allen. Manch schöne Saaltochter mag da ihr Herz an ihn verloren haben. Doch das Verhängnis naht hier aus einer anderen Ecke.

Eines Abends, als wieder bei »waterzooi de poulet« und süffigem Bier die Tagesabschlüsse mit Friedmann durchgegangen werden, bleibt Karl ein Hühnerknochen im Halse stecken. Alle Hilfe kommt zu spät. Er erstickt.

Welchen lebenstechnischen Nutzen, welche Lehre zog aber nun das Geschlecht der Zwick aus diesem Vorfall? Die Antwort: keine! Die Philosophie der Aufklärung (Kant), die wie ein reinigender und zugleich neu befeuernder Sturm über Europa gefegt war, hatte mittlerweile jeglichem Aberglauben ein Ende bereitet. Die Zwicks aßen also weitershin Back- und Brathuhn, meist in der Form, daß man es sich zerteilt vorlegen ließ, dann die Stücke mit beiden Händen packte und sie zum lechzenden Munde führte.

Etwas Ähnliches wie mit dem unglücklichen Karl sollte sich deshalb denn auch nie wieder ereignen.

Aber solche und noch zahlreiche andere hohe Taten, sog. Aventüren und Apanagen, waren den frühen und erlauchtesten Mitgliedern der Zwickschen Herrschersippe (vgl. Geschichte Rumäniens und Siebenbürgens, vor allem Band I bis VIII) vergönnt und zugemessen, hohen Persönlichkeiten, daherschreitend oft in Brokat, Damast und zu bestimmten Gelegenheiten sogar umhängt von sternglänzendem Silberlametta: Abenteuer und Eskapaden, wie etwa auch die Teilnahme eines gewissen Attila Zwick (1128–1186) am Fünften Kreuzzug samt der siegreichen Schlacht gegen die Mamelucken bei Akkon mit der Folge eines lebhaften Orienthandels Türkei–Bukarest–Hermannstadt und des Eindringens byzantinisch-levantinischen Gedankenguts in das Land, das später deshalb auch einem sog. Grafen Dracula dienen und gehorchen sollte. Aber selbst wenn es u. U. unter Zwicks hohen Ahnen periodisch auch immer wieder mal gewöhnliche »Barbaren, Ketzer und Artisten« (Arno Borst) gab und gegeben hatte, so überwogen doch die staatstragenden Persönlichkeiten und weitschauenden Heerführer und jene Pioniere und Marschallstäbe, die da ausgezogen waren, die Welt definitiv zu unterjochen – wir verweisen hier auch auf das winzige Zwick-Kapitel in unserer großen Studie über »Die Habsburger im Spiegel von Frau Schratt« sowie auf div. Notate in unserem Familienportrait »Die Pertinis in der nördlichen Lombardei« (New York – Arosa, 1989): ein wahres Ruhmeskapitel im Familienbuch des Hauses Zwick, samt der siegreichen Schlacht bei Legnano und Solferino!

Kann man es unter diesen Vorzeichen einem nachwachsenden CSU-Spitzenpolitiker wie Otto Wiesheu verdenken, wenn er sich seinerzeit überaus geschmeichelt fühlte, in eine solch hohe Ahnengalerie einheiraten zu dürfen, damals, als Vater Eduard Zwick ihn als einen besonders »anständigen und bescheidenen Menschen« (cit. n. »Spiegel« 14/94) im Überschwang als Schwiegersohn für Luitgard in Betracht gezogen hatte?

Man kann es nicht; auch dann nicht, wenn man heute korrigierend festhält, daß der eingangs erwähnte Zweig

Zwick-Ziwigo, wie neuere Forschungen bestätigen, leider nichts mit der uns hier primär beschäftigenden Gruppe Eduard-Angelika-Johannes-Luitgard zu schaffen hat. Sondern diese lang im Schwang befindliche und auch O. Wiesheu kurzfristig irritierende und blendende und auf eine Fehlfährte lockende Ahnenschaft beruht auf einem historischen Mißverständnis. Einem Druckfehler wahrscheinlich.

Die älteste Zwick/Bad Füssing betreffende Stammbaum-Quelle, welche historisch allen Zweifeln stichhält, lautet vielmehr auf den Namen »Zswikpo«, gespr.: »Tschibbo«.

Es sei hier nicht verschwiegen noch als Nachricht unterdrückt, daß der alte Zwick in seiner späteren Bad Füssinger Glanzzeit unter dieser doppelten Desillusion außerordentlich, wenn auch durchaus heimlich litt und sich darüber härmte. Nicht wenige neigen auch der weiterführenden Deutung zu, daß ihm gerade diese Enttäuschung die damals ins Hohe und immer Höhere ausholende Lebenskurve spürbar knickte, ja seinen baldigen Heroensturz beschleunigte.

Es war wie ein Symbol: Statt »Ziwigo« plötzlich »Tschibbo«. Tz, tz, tz . . .

FRAUEN UNTER SICH

Genf begann sich in einen grünblauen Abend zu hüllen. Oben, zwischen den Dachkanten der Häuser, hing ein letzter Block Sonnenlichtes schräg in den fast noch etwas winterlichen Nebel herein, aber diese ein wenig befremdliche Botschaft von dem Vorhandensein des freien Himmels, aus dem gerade die Maschine aus München auftauchte, schmolz zusehends weg und war im Verschwinden. Die zahllosen Fahrzeuge, darunter bald auch das Taxi mit Monika Strauß, tuteten und lärmten, seitwärts und oben beschlagen von dem Schein der Bogenlampen. Die Häuser entlang kroch das breite geschlossene Lichtband der sich erhellenden Schaufenster, ganz wie es der bekannte österreichische Dichter in seiner unnachahmlich mächtigen und meisterlichen Milieukunst beschreibt und suggeriert.

Frau Strauß jun., evtl. auch schon Hohlmeier geheißen (Heirat), war als erste gekommen und hatte sich im Hôtel D., einem eleganten, kaum teuren Haus auf Empfehlung von Angelika Zwick angemeldet. Nicht hatte man das durch den späteren Mord an einem bek. deutschen Politiker damals schon berühmte Hôtel Beau Rivage gewählt, obwohl es standesgemäß gewesen wäre und obschon es 1898 auch schon dem Mord an Kaiserin Sissi zugesehen hatte.

In Genf, franz. Genève, Einwohnerzahl laut Neues Lexikon in Farbe von 1989: 163 000, laut Der Volks-Brockhaus von 1938: 174 000 und laut Knaurs Konversationslexikon von 1932: 131 000 (eine erstaunliche Entwicklung übrigens), in Genf also wollte Frau Monika Besorgungen machen. Sie erwog den Erwerb einer oder mehrerer Uhren, wollte die väterlichen Konten überprüfen – ihre Frau Mutter war ja schon im verwichenen Jahre (1984) durch einen tragischen

Unfall (verhohlene Liebe) ums Leben gekommen – und nicht zuletzt ihre mütterliche Freundin Angelika Zwick und deren Tochter Luitgard sehen. Jetzt saß sie in der Stille eines Cafés an einem großen leeren Marmortisch in einer der »Logen« am Fenster. Der Oberkellner, ein Herr Doder, war bereits von langer Hand instruiert und traf Vorbereitungen wie zu einer Sitzung, man konnte gleich bemerken, daß heute etwas Besonderes sich im Anrollen befand: denn von allen Seiten wurden die Pariser und Wiener Modejournale von ihm zusammengetragen und der schönen jungen Frau vorgelegt, ihr die Zeit zu vertreiben.

Da ging die Tür auf, und die Erwarteten trafen ein und schlängelten sich durch die zierlichen Tische und Sesselchen auf Frau Monika zu. Lebhafte Begrüßung, lebhafteste Anteilnahme, Fragen nach dem Wohlbefinden, den Plänen, den Umständen der Anreise. Auch Mutter sowie Tochter Zwick kamen von ferne, diesfalls dem Zwickschen Behelfswohnsitz in Hergiswil im Kanton Nidwalden, einem Steuerparadies (laut »Spiegel« 18/94). Die bekannten Begrüßungsformeln wie »Gut schaust aus!«, »Hallo, wie geht's?« und »Ja, wie hammer's denn?« waren zu hören und schwirrten im Raum. Zugleich musterte man sich heimlich, fand aber schließlich doch Gefallen aneinander.

Frau Zwick, wie ihr Gatte bald danach auch vom deutschen Fiskus per Haftbefehl gesucht, Frau Zwick, die Gute, ja Gutmütige, trug, zum Anlaß nicht ganz passend, ein braunes Seidenkleid mit tiefem Rückenausschnitt. Oft, wenn sie tief aufatmete, durch irgendein Wort ihrer Tochter oder Frau Monikas bewegt, knisterte und krachte die Seide leise um ihre mächtige Büste. Wenn sie sprach, so in einem warmen, wohlwollenden Tone, worin stets etwas Mütterliches mitschwang. Meist ließ sie jedoch die beiden jungen Frauen plaudern, ja plappern.

Monika, in grauem, kurzen Designerkostüm mit schlichtem schwarzen Top, erzählte von ihrer Kindheit und Jugend. Früh habe sie ihr Herr Vater, Franz Josef Strauß, eingeführt in die Welt der Sonderkonten, Schwarzgelder, Tarnnamen, Kursexplosionen, sog. »Schnippelkonten«, Silbergeschäfte. Sie, nicht ihre weniger begabten Brüder, habe die komplizierten Praktiken der Kreditwirtschaft erfaßt und das Wesen der Steueroasen. Ihr Bruder Max zum Beispiel habe lange gedacht, sie lägen alle in Afrika. Da lachten die beiden anderen, denn sie hörten ihr ja wirklich zu.

Fräulein Zwick, die zarte, hübsche und nur etwas kurz geratene Person, der ja auch kurzzeitig Otto (F.) Wiesheu, der sympathische CSU-Generalsekretär, als Ehemann ausersehen war von ihrer Frau Mutter – der Versuch einer Kuppelung scheiterte übrigens, weil Luitgard, mit Recht, wie wir finden, Wiesheus »babberte Haare« (i. e. pappig) nicht mochte –, Frl. Zwick also war ausgezeichnet angezogen. Als Hut trug sie eine kleine Toque aus feinstem braunen Filz (solé), rechts heruntergezogen und mit einem kleinen, dünnen Reiher in derselben Farbe garniert, ein ganz zarter, durchsichtiger, am Hute anliegender Federpinsel. Auch trug sie zwei Blaufüchse zu ihrem braunen Jackenkleid, deren Farbe mit dem Fachwort »beige« anzugeben wäre, somit etwa sandfarben. Über das Kostüm heraus stieg eine Bluse von rosa Crêpe-Satin; zur genauen Bezeichnung dieser Farbe gibt es das Fachwort »Patou-Rosa«. Von den Strümpfen ist zu sagen, daß sie völlig hautfarben waren; die winzigen, ein wenig fetten Füße staken in braunen Krokodilleder-Schuhen, »Kroko-komplett«, versteht sich, keinerlei anderes Material, etwa Einsätze oder dgl.

Man »ging« dann noch sehr ausführlich »essen« (u. E. fünf Gänge) und verabredete sich für den nächsten Vormittag. Im Café sowie als auch im Restaurant öffnete Frau Angelika, die Gute, ihr »Börserl« und zahlte alles, mit Credit Card.

War das ein Hallo, als man sich am anderen Morgen wieder traf! Frau Strauß jun., die baldige First Lady of

Bavaria, war bestens gelaunt. Die Kontostände bei Pictet und Vontobel hatten sich als überaus, ja geradezu unheimlich gut erwiesen (Millionen), und so schritt sie mit den anderen im Schlepptau von Geschäft zu Geschäft und ließ sich Uhren vorlegen.

Da war da eine Uhr Happy Sport von Chopard Genève (depuis 1860), eine neue sportliche Version des Konzepts »Happy Diamonds«, deren Gehäuse wasserdicht war bis 30 m, dort wieder der Omega Seamaster Professional Chrono Diver, der erste Chronograph von Omega (Swiss made since 1848), der selbst in 300 Mtr. Tauchtiefe voll einsatzfähig bleibt.

»300 Meter!« staunte da Frau Angelika. »O mei, den bräucht' ich net, ich tu ja immer nur die Füß nei.« Sie tat hier leise eines kleinen Kummers Erwähnung: Ausgerechnet sie, die Frau des später ja sogar insulinabhängigen Bädermoguls, war wasserscheu!

Den Chronometer wählte aber schließlich Frau Strauß-Hohlmeier für ihren Mann (N.N.).

Als sie wieder auf die Straße traten, hatte sich die zerstreute Wärme dieses ersten Frühlingstages doch fast zu einer Art Schwüle gesammelt. Die weiträumigen Plätze, die prunkvollen Fassaden, das gebauschte und gekuppelte frühe Grün der Gärten und Baumkronen lagen in einem überraschenden Überfluß von Sonne, welche auch dem lebhaften Verkehr auf den Straßen einen funkelnden Prunk verlieh, mit noch schräg fallenden Strahlen da und dort wahre Lichtmassen sammelnd, deren Glanz die weitere Fernsicht (Montblanc!) leider ausschloß.

Die Terrasse eines Eiscafés nahm die Damen auf. Frau Zwick sen., der manche gemeinerweise, ob zu Recht oder zu Unrecht, sei dahingestellt, eine gewisse Ähnlichkeit mit der sogen. Margarethe Maultasch selig aus Tirol nachsagen, Frau Zwick also, sie trug heute ein Kleid von dunkel glänzendem Stahlblau, vielleicht nicht ganz das richtige für ihre

Haarfarbe. Aus den kurzen gepufften Ärmeln sprangen die Arme leicht polstrig hervor und mit einem makellosen weißen Satz bis zu den sehr zarten Handgelenken herab, wo ein Bracelet diesen Gletscherfluß anhielt. Oben umgab es ihre Kehle. Der Ausschnitt war knapp. Das fast unvorteilhafte Kleid war über dem Busen glatt, aber diese Mittel konnten die machtvolle Aussage der Natur nicht ganz vertuschen. (Man vergleiche unsere Beschreibung mit der Abb. im »Spiegel« 14/94 oder auch mit irgendeinem anderen Werk der Weltliteratur; z. B. H. v. Doderer, Die Dämonen, 9. Kap. u. m. a.).

Frau Luitgard war diesmal im Lolita-Look mit lila Ringelsöckchen erschienen, Frau Monika im schmucken kunterbunten Dirndl. Während sie noch löffelten, knirschte der Kies hinter ihnen fast bedrohlich, und eine Gruppe Frauen näherte sich rasch und rascher. Es waren aber diese niemand anders als die schöne Dr. med. Sabine Zwick, die fast neue Gattin von Johannes, begleitet von ihrer Pressesprecherin, die auf den leicht befremdlichen Namen Kristin Vierzig zu hören schien, eine fast noch schönere Person mit kastanienbraunen Locken, gekleidet in ein lachsfarbenes Empire-Kostüm mit dunklem Pelzbesatz, die sich sofort Notizen machte, arbeitete sie doch für den Bad Füssinger Bäder-Boten, und mit ihrer Hasselblad eifrig später viel geschmähte Fotos knipste.

Mit dieser »Reporterin« hatte es eine besondere, geradezu dämonische Bewandtnis, die wir aber nicht näher erläutern können, ja dürfen (Aktenzeichen II/60.313, Amtsgericht Oldenburg). – Daneben war noch die bereits vorne gestreifte persönliche Pressesprecherin von Dr. med. Johannes Zwick, Constanze Müller, erschienen, sie hinwiederum die spätere Freundin des ebenfalls späteren bayerischen Finanzministers Georg von Waldenfels, geb. Meyer.

Nun, man zähle rasch nach, waren es ihrer schon sechs Damen. Sie verstanden sich »auf Anhieb« (Anleihe aus der

Jägersprache). Das Stimmengewirre war so überaus gewaltig, daß der zwingende Eindruck entstand, hier rede jede und keine höre zu. Noch überraschender aber wirkte es, später festzustellen, daß dem beinahe wirklich so war. Das Geschrei der Damen, ostinat begleitet vom wiederholten Zwischenrufe Frau Zwicks: »Heit is schêi!«, erfüllte die sirrende Luft und lag wohl wie ein Sieden in den Ohren der Umsitzenden.

Als man sich schließlich und fast erschöpft schon wieder trennte, öffnete Frau Angelika wieder ihr gutes, dickes Herz und ihr Börserl und zahlte: Drei Eisbomben und vier Eisbecher, zwei Flaschen Champagner, sieben einfache Espresso und drei doppelte, zwei Eiskaffee und drei Erdinger Weißbier sowie ein Glas Mineralwasser, welches aber als die einzige Bestellung von Frau Vierzig in Auftrag gegeben worden war und das sie dann auch getrunken hatte.

Man trennte sich also ziemlich freundlich und zivil im Tone und versprach, sich recht bald wiederzusehen.

Nun, das Kapitel wird schon gar zu lang, und der Leser, vom Schreiber mal abgesehen, wird evtl. schon a wengerl müd. So bleibt nur noch zu untersuchen und darzustellen, was diese sechs weiblichen Wesen denn so blitzartig zusammenhielt, ja -schmiedete. Viel wurde darüber gerätselt und geforscht, wir aber glauben die endgültige Antwort auch so in Händen zu halten, denn für so was sind wir Biografen ja da:

Es war – ganz einfach – Wahlverwandtschaft! Ein allseits bekanntes und schon früh (1798!) beschriebenes chemisches Phänomen. Es war ein Wechselspiel von Kohäsion (Selbstbezug; nicht zu verwechseln mit der sog. Adhäsion, die allein die rhätische Zugverbindung Chur–Arosa ermöglicht) und Attraktion (Anziehungskraft). Nochmals: Es war Kohäsion und Attraktion von Stoffen; das heißt in unserem Zusammenhang: von sechs Damen. Und nicht von vier Menschen wie im sonst dem Zwick-Straußschen so innig verwandten Fall des berühmten chemischen Gesprächs der Goetheschen »Wahlverwandtschaften« (Vgl. Joh. Friedr. August Göttlings »Handbuch der theoretischen u. praktischen Chemie«, 1798).

Man bezeichne also alle sechs Damen (Frauen) mit Großbuchstaben von A bis F und füge sie zu Paaren zusammen, wie A und B, C und D, E und F. Nun versuche man, sie wieder auseinanderzutun, und siehe, es geht ganz leicht – oder eben auch ganz und gar nicht. Das ist das ganze Geheimnis.

ZWICKS ZÄHNE

Nach alle dem Gesagten ist es kein Wunder, daß Zwicks *Geburt* ca. 1919 ff. mit banger Erwartung entgegengesehen wurde und daß recht früh schon, um den 4. April 1918 etwa herum, vom Familienrat beschlossen wurde, dem kleinen, dann geborenen Zwick alles angedeihen zu lassen, was Geld und gute Gesinnung nur immer für eine gedeihliche Aufzucht des Kindes ermöglichen mochten. Es erstaunt kaum zu hören, zum Beispiel aus dem Munde seiner Tante, der nachmaligen »Nudelkönigin« (so »News« vom April 1994) Buitoni, daß man allgemein ein Prachtkind erwartete. Heute, da der Ruf des unbeirrbar Erfolgreichen sogar bis nach Nordkorea reicht, wo sein Name vermählt ist mit Pracht, Glanz (und auch Prachtentfaltung, dazu mehr in Kap. 17), Glück und recht gutem Aussehen, fällt es schwer sich vorzustellen, welch düstere Last der sonst immerfrohen Familie unerwartet aufgehalst wurde mit dem ersten Anblick des noch sehr kleinen, ja winzigen, erst später so großen, Zwick.

Zum Schrecken jedoch aller, naturgemäß besonders zum Schrecken seiner Mutter und der Großmütter (mütter- wie väterlicherseits, also bi-seitig), wurde der kleine sog. Zwick ganz ohne Zähne geboren. Er teilte dieses Schicksal mit dem erst 1937 in Riga (Lettland) geborenen deutschen Dichter Robert Gernhardt (sh. hierzu auch dessen erhellendes »Spiegel«-Interview vom 25. Juli 1994). Wie die Zeitdifferenz – hie 1937, dort 1918 – lehrt, konnte dies der Familie Zwick allerdings nicht zum Trost gereichen.

War das ein Schreien und Weheklagen, als man in den kleinen Mund blickte! In aller Eile ließ man Kuriere in die vier Weltgegenden ausschwärmen, d. h. vom Banat aus gesehen nach Norden, Süden, Osten und Westen, und nach Abhilfe forschen. Doch siehe, die Kuriere kamen zurück mit (fast) leeren Händen und »null Information« – dies wieder laut Nudelkönigin Buitoni. Nebenbei gesagt, sie brachten Gold, Weihrauch und Myrrhe, aber das, mit Ausnahme evtl. des Goldes, war im Zusammenhang mit der zahnlosen Geburt des Erstgeborenen »schon ein rechter Schmarren« (N. Buitoni).

»Was soll das Zeug?« schrie also Zwick sen. erbost die drei Sendboten an. Ihm, dem Vater des späteren Großen Zwick, ward keine Antwort. Erschöpft sank er in den breiten Stuhl zurück, den er, des besseren Beistandes willen, neben das Kindsbett geschoben hatte, und starrte auf Gattin, neuen Sohn, dessen Großmütter und -väter etc. Der heiße Sommerwind des Banat wehte zum Fenster herein und bauschte die Gardinen, draußen sangen Lerchen hoch aufsteigend ins Firmament ihr Lied von Glück und Leid (vgl. dazu auch Richard Strauss, Vier letzte Lieder), das dicke gelbe Korn rauschte – es war schon mähdrusch-, ja notreif. Staubwolken zogen auf, weiße Gänse schnatterten – die hohe Familie achtete ihrer nicht.

Man beschloß schließlich, den körperlichen Makel (heute: Behinderung) des sog. kleinen Zwick so gut es ging zu verheimlichen, ja geheimzuhalten, und gleichzeitig, d. i. parallel dazu, ein winziges Kleingebiß aus Gold und Porzellan in Auftrag zu geben, das an die zu erwartende allmähliche Vergrößerung des Kindermundes angepaßt werden könnte.

In Auftrag geben – ja! Aber wo, und bei wem?

Überraschend schnell fand sich der Geeignete. Es war der Bader Bruno aus dem Dorfe Buzias im Banat, unweit des zweiundzwanzigsten östlichen Längengrades und des sechsundvierzigsten nördlichen Breitengrades. Er, Bruno, stellte das Gewünschte aus den herbeigeschafften Materialien zügig her. Besonderes Staunen und großen Beifall erregte z. B. die Ausschmückung der zwei kleinen oberen Schneidezähne: Er gab ihnen am unteren Rand einen kleinen grünen Zierstreifen, wie ihn die Blätter des Schneeglöckchens, lat. Galánthus nivális, ein geschützter Frühjahrsblüher, tragen. Aber das steht auf einem anderen Blatt.

Zurück jedoch noch einmal zum Geburtszenario. Wie nun reagierte der Säugling, Klein-Zwick, auf all den Wirbel, die so große Verzweiflung, das – anfängliche – Geschrei? Er lächelte – in sich hinein; kaum einer sah es, keiner hätte es zu deuten vermocht. Heute aber weiß man: Früh klug, wußte Klein-Zwick mit 1000prozentiger Sicherheit, daß ihm noch Zähne – und was für exzellente! – zuwachsen würden. Er schloß – taktisch auch in dieser ersten (!) Krisensituation nicht ungeschickt – gefällig den Mund, im besonderen, wenn Fremde an sein Bettchen traten, und er ersparte so seinen Eltern o. ä. so manche Schmach (Scham).

Wenig später brachte er unter den bekannten Schmerzen (Zahnschmerzen) zwei kleine Zähnchen in der oberen Gaumenmitte hervor, denen in rascher Folge weitere folgen sollten. Treulich paßte Bader Bruno das Kunstgebiß den je neuen Gegebenheiten an, und bald war es ganz überflüssig und abgetan.

Nun, und wer könnte es nicht hocherbaut nachempfinden, war das Glück der Familie Zwick groß, vollkommen und fast gelungen. Stolz zeigten sie den Kleinen (= Zwick) herum. Menschen scharten sich um eben ihn, wo immer er, in den Armen seiner tüchtigen Amme, sich zeigte. Man faßte ihn an, seine kleinen Füße, Hände, Ohren, Wangen, ja, mancher traute sich auch an seine Nase (siehe diese im betr. Kapitel). Rasch offenbarten sich sattsam rege Intelligenz, stete Aufmerksamkeit und ein gewisses Etwas.

Den Zahnwechsel vom Milchgebiß zum Dauergebiß überstand das sechsjährige Zwick routiniert, ja praktisch souverän, desgl. seine Familie. Das Vertrauen in die menschliche Entwicklung war jetzt gefestigt und vorhanden. Beim dann später erwachsenen Zwick standen die Zähne im Mund herum, wie er's brauchte. Sie waren weiß schimmernd und fest im Gaumen stramm verankert. Noch später ließ er sie – Laune großer Männer – gelb-bräunlich einfärben.

Es bleibt anzumerken, daß in der Familie Z. niemand an den vorderhand fehlenden Haaren Anstoß nahm. Die Gründe für dieses Verhalten liegen noch im dunkeln. Vielleicht war man – aus heutiger Sicht verständlich – durch das Fehlen der Zähne so geschockt, daß man überhaupt nicht mehr genau hinsah, vielleicht war es was anderes. Der Fakt jedoch steht. Erst kürzliche Umfragen (Sommer 1994) bei alten Menschen in der Gegend dort unten ergaben das gleiche Bild. Zähne waren Thema, Haare nicht.

Die allfällige Taufe wurde mit großem Pomp und nicht ohne Trara in der Kathedrale von Jebel, Banat, durchgeführt. Unter den Festgästen: nicht wenige Obristen, Seiltänzer und Slowenen. Der kleine Zwick, der nun aber kräftig seinen Mund aufriß und krähte, trug ein grün-lila Tauffräckchen, das bis zu seinen Füßchen reichte, darüber ein kürzeres weißes Spitzenhemdlein, Ring, Krummstab und Brustkreuz und auf dem Kopf ein goldenes Mützchen. Die Taufe aber vollzog kein Geringerer als Bischof Schalkragen.

Taufpaten freilich waren der österreichisch-habsburgische »Waschpulverkönig« (Auskunft: »News« vom April 94) Kurt Rajer, ein intimer Freund und Kenner der Familie, und die aus Monte Carlo eingeflogene deutsche Gattin des galizischen Zahnpastaherstellers, Gabi Blendamed (19), die Schwippnichte von Salzbaron Adi (86).

So, schön gerüstet, betreut und gesalbt, konnte der kleine Zwick die Welt, oder was er dafür halten mußte – Sumatra, Orbisana, Kinshasa, Le Rayol-Canadel-sur-Mer, Finanzamt Passau –, betreten.

Das Zwicksche Kleinkindergebiß des braven Baders Bruno aber befindet sich heute im Museum of Modern Art, New York, und zwar als Ikone der Moderne.

INTERLUDIO

Zwicks Ansinnen an die ansässige heimische Steuerbehörde wurde in der ersten Zeit in Anbetracht von Zwicks hohem Ansehen und seiner im allgemeinen ansehnlichen Ansichten unter günstigen Vorzeichen und gelegentlich sogar bevorzugt, immer aber angelegentlich behandelt und entschieden. Zwar zwang man Zwick seinerzeit seitens des dortmaligen und gegen ihn, Zwick, anheischigen Zweckverbands Bad Füssing zu anwartschaftlichen Steuerleistungen und sonstigen Aufkommen im Sinne der öffentlichen Hand; allein Ansichtssache war es, damals schon von schuldhaften Steuerfortschreibungen und Verstrickungen und ansonstigen Abschreibungen zu sprechen oder jedenfalls davon auszugehen. Entsprechende Verordnungen wurden von Zwick zumeist ziemlich rasch und ohne weiteres Aufsehen prachtvoll gekontert und unterm Strich erledigt.

Zwingendes wurde von Zwick dem- und zweckentsprechend jederzeit mit möglichst rascher Hand getätigt. Zwicks Anspruch, ja Anmaßung an sich selbst hielt schon damals seiner maßlosen Anmutung sowie seiner auch in reiferen Jahren immer noch fast vollkommenen Anmut praktisch restlos stand und bot Paroli. Seine Entwicklung hatte nämlich schon sehr früh, schon um 1964 ff., im Verein mit seiner Gemahlin ihre Klimax erreicht, wie diese dann einige Jahre später und partiell klimabedingt ihr Klimakterium. Zweifel erfüllten nicht länger jene, die da Zwicks praktisch zwanglosem Emporkommen, seinem häufig auch sog. Emporrükken gewisse unabweisliche Reserven, ja Reservisten entgegengebracht, ja faktisch entgegengeschleudert hatten. Nein, der zwiefache Zweck Zwicks wurde spätestens jetzt praktischfaktisch immer klarer.

Entsprechend ansehnlich Zwicks Aussehen sowie sein Ansinnen an sich selber, diese Ansehnlichkeit möglichst zu halten und bis weit in die reiferen Jahre hinein zu bewahren und notfalls zu verteidigen. Zwicks dazumalige Vermutungen gingen seinerzeit immer wieder dahin und davon aus, daß seine Tochter Luitgard, abkömmlich vom Zweige Angelika Zwick, überschlagsweise doch so staunlich wie auch wider den Anschein von ihm selbst abstamme; und nicht, wie vielfach dortmals oft vermutet und gemunkelt, mehr und approximativ von Franz J. Strauß. Oder anderen und angesehenen Parteitagsspitzen. Schon rein jahreszeitlich ging das nicht. Schon pur saisonal ging das ja schwerlich an.

Es litt das Ansehen Zwicks in Niederbayern wie bei den amtierenden Behörden noch immer nicht auch nur den geringsten Zweifel. Zwar schurigelte Dr. Zwick seine Thermalzwangsangestellten häufig, wie er's brauchte, zwielichtige Gesellen unter ihnen ohne Zweifel, allein Dr. Dr. Zwick sen., inzwischen mit der Familie Strauß sen. befreundet wie diese ihrerseits und zwiefach mit der Familie Flick väterlicherseits und schon wenig später vorerst über die Tochter Luitgard kaum minder über die freundliche Linie Strauß-Hohlmeier, und eben diese, Luitgard, nämlich zuweilen sogar ins Auge gefaßt auch von Strauß sen. als Schwiegertochter bezüglich des Sohns Max, dies unter zeitweisem Erblassen des Erblassers sowie der angesehenen Mutter bzw. Schwiegermutter Strauß-Zwicknagl, damals, als von Zwick als von einer Zwickmühle für die CSU noch kaum je die Rede war, sondern sein Ansehen und »Anwert« (Herr Karl) ja gar wie laubiges Efeu noch weiter kletterten, hielt dem vermehrt andrängenden Ansinnen der div. Steuerämter auch da noch stetig stand, als sein, Zwicks, späteres Anrennen bei der Anlagenvereinigung im Zuge seiner steuerlichen Veranschlagung schmerzlich abgeschmettert worden war.

Leidlich glimpflich ging die leidige, ja recht eigentlich unleidliche Sache mit den Verunglimpfungen durch den liederlichen Gimpel Tandler aus und insofern doch wesentlich vonstatten. Der spätere ansehenschädigende und mitunter anwurfartige »Zwist« (FAZ 17.7.94) des Hauses Zwick mit dem von Strauß hatte und hat damit allerdings so kausal wie gar zwingend kaum zu tun. Immer wieder hatte Zwick in seinen nachmaligen Zweikämpfen mit dieser Partei weniger die Sache Strauß selbst als durchaus »Tandler bloß am Wickel« (FAZ 20.4.94).

Es wird unseren Lesern und insonderheit Leserinnen nicht unerquicklich zu erfahren sein, daß Zwick – und unter seinen hohen Ahnen fanden sich weißgott auch genug Quacksalber, Querulanten und Equilibristen (nicht: Ä-quilibristen, wie Zwick zuweilen, einer scheinbar plausiblen Gedankenspur fügsam folgend, pari passu resp. en passant und jedenfalls zwiefach fälschlich wähnte) – mit seiner quirligen Quelle in Bad Füssing/Poquing auch immer wieder mal gerne aufgequollene Quartalssäufer, Querdenker (Präsident Herzog!) und sonstige Querschläger anzog, durch der Quelle und der Ahnen hohes Ansehen ansehnlich anzog, ja praktisch kon- und inquirierte. Druck machte Zwick allein in Sachen Glück. In Sachen Alois Glück kannte er kein Pardon. Da half auch Marianne Strauß-Zwicknagls ansonsten anrührend angelegentliche Fürsprache fürwahr nichts mehr. Umgekehrt freilich widerfuhr in dieser frühen Zeit der fiskalpolitischen Willfährigkeit Zwicks Zwick großer Widerhall von seiten und seitens der Behördenwillkür.

Warum, wieso, weshalb Zwick in der Folge der neuen und internationalen Gewaltenteilungsgroßmaßnahmen kurz nach dem bereits erfolgten Zweiten Krieg in den sog. Freien Westen übergewechselt und -genudelt war? Well, einerseits wollte er, Zwick, nicht länger Kanonenfutter Stalins und seines saudummen Ostblocks sein; andererseits gefiel ihm die neue und, wie es zunächst schien, durchaus zwingende und gleichzeitig quasi zwanglose Appeasementpolitik K. Adenauers und später Straußens und P. Stuyvesants recht sehr – sie war, wie schon Lord Haliquax am 19.11.38 aus Berchtesgaden meldet, so hoffnungssatt wie weidlich bäderfreundlich. Zwar: Nicht immer zeigte man sich in der späteren mittelfristigen Folge mit Dr. Zwicks fiskalpolitischen Maßnahmen und Herumfickereien complètement d'accord und gänzlichst einverstanden. Allein, gerade in dieser ziemlich frühen und noch mehr dann in der sog. mittleren Zeit nahm die Verehrung Zwicks über die bloßen kassenvertrauensärztlichen Honorierungen hinaus damals derart hohe und hoheitliche Maße bzw. Formationen an, daß es, wie jüngst erwähnt, in Bayern zuzeiten sogar zeit- und streckenweise zu dem vorgenannt volkstümlichen und vorsätzlichen Ausrufe »Au weh, Zwick!« (meint nhd.: Oha oder öha, da schau an – oder auch: na, ob das mal bloß gut außi geht! usw.) kam und vorwärtsging. Und umkehrt – die Rache Montezumas – versuchte man noch um 1982 herum v. a. seitens der damal. Regierung (Streibl?) Zwick zu »zwicken« (ndh.: triezen, foppen, na foppen vielleicht weniger; mehr: tratzen), indem man ihn, gleichsam am Zwickel seines Ego fassend, nicht nur fiskalstrategischer Miomachenschaften zieh, sondern ihm wg. ang. Betrunkenheit auf d. Höhe v. Braunau (Inn) auch noch seinen (mmoupft) aus langer Hand u. wahrscheinlich noch im Banat oder spätestens in Sumatra erworb. Führerschein vorübergehend »zwickte« (ndh.: konfiszierte). Nichtsdestoweniger, Zwick wußte gewappelt sich zu wehren. Mutig heischte er ihn retour. Und kriegte ihn auch wieder.

Auf der Hut war Zwick meist nur vor Gott. Oft ging er deshalb zur Wallfahrt nach Altötting etwas südlich. Oder jedenfalls ein paarmal, meiner Treu. Zwischen seinen reifen und seinen mehr schon ganz späten Jahren trank Zwick (Bd. Füssing) gerne und am liebsten sog. »Zipferbier« (»seit 1858«). Mein' Seel, wie mundete ihm das gut maulfrische Zipferbier! O mei, o mei, o mei.

Zwick der »neue Hitler« (H.M. Enzensberger)? »Aber wo, aber wo!« (A. Streibl).

Feststeht heute: Zwicks recht angelegentlich angeheitertes Ansinnen an die angebl. Steuer- und Finanzoberbehörden Passau usw. wie gleichzeitig sogar an diese Angeber von der Oberbayr. Staatsregierung samt seiner laufenden Eingaben um peremptorische Gesamtverfügungen usf. war – nehmt nur »alles in allem« (Willi Wüllenweber) – ebenso tief legitimiert wie herrlich legitimiert und obendrein ja fristenpolitisch limitiert; darüber hinaus auch überaus ansehnlich annonciert, ja anomalisiert durch seine, Zwicks, bedeutende Anmutung und durch der lieben Gemahlin Giesbert hohe Mutteranmut weit darüberraus.

Einleuchtend insofern sehr, daß Zwick jener Frau Zwick, seiner sog. »Zwurgl«, auch immer wieder mal gern irgendwohin zwickte. Und nicht nur das. Er, Zwick, selbst zwickte es auch fast ebenso gerne hinten raus.

SPIEL DER MÄCHTE – DIE CSU

Niederbayern. Altkernland von Bayern. Grenzend an die Oberpfalz im Westen, an Oberbayern im Süden. Grenzland also. Diese Arbeitslosigkeit, dieses soziale Elend. Vor allem im neuen Proletariat derer, die nicht mehr wissen, ob sie Dörfler oder Städter, Bauern oder Industriearbeiter sind. Kurze Prozesse, oftmals sehr verkürzte Biografien. In der Folge häufig Sozialneid und streckenweise erschreckend grassierender Alkoholismus. Verheerende Führerscheindurchfallquoten vor allem in der Gegend von Cham, Kötzting, Grafenau und Straubing. Nichtsdestotrotz: Die Menschen haben wieder Hoffnung. Seit 1945. Durch die CSU, durch – verkörpert nicht nur durch seine weltweit vom Fernsehen übertragenen Vilshofener Aschermittwochsauftrittsreden – Franz Josef Strauß.

1945. Deportationen, Vertreibung, Massenflucht, Nullsituation. Jetzt mehr denn je waren dynamische Persönlichkeiten wieder gefragt. Männer, die ohne Scheuklappen an die Wiederaufräumarbeit gingen, an den neuen Wohlstandsstaat. Deshalb noch im nämlichen Jahr '45 Gründung der CSU durch Hundhammer, Müller (»Ochsensepp«) u. a. m. Mit von der Partie unter den Gründungsmitgliedern: Franz Josef Strauß, ab 1966 ff. auch häufig genannt »FJS«. Seine CSU aber: eine politische Gruppierung, angetreten nach den Leitsätzen der katholischen Soziallehre (insb. Enzyklika »In progressio« u. a.) sowie nach dem Zentralstatement von Rousseaus »Le Contrat social«: Der Mensch ist frei geboren.« Und das hieß: Rücksichtslose Aufbauarbeit nach einer Zeit des politischen Niederbruchs – aber: immer und jederzeit in der geistigen Tradition des christlichen Abendlands seit Papst Urban und vor dem Hintergrund der Regelungen des Investiturstreits zwischen geistiger und weltlicher Macht.

Die CSU (Christlichsoziale Union): ein durchaus eigenwilliger, ja im Lauf der Zeit irgendwie sogar autonomer »Gesellschaftskörper« (Toynbee, Gang der Weltgesch., p. 41 ff.), aber, sieht man hier mal von gelegentlichen Einbrüchen (Geldner-Affaire, Bayreuther Tannhäuser-Skandal, Onkel Aloys, Fibag usw.) ab, ein bei aller sowohl archaischer wie irgendwie futuristischer Grundimpulsstruktur frappant funktionierender, mit immer wieder neu sich regenerierenden spirituellen Kräften und materiellen Ressourcen – man denke hier schon auch und gerade an Bad Füssing. Programmatisch eindeutig ausgerichtet gegen einen sozialistischen Marxismus vor allem marxistischer Prägung und verwandte volksverführerische Irr- und Heilslehren, auch wider die Wölfe im Schafspelz wie jenes alte »Kommunistenbürscherl Wehner« (Strauß), auch, trotz eines gewissen Faibles von Strauß (und Strauß war immer christlicher Machiavellist, nie neokonservativer Despot!), gegen einen »utopisch strukturierten Maoismus« (A. Edel) als dem Dritten Ökumenischen Weg vielleicht einer zukünftigen Einheitswelt. Offen dabei dem technologischen Fortschritt ebensosehr wie der gesellschaftlichen Dynamik und Motorik im Sinne eines wohlverstanden rechristianisierten und resäkularisierten Hegelschen Weltgeists als dem alles niederwalzenden Sturm der Geschichte selber: So stellte sich die CSU auch in den folgenden Jahren und Jahrzehnten noch gerne selber dar und hatte damit so unrecht nicht und insgesamt größten Erfolg vor allem nach der geglückten Eliminierung der feindlichen Bayernpartei (Geislhöringer, Wehgartner, die Sache Freisehner u. m. a.) z. T. schon durch Dr. Zimmermann sowie durch deren teilweise Übernahme, d. h. ihrer jetzt praktisch liquidierten und unschädlich gemachten Spitzenfunktionäre und Mandatsträger (so etwa Dr. Raß) in die eigenen und bereits höchst effektiv und effizient arbeitenden Reihen.

Denn überall waren jetzt Strukturreformen zu bewältigen und Infrastrukturmaßnahmen voranzubringen, überall gärte es schon wieder, in Niederbayern, im südlichen Simbach-Braunauer Landesteil zumal – im Norden, in der Zwieseler Gegend, hatte einst der bekannte Bayerwald-Seher Matthias (»Hiasl«) Sturmberger sowohl den Weltuntergang als, sobald ein feiner Dampfregen über dem Kaitersberg aufsteige, den neuen Weltenanfang vorausgesagt und gekündigt, und man hatte sich also so oder so vorzusehen, gleich ob nun der von Sturmberger so sehr befürchtete Antichrist in der Gestalt des inzwischen verewigten Reichsführers Hüttler schon sein Stelldichein gegeben hatte oder (da gingen die Meinungen insbesondere in der bayerischen Sozialdemokratie unter W. v. Knoeringen erheblich auseinander) in der Gestalt des neuen charismatischen Zukunfts-Ministerpräsidenten bzw. kommenden Parteivorsitzenden sich herauskristallisiert habe oder erst noch herauskristallisieren werde; jenes Mannes also, der da, nachdem er von 45–49 zuerst Stellvertr. und dann Wirkl. Landrat von Schongau gewesen war, schon 1949 Generalsekretär der CSU geworden war und bereits klar erkennbar auf noch höhere Ämter u. Posten hinarbeitete. Genau. Aber wie auch immer, eines Tages waren jedenfalls die Steuerschulden Zwicks auf so 40–50 Mio. Mark hochgeschnellt, mit Zins und Zinseszinsen ein recht strammes Sümmchen, mit dem es sich nun eben irgendwie zu arrangieren hieß – so oder so, seitens Zwicks wie auch der CSU.

Was aber war wirklich geschehen, wie war das alles gekommen?

Nun, beinahe alles, was heute zur Sache Zwick in Presse, Fernsehen und Radio geäußert und vorgetragen wird, ist ein blankes Gemisch aus Geschwätz, böswilliger Desinformation, schieren Halbwahrheiten, schlichten Unwahrheiten, bestenfalls »historizistischen Irrlehren« (Ernst H. Gombrich) und in aller Regel aber verleumderischen Gemeinheiten, wobei vieles und z. T. schon infam mit der viel früheren, um 1957 sich anbahnenden Schützenpanzer HS 30-, resp. mit der um 1958 sich abzeichnenden »Onkel Aloys«-Affaire (gemeint: Dr. Dr. Brandenstein, ein Nennonkel von Marianne Strauß-Zwicknagl; vgl. hierzu Bernt Engelmann, Das neue Schwarzbuch Franz Josef Strauß, p. 114 ff.) einerseits zu groben Verwechslungen führte und andererseits auch mit dem viel späteren Eine-Milliarden-Kredit für die absterbende DDR (»eingefädelt«, wie es damals hieß, von keinem Geringeren als von Strauß); sowie um Vermixungen sogar mit der am 17.6.(!)1990 – Zwick war praktisch längst schon in der Schweiz! – gegründeten Treuhand (Einigungsvertrag Art. 25) und mancher ihrer Machenschaften.

Glaubt man wiederum der großen, spätestens Ende März von R. Augstein in Auftrag gegebenen »Spiegel«-Titelgeschichte »Amigo F. J. Strauß« vom 4. April 1994 (und dies Datum sollte man sich, so stellte sich rasch heraus, vor allem in Kreisen der verbliebenen Strauß-Kinder sehr wohl merken), dann ging es weniger um Zwicks leidige Schulden gegenüber dem inzwischen von Ministerpräsident Edm. Stoiber geführten Freistaat Bayern, sondern – wobei das farbige Titelbild eine Art lachenden Händedruck samt Akten- oder auch Aktien(Geld?)-Übergabe E. Zwicks im Verein mit Strauß (oder umgek.) zeigt, beide offensichtlich auf dem Höhepunkt ihrer Macht und Freundschaft und im Vollbesitz ihrer gemeinsamen geistigen Grundlagen – Eduard Zwick hat zur Feier des Tages sogar eine dunkelblaue Fliege zum dunkelmarineblauen und wie untergründig ganz leicht schwarzblau-hahnentrittartig gesprenkelten Anzugstoff angezogen; im Hintergrund aber hat der Titelgrafiker höchst verräterische, ja überaus verleumderische, auf gleichfalls Rautenmuster zugeschnittene 100-Mark-Scheine über das Bild der beiden abgebildeten Spitzenpolitiker gelegt.

Diese Bewertung wird im Innern des Blatts (p. 3 und v. a. p. 18 ff.) weitgehend geteilt und auf gleicher Linie weitergeführt. »Edi, das machen wir«, so lautet das sprechende und allseitiges Einverständnis im Sinne der sog. »Amigo«-Mentalität des Bundeslandes Bayern suggerierende und insinuierende angebliche – angebliche ! – Strauß-Wort, welches hier als schreiende Headline verwendet wird – der folgende (samt Zwick-Interview) 14seitige (!!) Text rankt sich um Bilder offenbar aus dem, wie erwähnt, offenkundig für gutes Geld geöffneten Zwickschen Familienalbum, Fotos, die da Zwick und Strauß mehrheitlich beim legendären Geburtstagsfamilientreff auf der prächtigen Terrasse der üppigen Zwickschen Villa »Bavaria« in Le Rayol-Canadel-sur-Mer (also etwa: über dem Meer gelegen) zeigen und offenbaren – zu sehen ist z. B. auch, noch sehr jung und schmächtig, der geliebte und die Füssinger Bäderbenennung auslösende Sohn Johannes im, während die beiden Väter die schon vorne thematisierten berühmten modischen Streifenhemden tragen, angedeutet popartigen Pünktchen-Hemd in Dunkelblau. Auf anderen Fotos sieht man z. B. auch einmal, während Strauß gratulierend beide hochgehobenen Hände gegeneinanderpatscht, den damaligen CSU-Landrat von Miesbach und heutigen Parlamentarischen Staatssekretär im Bonner Landwirtschaftsministerium, Wolfg. Gröbl, dem inzwischen in ein anthrazit-gräulich leuchtendes oder vielmehr parasolpilzartig schimmerndes Hemd gekleideten Gastgeber Zwick eine Art Karton oder vielleicht eine Bonbonniere übergeben (beide stehend); auf wieder einem anderen Farbfoto, diesmal geknipst in Bad Füssing, erspäht man eindeutig zwischen Dr. Zwick und Frau Angelika Zwick (im, ein immer wiederkehrendes Motiv in dieser Sache, weißblau gerauteten Gästeempfangskleid) den Ministerpräsidenten Fr. J. Strauß am Beckenrand vermutlich des item weißblau gekachelten Thermal-Wellenmassagebads (33–35 Grad Cels.) stehen und freundlich auf fünfsechs mit bunten Badekappen versehene ältere Damen im Wasser einplaudern und hineinzahnen.

Auf einem weiteren Farbbild erkennt man ebenso eindeutig Strauß, wie er, diesmal im kurzen weißen Hemdchen, anscheinend oder auch nur scheinbar interessiert an seiner Brille ruckelnd, von Zwick (im weißen Freizeitsommeranzug) bei einer, so der »Spiegel«, angebl. »Geburtstagsfeier« (a.a.O., p. 21) ein Ölgemälde nicht weiter erkennbaren Gehalts und Sujets (Innlandschaft bei Gewitter?) übergeben kriegt; andere, offensichtlich schon ausgepackte Geburtstagsgeschenke lagern unterhalb von Strauß auf einem Tisch oder auch Teppich. Es hat sodann in dieser »Spiegel«-»Titelstory« schöne und recht eindrucksvolle Bilder und Farbbilder des deutlich gealterten und gereiften Dr. Zwick bereits in seinem Luganer Refugium. Am meisten aber erfreute, erwärmte, ja begeisterte sich am 4. April 1994 das zeitunglesende Deutschland an jenem Farbfoto von der südfranzösischen »Bavaria«-Terrasse, welches, umkränzt und gleichsam abgeschirmt durch Dr. Zwick (sitzend) und Angelika Zwick, Marianne Strauß und den CSU-Spitzenpolitiker Max Gerstl (alle stehend), den offenbar schon etwas ermüdeten, ja leicht abwesenden Strauß zeigt, wie er, im Sitzen, ja gleichwie hingelagert an einen (schon wieder!) weißblau-rautierten und mit Weinbechern übersäten Tisch sehr, sehr nachdenklich an einer langstielig roten einzelnen Edelrose riecht oder jedenfalls richtig genußvoll zu riechen scheint, so jedenfalls die Anmutung des höchst stimmungsvollen Farbbilds.

Ganz innig, wie ekstatisch, ja fast schon wie halb einer anderen, besseren Welt, einem im Friedrich Schillerschen Sinne schöneren Land, angehörig und in ihm aufhältig, so scheint Franz Josef Strauß da so still wie stillvergnügt zu riechen. Ganz nah hält er das Röschen an sein linkes Nasenloch.

Was wollten, was bezweckten Augstein und seine Schergen mit solchen und ähnlichen, prima vista sogar mancherlei

Sympathie – für Strauß wie Zwick – erzeugenden Pressever-
öffentlichungen? Worum ging es da eigentlich? Richtig,
jawohl, es ging einerseits um die »Focus«-Konkurrenz.
Nein, »Focus«, die neuerdings rivalisierende Wochenjour-
nalkonkurrenz, nicht nur nach Augsteins Meinung, sondern
auch nach der der beiden Zwick-Biografen ein Drecksblatt
sondersgleichen – »Focus« also schlief keineswegs. Sondern
schon am 13.6.94 teilte das Wochenblatt, garniert von einem
Bild des reifen, aber recht fröhlichen Zwick, mit, daß »die
Zwicks«(?) im Jahre 1980 ff. durch »zwei verschiedene Telexkopien aus Münchner Amtsräumen gewarnt waren: ein
kürzeres Schreiben von 1986, in dem von einer geplanten
›Aktion‹ – einer Durchsuchung – die Rede ist; ein längeres
Telex, in dem ein Steuerfahnder auf die Worte ›Frankreich‹
und ›Haftbefehl‹ stieß«.

Nach Ansicht der mit der Sache betrauten SPD-Landtags-
abgeordneten Carmen König »kann das nur von 1983 stam-
men, als Zwick senior sich prompt absetzte«. Jedenfalls:
»Nach der Durchsuchung bei Zwick im Oktober 1986 hatten Steuerfahnder 13 Stunden lang Akten fotokopiert«, so
»Focus« weiter; aber »die warnenden Telexkopien gehörten
nicht dazu«.

Soweit »Focus«, was aber wollte der »Spiegel«, was vor
allem Augstein? Gierte es ihn wirklich nach abermaliger
Rache und Vergeltung gegen seinen alten und längst toten
Widersacher und Peiniger und zeitweisen Zechbruder
Strauß? Wollte er wirklich den armen und fast greisen
Dr. Zwick vorführen und als gemeinen Staatsbetrüger
brandmarken, den Multimillionär für seinen in der Tat heiklen Griff in den – ausgerechnet Augstein besonders jucken-
den – bayerischen Staatssäckel geißeln? Den kranken Mann
vom Luganer See, der, wie man ahnt, für seine Mitteilungen
ja – in einer wahren paradoxalcusaneischen coincidentia
oppositorum – dafür vom Hamburger Magazin vermutlich
auch noch etwas Geld (Informations- und Foto-Honorar)

abkriegte? Oder ging es Rud. Augstein dabei um etwas ganz anderes, um einen Gegner weit vitaler als Strauß und Zwick zusammen, um eine Kraft, die schon seit 1960 in unterschiedlichster, in mehr wohlwollend fördernder, sodann in strafend und strafverfolgender Weise die langjährige nahtlose unio mystica Strauß et alt. plus Zwick e tutti frutti säumend begleitete?

Genau, es ging Augstein um die CSU.

So wie der CSU seit langem um E. Zwick. Nämlich seit ca. 1974 darum, langsam, aber sicher einen Keil zwischen Strauß und Zwick zu treiben; seit spätestens 1990 um die Be- und Abstrafung des sog. Zwick-Clans, möge sie, die CSU, heute den Sohn des Steuerschuldners Eduard Zwick, Johannes, auch scheinbar kulant, in Wahrheit scheinheilig und intrigant, Ende April 1994 vor den Untersuchungsausschuß des Bayer. Landtags laden. Zu Recht machten seinerzeit die beiden Anwälte des jungen Zwick geltend (FAZ 27.4.94), daß die Staatsanwaltschaft und das Oberlandesgericht ihm, Zwick jun., die Beihilfe zur Steuerhinterziehung seines Vaters zur Last legen und ihm dabei ein eigenes Interesse und sogar durchaus selbständige Handlungen unterstellen. Und daß er sich deshalb durch wahrheitsgetreue Beantwortung der Ausschuß-Fragen selber hätte belasten können.

Was immer das präzise heißen mag – wer nun war, wer ist die CSU, welches Interesse hat und hatte sie an der einstmaligen zügigen Förderung Zwicks, welches an der heutigen Aufbauschung und ordnungsgemäßen Abstrafung seiner angeblichen einstigen Übeltaten, der auf momentan mit Zins und Zinseszins mehr als 70 Mio. angewachsenen »Miesen« gegenüber dem Fiskus?

Und nochmals und synoptisch zu dieser integralen Frage: Was war es, was den alten Augstein zur hemmungslosen Halalihatz wenn nicht schon auf den toten – und wehrlosen! – Strauß, so auf seine heute noch unter Th. Waigel höchst aktive, ja quicklebendige Partei blasen hieß?

Daß Strauß einst, im Oktober 1962, Augstein aus dem
– angeblichen! – niederen Motiv der »persönlichen Rache«
(Engelmann, a.a.O., p. 130 ff.) auf den Leib rückte, ist hinlänglich bekannt bzw. so weit noch gut erinnerlich, die
»Spiegel«-Affaire heute noch ein Begriff wie die Hauptbetei-
ligten Strauß, Oberst Oster, Hermann Höcherl als Innen-
minister, Adenauer, Conny Ahlers sattsam berüchtigte
Namen sind. Augsteins daraus reziprok resultierende Rachsucht, sein Haß ging so weit, daß er den ganzen alten
Schmarren noch im Februar 1983 (wir erinnern uns dieser
schon oben einmal gehörten ominösen Jahreszahl!) in ein
sog. »Spiegel-Buch« drucken ließ, zusammengeschustert aus
Engelmanns Steady-Seller und den alten »Spiegel«-Archiv-
Evergreens: Joachim Schöps, »Die Spiegel-Affaire des
Franz Josef Strauß«, Reinbek bei Hamburg 1983, 190 Seiten.

»Schminken Sie sich doch den Bart ab!« möchte man da
mit dem alten Strauß (25.1.87, ARD-ZDF-»Bonner Runde«
zum Journalisten Herrn Schulze) dem alten Augstein zu-
rufen – aber worum geht es beim Clinch Strauß–Zwick–
Augstein denn wirklich? Um die CSU. Für Augstein war
Zwick nur die, ha, willkommene Charge, das gewünschte
»Alibi« (Karl Heinz Körbel), eine mehr zufällig und eher en
passant in die neueste und aktuellste »Geschichte des 19. und
20. Jahrhunderts« (Golo Mann) geschneite Folklore- und
Schießbudenfigur aus Niederbayern/Rumänien, aus der
Medizinalwelt der Thermenreinlichkeit ebenso wie aus der
Demimonde der gewitterten großen Cash-Occasion und der
unverbrüchlichen Absahngesinnung. Die CSU jedoch muß
für Augstein heute noch weit vor der PDS der Staatsfeind
Nr. 1 sein, gleich, ob es nun seinerzeit die karriereträchtige
Ränkesucht Streibls war oder doch die zähe Übelgesinnung
Tandlers, die da den raketenartigen Newcomer und Eliteträ-
gerrepräsentanten Zwick ans Messer lieferte.

Wobei es letztendlich vollkommen »unerheblich« (Franz
Josef Strauß) ist, ob der »Bäder-Mogul« (»Der Spiegel«)

Strauß 1979 legal in das Genfer Privatbankhaus Pictet einführte oder nur im Sachsinne legitim und einem nämlich berechtigten sowohl staatlichen sowohl als privatwirtschaftlichen Interesse. Daß E. Zwick schon wenig später wegen eines gegen ihn erwirkten Haftbefehls – man erinnere sich: ca. 70 Mio. Steuerlast – das Land verlassen mußte, nämlich gleichfalls in die neutrale Schweiz, Lugano nämlich (wir kommen darauf zurück): Es rundet sich hier durchaus plausibel zum Triptychon, ja zum im Hegelschen Sinne denkerischen Dreischritt, wenn man erfährt – und die Straußschen Kinder, so sie es denn wirklich noch nicht wissen sollten, erfahren es hiermit provisionsfrei von uns –, daß der Bayerische Ministerpräsident (Aussage: Schöll) seit ca. 1980 auch zum Züricher Bankhaus Bär geschäftliche Verbindungen, nämlich konkret ein Konto unterhielt. Und wenn Augstein seinen »Spiegel« heute scheinheilig, ja tiefe Ahnungslosigkeit vorspiegelnd, die Frage aufrichten läßt: »Woher kam das Geld?« – dann kann man, bei einem Jahresgehalt von ca. cetero censeo 300 000 Mark und bei den allseits einsehbaren und kontrollierbaren gesetzesgedeckten Sachaufwandsseitenentschädigungsleistungen an einen bayer. Ministerpräsidenten, nur abermals mit Strauß und leicht mutatis mutandissimis antworten: »Die Frage, Herr Augstein, schminken Sie sich doch um Gotteswillen ab!«

Denn wo, Herr Augstein, so könnte man sonst eines Tages billig zurückfragen, wo kommt denn Ihrerseits das viele Geld für die zahllosen Ehefrauen, für den amtsbekannten Haschkonsum und für Ihren unverkennbaren und, wie zu vermuten steht, auch beileibe nicht billigen Alkoholspitzenaufwand her, ha?! Was!? Ha??

Im übrigen, wenn heute von Augstein u. m. a. behauptet und nachdrücklich eingeredet wird, Strauß habe sein Land cum grano veritatis wie ein römischer Caesar um 31 v. Chr. im Sinne der Errichtung eines Universalstaates regiert, gleichzeitig jedoch, er habe als einer der »letzten Titanen«

(»Die Zeit«; ähnlich, aber ins Vorteilhafte gewendet, der Präsident a. D. R. v. Weizsäcker 1988 bei seiner berühmten Beerdigungsrede), wie ein Medici gewirtschaftet und dabei wie Cosimo stets »die Nähe der Reichen« (Flick, Zwick, März, Schöll, Quandt, Bär usw.) gesucht u. gefunden, dann darf mit jener gebotenen geschichtswissenschaftlichen Differenzierungsvermögensbereitschaft, auf der ein »einigermaßen gebildeter humanistischer Historiker« (Strauß über Strauß) wie Strauß sein Leben lang bei Diskussionen und im Fernsehen immer unabdingbar insistierte, doch darauf bestanden werden, daß eine Henne noch immer kein Ei und daß – Herr Augstein! – zwischen Medici hie und Gaius Julius Gracchus dort ja wohl noch ein winziger Unterschied ist, der auch in Hamburger Hochglanzpressekreisen eigentlich unschwer einleuchten bzw. einsehbar sein müßte!

Und wenn heute die Strauß-Kinder und sonstigen Erben sich gegenüber dieser unter dem scheinheiligen Mäntelchen von Volksaufklärung und Steuerpriorität angetretenen »linken Kampfpresse« (Strauß, aber auch Dr. Stoltenberg) sich nachhaltig weigern, »über Einzelheiten der Vermögenslage (ihrer Eltern) Rechenschaft abzulegen«, und gleichzeitig beteuern, es sei alles »ordnungsgemäß versteuert« worden und überhaupt komplett sauber zugegangen, dann haben die Brüder Strauß nebst Monika Hohlmeier-Strauß damit ebenso sine dubio neque cura recht und große, ja größtmögliche Teile der Volksmeinung auf ihrer Seite wie mit ihrem kurzen und barschen Bescheid, in jener 1993/94 von E. Stoiber (absichtlich?) aufgedeckten Erbschafts- und Erbhofsache X so wie auch sonst wo gebe ein Strauß *nichts* zurück, weder sen. noch dreifach junior, he!

Jedenfalls, so geben die Strauß-Kinder dann doch noch dem »Spiegel« Bescheid, könne von »ein paar Millionen oder gar von einem dreistelligen Millionenbetrag« in der Schweiz u. anderswo überhaupt gar nicht die Rede sein (Sohn Max Josef gegenüber Augsteins bezahlten Bütteln und Schergen).

Und wo nichts ist, da ist nichts.

Auch wenn stimmen sollte, was, laut »Spiegel«, der nämliche Sohn Max Josef »gegenüber einem Freund« bestätigt haben soll, der Vater habe tatsächlich bei Pictet sowohl als bei Vontobel »Geld in Sicherheit gebracht«, nämlich wohlgemerkt, und das erklärt vieles, wenn nicht alles, wohlweislich »vor den Sozis!«.

Das erklärt es natürlich. Natürlich. Und sollte auch jenen den Wind aus den gemein gebauschten Segeln nehmen, so da noch heute und z. T. wider besseres Wissen darauf beharren, Strauß selbst sei es in diesem »überaus verzwickten Steuerfall« (Spiegel) Zwick gewesen, der dem Freunde beim Wein in Bad Füssing versprochen habe, was in der Tat Zwicks heutige Enttäuschung wo nicht erklären, so doch verständlich machen würde: »Edi, das bringen wir in Ordnung, das machen wir!« (Aussage Eduard Zwick, Lugano, gegenüber dem extra zu diesem Zweck angereisten »Spiegel«-Redakteur Dirk Koch in Zwicks luxuriöser Villa hoch über dem Luganer See, März/April 1994.)

Wenn das aber wahr ist, so hat, so hätte unter Umständen sogar ein Machtpolitiker, ein Mogul und Ministerpräsident wie Strauß womöglich einen Faktor unterschätzt bei dieser seiner Vergeltungs- und Wiedergutmachungsarbeit hinsichtlich Zwicks u. seiner ihm, Strauß, aus dem Augenschein wohlbekannten Familie: seine eigene Partei. Gleich, ob nun absolute Steuergerechtigkeit ein unabdingbares Essential westlich-parlamentarischer und demokratisch strukturierter Demokratien ist; oder doch, wohin manche konservativen Staatslehrer aus der Würzburger Gegend neigen, ein utopisches Hirngespinst aus der muffigen Mottenkiste des überwundenen und für nichtig erklärten Klassenkampfdenkens Lassallescher und v. a. Marx-Engelscher Prägung.

Die CSU nun also. Hervorgegangen ursprünglich aus der nachkriegsmäßig bedingten katholischen Arbeiterbewegung und insbesondere aus den Gesellenvereinen Adolf

Kolpings, von Beginn an dabei immerzu feind der Reaktion und vielmehr zugewandt dem technischen und zumal technologischen Fortschritt in allen Lebensbereichen und auf gesamter Landesebene, als vollentwickelt multifunktionale Volks- und Mandatsträgerpartei entsprechend feindlich gesonnen dem insonderheit materialistischen Marxismus orthodox östlicher wie eurokommunistischer Prägung, aufgebrochen nämlich umgekehrt zum »Erhalten der gesunden Lehre« (BWV 61) und vor allem der päpstlichen Sozialenzykliken I–VI, war die neue und aufs seelenmäßig verwandte katholische und zum Teil ultramontane Zentrum der Vorkriegszeit sowie vor allem auf die Bayr. Volkspartei (BVP) zurückgreifende Partei bald durchgesetzt und nämlich durchsetzt mit starken Führungspersönlichkeiten wie Dr. Fritz Schäffer, Ehard, Müller, Hundhammer, Zimmermann und dann eben v. a. Strauß; leider aber auch immer wieder mal durchseucht von genuinen Katzbucklern, Aftervasallen und Schranzen, von »Cortigiani« (Parteijargon) aus dem trübseligen Dunstkreis des kleinen Beamten- und Aufsteigertums, jenen also, die, wie die bayerische vox populi bald wissen wollte, sich voller Courteoisie (was eine Ballung an Vokalkrampf) und Subalternität und Lakaiengewese und zugleich Falsch und Tücke gerade einzunisten trachteten, wo – und Strauß schätzte bekanntlich selbst kraftvollbarocke Metaphern – der »Arsch am wärmsten« (vox populi) ist: schwächlich-degenerative Figuren also, deren leider keine politische Gruppierung und Gebietskörperschaft bis auf den heutigen Tage ganz zu entraten vermag, bei wechselndem Phäno- und identischem Genotyp – ja, vorzüglich seit dem christlichen Regierungsverlust im Zusammenhang mit dem unseligen Bonner »Machtwechsel« (Arnulf Baring a.a.O.) tobten und loderten damals die Macht- und Plazierungskämpfe der parteiinternsten Art, Kämpfe durchaus vergleichbar dem hochmittelalterlich reichsunmittelbaren Investiturstreit, aber dabei keineswegs beendet und befriedet und geschlichtet durch ein Wormser Konkordat; vor allem und aus welchen Gründen auch immer um die Weihnachtsfeiertage herum tobte u. rumorte es in Wdbd. Kreuth und andersw., dann, comme si de rien n'était, trat bis um Silvester wieder mehr die Ruhe ein, dann ging das Geschrei und Gegrunze und Gehacke schon wieder los, erst um den Aschermittwoch und im Zh. der weltbekannten Vilshofener Straußschen Einigungsrede hielt man dann immer wieder eine Zeitlang gut zusammen, dann fuhr man mit den in jedem Frühjahr seitens der Parteispitzen neu angeschafften BMWs und Mercedes 300 in die Osterferien zur Großwildjagd nach Uganda oder wenigstens Bulgarien – kurzum: Es konnte da selbstverständlich gar nicht ausbleiben, daß auch ein Eduard Zwick von diesen immerwährenden Revier- und Platzhirsch- und Rivalenkämpfen und Rangeleien tangiert und in ihren unseligen Bann gezerrt wurde, zuerst war es wohl der »Kronprinz« Streibl gewesen, der in Zwick zu Recht den schon beinahe arrivierten Gegenkronprinzen erwitterte und erspähte und deshalb, wo es nur ging, bekriegte; sodann erahnte Stoiber Verrat; schließlich war es der jetzt vermehrt für Niederbayern und Bad Füssing zuständige Huber Erwin, der sich jetzt gleichfalls immer häufiger querlegte und Zoff machte und Zwick bei jeder Gelegenheit belästigte und sogar beim Therapieren behinderte, ja – und eines Tages um 1982 rum hieß es dann plötzlich: Rien ne va plus, bitte, hier, 70 Mio. Steuerschulden sind kein Pappenstiel, parbleu, tut uns leid – und es kam, wie es kommen mußte: Nach einigem Hin und Her mußte der zuvor so hochästimierte wohlgeborene Dr. Eduard Zwick mehr oder weniger gezwungen in Eile das Land verlassen.

Was eine – Steuer hin und her – Ungerechtigkeit, was eine Intrige, was eine hundsgemeine Infamie! Und nicht einmal Strauß konnte viel dagegen machen und darwider ausrichten!

Dabei hatte gerade Zwick nur zu lange Strauß für seinen treuesten Verbündeten gehalten, nutzte doch Strauß bis zu seinem Tode und noch nach Zwicks Abgang dessen Bad Füssinger Therapie-Appartement Nr. 600, also auch noch unter der Herrschaft von Dr. Johannes Zwick. Waren doch in den seligen und noch wohlerinnerlichen 70er/80er Jahren auch die jährlichen Geburtstagsfeierlichkeiten an der Côte d'Azur ausgerichtet worden für (ja, war denn Strauß blind!) außer Franz Josef Strauß gerade auch die wichtigsten seiner Mitarbeiter! Jedes Jahr, so erinnert sich Zwick (»Spiegel« 4.4.94) heute, hatte das inklusive Unterbringung und Gästereisekosten »auf so zwischen 150 000 Mark und 200 000 Mark« (Zwick) sich belaufen – und für Strauß und seine Leute waren diese Aufläufe, und mochte selbst ein Atomkrieg mit dem Ostblock drohen, jedes Jahr ein absolutes Must, hatten sie, so schwört Zwick indigniert heute, um 1980 herum »absolute Priorität« (Dr. Eduard Zwick).

Und das auch und gerade in jenem Jahr, in welchem Franz Josef S. zum Kanzlerkandidaten erkürt und erkiest worden war und ums Arschlecken fast das höchste politische Amt der Bundesliga auch erklommen hätte – die absolute Macht! Wobei Zwick sogar für den Kandidaten die zum Wahlkampf bereitgehaltenen Charterflugmaschinen mit den Straußschen Initialen am Leitwerk schmücken (Quelle: »Der Spiegel«) ließ!

Wie mußte dieser Mann an jenen geglaubt haben! Und nun dies!

Diese Schmach und Schande, dieser schmähliche Rauswurf praktisch aus dem blühenden Gemeinwesen!

Strauß' relative Machtlosigkeit in dieser Sache beleuchtet nicht nur eine überaus bedenkliche Schwachstelle unserer westlichen Demokratien – sie bezeichnet auch, gegen jede angebliche Priorität hybrider Einzelautonomie einiger weniger Solitärs, die sehr sehr engen Grenzen des naturerwählt superieuren Individuums und Weltpolitikers gegenüber den und vor dem Hintergrund der ihn umsäumenden und – vorgeblich! – behilflichen Mitarbeiter und vermeintlich im

Dienst des Delegiertwerdens aufgehenden und sich erschöpfenden Nibelungen; in diesem Fall der Staats- und noch mehr der Parteisoldaten. Der Fall Zwick, so scheint uns heute, darauf weisen alle »gerichtsrelevanten« (Kohl) Signale und Indizien hin, ist wesentlich, ja integral und weit über die Freundschaft Zwick–Strauß hinaus:

Ein Fall CSU (Christlich-Soziale Union).

Dabei hatte Eduard Zwick sich die Betreuung und stets begütigende Bewirtung der einfachen und höheren Parteimitwirkenden fast ebensoviel Aufwand und Energie kosten lassen wie die Beehrung und Bekränzung ihres Führers. Noch in die Apanagenfragen für von CSU-Funktionären verlassene Ehefrauen resp. Freundinnen brachte Zwick sich – und in diesem Fall darf man Augsteins »Spiegel« unbesehen Vertrauen schenken – helfend und immerhin in der achtbaren Größenordnung von 60 000 Mark intervenierend ein und in Erinnerung und steckte (a.a.O.) gleichzeitig noch dem weniger betuchten Freund Franz Josef ein paar 1000-Franc-Scheine zum Zechezahlen »in die Brusttasche« (so Zwick heute); von einem Sonderkredit für Gerold Tandler auch als dessen Bonitätsbürge und im Kontext der gemeinsamen Fa. Bavaria Internat (siehe weiter hinten) unter unglaublich maßvollen, ja fast philanthropischen Konditionen lautete schon die Rede; es muß aber spätestens jetzt die Rede sein von einer Zuwendung für den kurzfristig in soziales Elend geratenen und dabei vorübergehend sogar mal als Schwiegersohn ins Auge gefaßten Nachwuchsspitzenpolitiker Otto Wiesheu i. H. v. 10 000 Mark als Übergangsregelung – es muß und darf davon die Rede sein, auch wenn sich der heutige und längst vollkommen rehabilitierte Wirtschaftsminister Wiesheu nur an schätzungsweise 6000 Mark entsinnen kann. Und erinnert sei hier flüchtig an jene 150 000 Mark für eine Strauß zugute kommende Anzeigenboykottaktion im Wahlkampf 1980, selbstverständlich auch diese von Zwick stillschweigend beglichen . . .

Festzustehen scheint inzwischen, auch wenn da und dort noch mäkelnde Stimmen laut werden, es seien dort und da gar nicht die von Zwick und von Frau Angelika Zwick in Erinnerung gebrachten 30 000 Mark gewesen, sondern nur 2000 Mark oder höchstens mal 1500 oder was. Jedenfalls: Nicht kargte Zwick seit spätestens 1975 mit allseits freundlichen Gesten und guten Gaben rücksichtlich der CSU als Gesamtparteikomplex wie hinsichtlich einzelner bevorrechtigter oder sonstwie in Not oder ins Abseits geratener Mandatsträger; darunter, wie sich erst ab ca. 1982 und z. T. erst heute restlos herausstellen sollte, nicht unerhebliche Geld- und Sachbeträge beklagenswerterweise auch für nicht wenige Bösewichter und sonstige gemeine Buben und bloße Nutznießwillige und fette Blunzen vor allem aus Oberbayern und der Gegend auch und gerade aus der niederbayerisch-österreichischen Grenzregion, Leuten also, die mit Zwicks Geldern wie die Vandalen und oft wie die schamlosen Phäaken hausten und auf den Putz hauten und die verrohtesten Zustände herstellten, vor allem auch in der Bad Plattlinger und überhaupt in der ganzen Donau- und Donaumoosregion; wodurch es dann auch in dieser und der späteren Zeit, nämlich ab 1980, in ebendiesen Bezirken und Unterbezirken zu jenen Serien und Ketten von häufig alkoholisierten Autounfällen mit mittleren und oberen CSU-Mandatsträgern kam, welche die bayerische Politik im gesamten Restdeutschland ebenso in lichtscheue Unkenverrufe brachten, wie sie auch und gerade einen aus der nationalsozialistischen Kraftfahrradsbewegung hervorgegangenen F. J. Strauß mit seinem unverbrüchlichen Sinn für faire Alkoholfreiheit im zügigen Spitzenverkehr schmerzen, ja beleidigen mußten. Ja, Dreck war damals Trumpf im südlichen Landesteil – Dreck alias Undank als der Welt Lohn. Denn, ganz gleich, ob nun Marianne Strauß-Zwicknagl, die Nestorin und Patronin der Marianne-Strauß-Gedächtnisstiftung, 1984 gleichfalls an zuviel Alkohol am Steuer tot und zuschanden ging oder ob sie – so die Version, die man in den nicht eben immer als CSU-freundlich verketzerten Kreisen rund um die sozialliberal sympathisierende »Süddeutsche Zeitung« zu hören, wenn auch kaum zu lesen kriegt – ihrem Leben wegen der Beendigung der Liebesbeziehungen mit jenem letztlich straußtreuen Forstadjunkten, auf dessen Namen weiterhin ein bedrückendes Schweigen lastet – ein Ende setzte: Wesentlich auf Zwicks Kosten lebte man damals, ein rundes Jahrzehnt lang, wahrhaft in Saus und Braus – und dies erheblichst zu Lasten jenes Mannes, welchen viele von ihnen (der obskure Tandler?) schon damals so sehr zum Teufel wünschten, wie sie ihn dann vor allem ab 1993 auf dem ersten publizistischen Höhepunkt der Steuersache Zwick und ihrer zeitweilig gleichzeitigen Niederschlagung (gleichgültig, was nun Streibl, Stoiber und Waldenfels en detail wirklich wußten) oft dahin wünschten und verfluchten, wo der Kartoffelbovist oder der Fliegenpilz wächst.

Zwick, begründet befremdet, parierte, wie man heute weiß. Und ging tatsächlich dahin, wo wenn schon nicht der Bovist, so doch die blühende Orange im dunklen Laub neben dem Kaktus wächst. In ein schon wohlvorbereitet schloßartiges Haus am Seehang, welches er schon vorher so behutsam wie im besten Straußschen Sachsinne weitschauendst erwirkt sich hatte.

Und wenn deshalb Augstein heute hergeht und seine gekauften Agenten faseln läßt, Zwick habe auch »Hunderttausende von Mark« für Strauß-Aufkleber, Strauß-Bierkrüge, Straußplakate und sogar tropenfest (die alte Leidenschaft) verschweißte Portraitfotos des CSU-Vorsitzenden für dessen besonderen Freund Mobutu aus Zaire (Afrika) berappt, so stimmt das einerseits wahrscheinlich haargenau. Es beleuchtet aber auch noch einmal zementschwer die tiefe Bitternis, die Zwick sen. heute mit absoluter Unabdingbarkeit täglich beim Blick in den Luganer See verspüren muß, sobald er bedenkt, daß vor diesem freundesdienstlichen

Hintergrund wg. lächerlicher ca. 70 Mio. Mark (wobei Zwick 8,3 sehr wohl und anstandslos zahlte, das sollte man nie vergessen!) er oder wahlweise sein Sohn nun in Unfreiheit oder sogar Untersuchungsknast zu schmachten sich gezwungen sieht. Wobei Zwick, wie er Koch geradezu insistierend erzählt, *einen* ganz besonders in Verdacht und dick hat: E. Stoiber, den ehemaligen Bürochef der Straußschen Staatskanzlei und gegenwärtigen bayerischen Ministerpräsidenten. Auch wenn jener Stoiber heute (FAZ vom 13.4.) schwört, er habe praktisch nichts und von nichts gewußt, und sich, so vor dem Zwick-Ausschuß, zu seiner »Aktenliebe« bekennt sowie zu dem in der Bayerischen Verfassung verankerten »Ressortprinzip«, so gerät man doch bei aller bona fide ad libidum in gelinde Glaubenszweifel, wenn Stoiber fortan darauf beharrt, er habe sich damals nur immer »durch Aktenberge gewühlt« und links und rechts davon nichts gesehen. Allerdings erinnere er, Stoiber, sich eines »leichten Tobsuchtsanfalls« (Stoiber) von Strauß bei einer ganz anderen Gelegenheit. Daß ihm, Stoiber, aus all dem »ein Strick gedreht« werden könnte in seiner Eigenschaft als damaliger zur »Anlaufstelle für Beschwerdeführer instrumentalisierter Kabinettschef« (Dr. Stoiber), sehe er, Stoiber, partout »nicht ein« (Stoiber). So daß schon am 18.4. für seinen Parteichef Th. Waigel feststeht: »Edmund Stoiber genießt das uneingeschränkte Vertrauen in der CSU« (dpa).

Theodor Waigel selbst scheint einigermaßen sauber und insofern weitgehend aus dem Schneider, insofern als er schon am 14.4. gegenüber der Deutschen Presseagentur nachweist, »er selbst habe zu Zwick keinen Kontakt gehabt«, und außerdem werde seit immerhin »fünf Jahren die Handschrift der CSU von anderen als von Strauß gestaltet«. Die Parteispitze allerdings – den Fall Dr. Irene Epple hin und her – sei sich bewußt, was Strauß für die CSU geleistet habe.

Das klingt so vernünftig wie moderat, es scheint aber, daß, wenn schon Waigels und gar Dr. Stoibers weiße Weste leidlich blühend ist, Zwick-Lugano die Kraft und Intriganz eines Mannes heute noch unterschätzt und auch retrospektiv nicht adäquat zu würdigen versteht: Die durchaus ambivalente Persönlichkeit nämlich jenes damals noch recht jungen Mannes und Thronaspiranten, welchem er, Zwick, damals wegen irgendwelcher bei der Altöttinger Wallfahrer-»Post«-Hotelgaststätte fehlenden ca. 17 Mio. Mark einst zinsgünstig einen, wie erwähnt, schweinemäßigen Haufen Geld geliehen – ja, und darüber hinaus, jetzt entsann Zwick sich wieder, irgendwann einmal sogar eine gemeinsame, also Zwick-Tandlersche (obwohl Tandler, laut Zwick heute, »kein Mutiger« war) Bavaria Internat GmbH & Co. Vermietungs- und Verpachtungs KG in Altötting samt einer Hotelfachschule oder irgend so was dergleichen gemietet oder gekauft oder jedenfalls mit irgendeiner staatlichen Unterstützung hergeschwuchtelt hatte – hm, sollte es also wirklich jener saubere Tandler sein und gewesen sein, der ihn seinerzeit beim Fiskus hereingelegt und verpfiffen hatte?

Während es in wahrhaft erbhöflicher Arbeitsteilung dann dem Stoiber vorbehalten geblieben war, am 11.1.1994 seinen, Zwicks, ersteingeborenen Sohn Johannes zu greifen und der Untersuchungshaft zu überantworten?

Und ihn – Skandal! – nicht einmal für eine Kaution von 60 Mio. Mark in bar – wieder auf freien Fuß zu setzen! Das, da kam selbst Zwick kopfmäßig nicht mehr klar – wäre ja praktisch die Begleichung seiner ungerechten Steuerschuld!

Und das, obwohl die ja auch eigentlich nur 22 Mio. bzw. praktisch nur 8,3 Mio. betrug!

Da staunt Zwick heute noch Bauklötze: Das war ja fast so wie das Zwick und einige seiner Zeitgenossen praktisch lebenslänglich beschäftigende Erwin Schrödingersche Vielweltenparadox in der Logik der Planckschen Quantentheorie: Das wirkliche Universum besteht genaugenommen aus einer ganzen Reihe getrennter Welten, doch jeder von uns ist sich zur selben Zeit nur einer dieser Welten bewußt!

Topp! Das war ein Hammer! Lauter getrennte Welten! Noch heute sinniert Zwick hin und wieder über diesem raren Rätsel. Und kommt und kommt nicht drauf.

Im übrigen hatte sich Zwick schon als Kind (»Edilein«) und in der daran sich anbahnenden Pubertät an die Entwicklung bzw. erst einmal Erfindung einer Elektrisiermaschine gemacht, welche jener in der Hochschule für Architektur in Weimar zu besichtigenden gleicht sowie auch der von Willi Wüllenweber jun. im Alter von sechs Jahren (Bamberg 1980 ff.) ausgedachten, mit welcher dieser sowohl seine Herren Eltern als auch zu Besuch weilende Gäste zu beider Sorge, ja zuweilen Verzweiflung, zu elektrisieren pflegte und sich nur gegen gutes Geld davon abhalten ließ (2 Mark pro Person), im Effekt sogar noch überlegen sein sollte. Bereits ein paar Jahre später jedoch wurde der Heranwachsende, anders als der Bamberger, wieder vernünftig, kam langsam von seinem Hobby los und unterließ im ferneren Leben alle so gearteten und gewirkten elektrischen Zwickereien.

Um aber darauf zurückzukommen, während also ganz offenbar Gerold Tandlers einziges Trachten und Bestreben dieses war, Zwick niederzumachen und in die Pfanne zu hauen, um ihn so langsam, ganz langsam gesellschaftlich zu ächten, ihm das Leben zu vergällen und ihn womöglich sogar leibhaftig zu töten (und er war ja in den Reihen der CSU gewiß nicht der einzige, der dies böse Sinnen langfristig unterm Herzen trug, Zwick mehr oder weniger unmöglich zu machen), denn eine neben Strauß weitere so starke Gesamtpersönlichkeit wie der »neureiche« Bäderkrösus und »Parvenü« (Schedl) konnte man partout nicht brauchen: derweil verstrickten sich in diesem »Spiel der Mächte« (Paul Hankamer, Goethe) zumindest Stoiber und womöglich auch Waigel gleichzeitig in immer evidentere Verhaltenswidersprüche. »In dubio pro Zwick« (»Spiegel« 4.4.94), so hieß es zwar damals in aller Regel und heißt es auch angeblich vor dem Gericht heute in Landshut noch, allein daß Stoiber erst

relativ spät, am 14.4.1994 die »Kenntnis zweier Aktenver-
merke zugibt« (Süddeutsche Zeitung), nämlich solche vom
10.6.1986 und vom 22.10.1987, bei welcher Gelegenheit
auch der Akten-Randvermerk Strauß' publik wurde: »Dr. Z.
jun. zu Gespräch einladen«, ganz gleich, ob (SZ a.a.O.,
Spalte 3) Zwick sen. nun laut Gutachten des Schweizer
Bezirksamtsarztes sich selbst der Staatsanwaltschaft Landshut gegenüber 1987 »auf Dauer Verhandlungsunfähigkeit«
bescheinigt hatte, ja im Falle einer Hauptverhandlung sogar
»Lebensgefahr«, welcher Gesamtkomplex als wahre Zumutung an seinen Freund Strauß diesen »in einer handschriftli-
chen Notiz erzürnt« (a.a.O.) gesehen haben soll; was heute
für ausgerechnet die bayerische FDP einen »bestürzenden
Einblick in die Regierungspraxis der CSU gewährt« –
– genug, nach Ansicht der bayerischen Grünen ist und
war von jeher »Stoibers Taktik endgültig gescheitert, der
Öffentlichkeit vorgaukeln zu wollen, er habe einst als Chef
der Staatskanzlei unter Ministerpräsident Strauß nichts von
dessen massiver Einflußnahme zugunsten seines Freundes
Zwick« geahnt; was freilich CSU-Chef Waigel schon zwei
Tage vorher als »Rufmordkampagne gegen die CSU« deu-
tete, und das gelte auch dann, sofern von Zwick zwar nicht,
wie von ihm vorgebracht, 20 000 bis 25 000 Mark »auf
unverfängliche Konten« der CSU überwiesen worden seien;
sondern allenfalls, wie auch Generalsekretär Huber bestätigt, seien es einmal 1977 so an die 1000 Mark gewesen. Und
das Ganze habe auch dann seine Richtigkeit, wenn Zwick-
Spenden an Untergremien der Partei sich laut Huber auf eine
Summe von 48 465 Mark im Zeitraum von 1980 bis 1992
addierten und bezifferten – hiermit unterm Strich erheblich
abweichend von den von Zwick genannten Summen und
Zuwendungen. Und die Sache gehe auch dann laut Waigel
(FAZ 12.4.94) voll in Ordnung, wenn, was Waigel nicht
bestritt, Eduard Zwick vor mehr als 20 Jahren gegen fin-
gierte Anzeigenrechnungen dem strukturell CSU-nahen

»Bayernkurier« 200 000 Mark habe zugeschustert und mit-
hin zukommen lassen. Denn, so der »Spiegel« nach Angaben
von Zwick selber: »Brauchte die CSU Bares, sprang das
Haus Zwick ein!« (4.4.94). Was Wunder, daß deshalb (a.a.O.)
Stoiber heute noch die Causa Zwick zur »Chefsache« erklärt,
nämlich über den »überaus verzwickten« (Koch) Steuerfall
Zwick und über Straußens seinerzeitige seelische Nöte, dem
Freund ein Versprechen brechen zu müssen, weit hinaus
geht es für Stoiber, so Koch, im Sinne der gesamten CSU-
Spitze und bei aller gebotenen und nachwirkenden Ver-
ehrung für den »Politiker im Weltmaßstab« (F. Zimmer-
mann) gleichwohl und letzthinnig um eine »Entsorgung der
Altlast Strauß« und um nichts anderes, da können sich
Stoiber, Waigel, Nüssel und Huber Erwin drehen und wen-
den, wie sie wollen. Hier ist heute Dreck wahrlich Trumpf.

Und wahrscheinlich gehörte seinerzeit auch Wiesheu,
wieschon Nutznießer der Zwickschen Milde, zumindest in-
direkt und culpa in contrahendo, zu den potentiellen Atten-
tätern, vulgo Denunzianten, der Familie Zwick. Ironie der
Geschichte, daß in diesem einzigen Punkt der inzwischen
längst aufgeklärte und gereifte Zwick im fernen Lugano
hinsichtlich des 1983 verunfallten Wiesheu noch immer
Nachsicht, eine wahrhaftig fast schwiegerväterliche Sanft-
heit walten läßt: »Ich erinnere mich an ihn als einen anständigen und bescheidenen Menschen. Besonders sympathisch
hat ihn meine Frau gefunden, sie hätte ihn gern zum Schwiegersohn für unsere Tochter Luitgard gehabt« (»Spiegel«
4.4.94).

Tempi passati – tempora et nos mutantur – man betritt
denselben Fluß nicht ein zweites Mal –: Wiesheus Chance
war damit ein für alle Male verspielt und vergeigt. Sowie die
Ära Zwick heute beendet, begraben ist wie das kurze »Glück
von Edenhall« (L. Uhland), die »negative Altersnrealität«
(H.-Ulrich Klose, FAZ vom 19.8.94) macht und machte sich
schon ab 1981 bemerkbar bei jenem, der damals mit dem

immer noch dynamischen Strauß auf der Suche nach neuen und neuesten Quellen und Staatsanleihen durch Niederbayern gejagt war, immer wieder auch mal im Kuhstall da und dort verschwindend wie zu Straußens Glanzfrüh- und Landratszeit in Schongau in Oberammerbayern bei Gelegenheit erster überregionaler Wahlkämpfe auf Atombombenbedrohungsbasis – es gab ja seinerzeit auch noch keinen Huber Erwin und keinen Tandler, Menschen, an denen Zwick nichts gewinnen und ebensowenig verlieren wollte – nein, wie einst im Großherzogtum Weimar Karl August und sein neuer Topminister Goethe, so waren die beiden Großen damals durchs halb ebene, halb hügelige Land gesurrt und ließen sich's nicht verdrießen, Zwick war wie Strauß in sexualibus teilweise asketischer Minderbruder und zugleich Nimmersatt, sein Rausch des Honigmonds samt den »flittrigen Honigwochen« (Jean Paul, Siebenkäs) mit Angelika war längst den »Hundstagen« (ebd.) des Ehealltags mit seinem allzu leidigen Vollzug des »Unabänderlichen« (H. Böll) gewichen – und sosehr Zwick nach wie vor der »beau corps« (Parzival VI, 327) seiner Kondwiramur und Blanchiflor und deren damals noch immer besonders ausgeprägte Ameisentaille (VIII, 410) begeisterte und hinriß: So war er eben doch und akkurat versus den einfallslosen Böll sehr erfolgreich auf der Suche nach dem durchaus Abänderlichen: So manche Kuhmagd weiß heute noch blinkenden Augs ein Lied von den Dächern zu pfeifen, davon, wie es er, Zwick, damals zischen ließ, den Champagner und die Lust – selbst Strauß, auch er kein Kind von Traurigkeit, hatte häufig Mühe, Zwick in allen Leidenschaften und zuweilen Absonderlichkeiten immer vollends zu folgen, mitunter gar zu munter mutete ihn, den mit allen Wasserstoffbomben gewaschenen Atompolitiker, das allzeitige Wallen und Treiben Zwicks an und mahnte ihn fast ein wenig gar zu hurtig – wie umgekehrt das Wesen Strauß Zwick mehrteils mäßig, ja mangelhaft schon erdünkte. Aber dann schallte es doch

wieder mit Wagners Siegfried (I,1) durch ganz Niederbayern:

»Zu zwei komm ich, dich besser zu zwicken!« – auf
welchen Weckruf hin so manche Deggendorfer Muhme
hastig Reißaus nahm, um nicht, wie der Zwerg Mime, Opfer
zu werden derer, die da gemeinsam nur »knicken und nik-
ken, mit den Augen zwicken« (I,2) wollten. Hei, so wie der
junge und jüngst verstorbene Elias Canetti eine »früh ver-
zwackte Beziehung zu Gott« (Letzte Aufzeichnungen, 1994)
sein eigen nannte, so damals die Rest-CSU notwendig eine
solche zu Strauß und Zwick; so wie ja auch fast logisch lt.
Hans Bahlow, Deutsches Namenslexikon (Bindlach 1993)
»Zwick« für mhd. »Zweck« steht, d. i. Nagel, Bolzen, hahaha! Indessen es beim späteren Jos. Frhr. von Eichendorff
(»Dichter und ihre Gesellen«, 9. Kap.) zusätzlich ja auch
noch ergänzend die Bedeutung von »necken«, »Unfug machen«, »Scheiße bauen« hat.

Ja freilich, cuius regio, eius religio, wie es damals nicht
nur im Augsburger Raum hieß, und so lebte man dahin in
Saus und Braus, Zwick wurde anständigerweise sogar kurzzeitig, wenn er's nicht schon gewesen war, auf Verdacht
katholisch, jawohl, so wie sie jetzt beide die Weiber und
Dienstbolzen aufmischten und auffizwickten, so vertraten
jetzt beide, Strauß wie Zwick, den bevorrechtigt unveräu-
ßerlich katholischen Teil der westlichen-weltkörperlichen
Gebietsreformkörperschaft im Sinne Toynbees oder von uns
aus auch Oswald Spenglers – beider zeitweises so unstrei-
tiges wie schwerabdingliches Lotterleben fand aber jederzeit
seine Schranken 1. im Kategorischen Imperativ; 2. in der
»kritischen Diskursreflexion« (Prof. J. Habermas); und 3.
schließlich in beider mehr oder weniger angeborener »mora-
lischer, ja hypermoralischer« (Gehlen) Tugend (E. Tugend-
hat) von? Genau: von Zwick und Strauß.

So zogen sie von Haus zu Haus. Fit »zu höherer Begat-
tung« (Goethe). Unbehelligt noch von Tandler, Stoiber und

Konsorten. Huber Erwin hielt sich zu dieser Zeit ethisch noch ziemlich bedeckt . . .

Ja, weißgott, mag sein, daß manches heute übertrieben und überzeichnet gezeichnet wird, aber es war schon ein verflucht »romantischer Lebensstil« (Franz Schnabel, Deutsche Geschichte des neunzehnten Jahrhunderts, Freiburg i. Breisgau 1964, p. 307), was die beiden Unholde, eskortiert von hin und wieder ein paar arbeitslosen Bauernschläuchen, da in der niederbayerischen Innebene und fern ihren eskamotierten Ehekrüppeln aufzogen, nun das Kindergehoppel halbwegs erwachsen und ihre Sache auch sonst nicht übel gerichtet, o ja, »das ganze Leben sollte in diesem Sinne zum Kunstwerk, zum Spiel der souveränen Laune gemacht werden« (ebd.), und die Bauernfünfer, die sog. »G'scherten«, staunten nicht schlecht Bauklötze über das, was die beiden »Großkopfeten« da aufzogen und niedermachten und wegrichteten. Sicherlich, wenn heute a) öffentlich gefragt wird, ob und was eigentlich Monika Hohlmeier von all dem wußte (»Der Spiegel« 11.4.94); und b) ob es im Sachsinne zutrifft, daß Ermittlungen gegen den »Bayernkurier« wegen Steuerhinterziehung im fingierten Zwick-Anzeigenzusammenhang niedergeschlagen wurden (a.a.O.), dann kann man selbstverständlich partiell und fakultativ mit Parteichef Theodor (meint: Gottesgeschenk!) Waigel nur antworten: »Strauß war natürlich ein Mensch mit Stärken und Schwächen«, er, Waigel, warne so eindringlich wie hinlänglich davor, hier »nachträglich falsche Heiligenverehrung zu pflegen«; und umgekehrt, der alte Zwick sei heute ein mit schwerer Herzkrankheit geschlagener insulinabhängiger Diabetiker und keineswegs mehr der vitale Haudrauf von vorgestern. Und dritterseits sieht man natürlich, und nicht nur Waigel, in Kreisen der CSU jetzt schwerlich ein, was der Sohn Johannes im Gespräch mit Augsteins Agenten äußerte: »Saubermann Stoiber braucht einen Gefangenen Zwick in seinem Wahlkampf« (a.a.O.), gleich, ob Vater oder

»Filius patris« (Strauß, früher im Spaß). Nein, selbst in stoiberskeptischen und stoiberaversiven Parteikreisen sieht man das kaum ein und gibt es jedenfalls nicht öffentlich zu, »schön blöd« (Angelika Zwick a.a.O.) wäre man ja. Immerhin wird seit 1994 die Existenz von Schweizer Konten zu Zwecken der »reinen (Straußschen) Vermögensanlage« und Familienvorversorgung selbst im hauseigenen »Bayernkurier« kampflos zugegeben und eingestanden, und Max Josef Strauß hat jetzt sogar großmütig konzediert, daß sich die laufenden Kontenbewegungsbeträge heute »so an der Millionengrenze« bewegen, es könnten s. W. aber auch »ein paar Millionen« sein.

Nun, »nur der Tüchtige hat Glück« (Moltke), das gilt für Max Josef Strauß ganz besonders, und wie dem auch sonst immer sei und ganz gleich, ob historisch und quellenhistorologisch stichhaltig zutrifft, daß schon am 1.10.1987 zwischen dem damaligen Finanzminister Max Streibl und Zwick jun. ein »Vergleich« angestrebt gewesen war – wobei der in der Causa Zwick zuständige leitende Finanzbeamte, Steuerabteilungsleiter Kurt Mieler, heute Wert darauf legt, daß eben dieser allein »unter Vorbehalt der Zustimmung der Spitze des Hauses und der Einschaltung des Rechnungshofes« zustande hätte kommen können (man beachte die zahlreichen, weit übers normale Maß des Finanzbürokratischen hinausreichenden, auf ganz außerordentlich skrupulös-diffizile Bewertung der Sachlage hindeutenden Genitiv-Ketten!); gleich auch, ob, wie der Vorsitzende des »Untersuchungsausschusses Steuerfälle« im Bayerischen Landtag, Paul Wilhelm (CSU), offenbar sogar launig unkt, daß der Steuerstreit Zwick sen. resp. jun. mit dem bayer. Oberfiskus sich »über 16 oder 17 oder noch mehr Jahre hinziehen« könne und mithin die Leistungskraft des ganzen Lands und Volks unterhöhle und vielleicht bald unter sich begrabe (Joachim Wahnschaffe von der SPD stellt sogar die luzide Frage, ob, sofern Verfahren à la Zwick üblich würden, nicht die Finanzämter »stillstehen« müßten); und dann, wenn heute seitens der Gruppe Waldenfels-Miehler schon allzu blauäugig versichert wird, Zwick und die Seinen hätten im Lauf der Jahre – und u. U. sogar gegen Straußens Willen! – »keine Sonderbehandlung« erfahren: Wer den Gesamtvorgang und seine Teilkomplexe heute »sine iro et curo« (Stoiber i. A. Strauß) betrachtet und dabei möglichst etwas weiter weggeht und zurücktritt, um den Gesamtzusammenhang noch besser zu erkennen: Der weiß, was er weiß, unabhängig von gewissen »Risiken« und »moralischen, gegebenenfalls auch politischen Bedenken« (Kurt Miehler) hinsichtlich des Vermögens der Familie plus hinsichtlich einer ins Auge gefaßten Übertragung der Johannesbad-Aktien an eine Anlegergruppe, wie sie dann auch einen Herrn von Waldenfels erheblichst zu interessieren hätte; jenen, der da, und dieses capricciohafte Intermezzo ist heute noch nicht restlos geklärt – die Niederschlagung der Steuersache Zwick im Oktober 1993 plötzlich ja wieder rückgängig gemacht hatte!

Von daher erklärt sich allerdings aufs beste, weshalb Waldenfels seinerzeit im Sommer 1992 eine Einladung zu einem Colloquium des akademischen »Corps Frankonia« im Zwick-Sanatorium Johannesbad (Bad Füssing) nicht wahrgenommen hat – und dies, obschon der sog. »Waldenfels« ordentlicher Corpsbruder und zudem, wie schon vorgetragen, mit der Zwick-Pressetante Constanze Müller »seit Jahren gut befreundet« (»Der Spiegel« 11.4.94) ist. Oder war.

»Irgendwas stinkt«, zitiert das Hamburger Magazin ihn, den jetzigen bayerischen Finanzminister, »ich habe ein ganz schlechtes Gefühl« (ebd.); und schon eine Woche später ziehen deshalb Augsteins Leute noch einmal so mutig wie leidenschaftlich nach und melden vor allem leidenschaftliche Zweifel an, ob denn E. Stoiber wirklich gar so wenig wußte, zu einer Zeit nämlich und über eine Zeit, da manche in der CSU schon den bloßen erfolgversprechenden Klang des Namens Zwick nachahmten (die späteren Spitzenpolitiker

Dick und Glück). Der einstige Strauß-Intimissimus, dem nicht wenige heute »hohen ethischen Impetus« (Graf Krockow o. ä.) bezeugen, gibt wenig zu, sondern immer noch mehr oder weniger hartnäckig an, praktisch »kenne er den Steuerflüchtling Zwick gar nicht«, und er habe »nie etwas mit der von Strauß geförderten Niederschlagung der Zwickschen Millionen-Steuerschulden zu tun gehabt« (»Der Spiegel« 18.4.94) – ja nun, nur mal arbeitshypothetisch zwischengefragt: Könnte das nicht die Wahrheit und nichts als die Wahrheit sein? Daß Eduard Zwick damals so hoch über seinen Volksgenossen und sogar über Stoiber stand, daß dieser, anders als Strauß, ihn praktisch nie zu Gesicht kriegte, ja, wurde er ihm vorgestellt, Edmund Stoiber geblendet vom Glanze dieses Erhabenen eben jenen nicht mehr zu erkennen vermochte? Daß sich dieser genotypische Nibelung und Parteisoldat und »Einserjurist und Aktenfuchs« Dr. Stoiber einfach innerlich weigerte und verhärtete, den ihn betäubenden Strahlenkranz des Zwickschen Sonnenkönigtums auch ja nur wahrzunehmen –: ein wahrlich einzigartiger Fall von Freudscher Verdrängung respektive, genauer, von Anna Freudscher Abwehrleistung als der aus Angst vor der Triebstärke sich »neu aufrichtenden Ich-Organisation« (A.F., 1964, a.a.O.) in Form freilich der Neurose, schließlich des totalen Realitätsverlusts!

Man erinnere sich hier auch der bekannten bildmotivischen Topoi der vom auferstandenen Christus geblendet, ja wie hingemeuchelt zu Boden gehenden, die Arme vor die Augen haltenden Grabeswächter nahe Golgatha . . .

Die Gründung der Firmen Fitelec Beteiligungs GmbH und Gefit durch die Gesamtfamilie Zwick in hiermit noch immer realsymbolisch bekundeter Fitness – die illegale Umschichtung des Zwickvermögens durch ein Bankenkonsortium im Zuge eines Strohmanns – das Protokoll einer Sitzung des Kreditausschusses der Bayerischen Landesbank (BLB) – die Rolle des Karl Diehl von der Hypo-Bank – eine

Sicherheitsleistung des alten Zwick-Lugano in Höhe von 30 Mio. Mark in verpfändbaren Wertpapieren zugunsten des einsitzenden Sohns – die untergründige Rolle von Straußens Leibarzt Valentin Argirov – der Anteil von Zwick-Lugano an Fitelec – : Schwer, beinahe unmöglich, auch noch heute als verantwortungsvoller Geschichtswissenschaftler und zumal Familienbiograph in diesem gärenden Nebel der allerorten und allseits rumorenden (Stoiber?) und sich regenden und vorwärtszuckenden und in Seitenmäandern sich lindwurmgleich windenden und zum Teil schon historischen, ja wie prähistorisch anmutenden Nebelschleiern und Energienschlieren sich hinlänglich zurechtzufinden – nicht leicht vor allem, Erhebliches von minder Erheblichem als den bloßen Ablenkungsmanövern des Weltgeists zu scheiden, den Blick für das Wesentliche im akkurat Angelus Silesiusschen Sinne zu wahren. Und das heißt heute mehr denn je und emphatischer denn je und energischer denn je:

Ob eine »Schmutzkampagne« (Kohl) der »Kloakenpresse« (Graf Lambsdorff) bzw. des »Gangsterjournalismus« (F. J. Strauß) oder gar des »Schweinejournalismus« (O. Lafontaine) im Falle Zwick–Strauß–CSU vorliegt (und wahrhaftig, das alte Zwicksche Bade- und Katharsismotiv zieht sich wie ein traumatisch-traumhafter Moloch durch den feinstverästelten Universalkomplex dieses Kausalzusammenhangs) oder lediglich eine »Rufmordkampagne« (Th. Waigel), dies ist hier und heute historisch-ethologisch ebenso wenig zu entscheiden wie auch nur die vergleichsweise ethische Frage, ob der älter werdende Waigel, versorgt inzwischen mit Irene Epple, vielleicht nur contra sogar die eigene Mutterpartei dem Straußsohn Stoiber schaden und ans Leder möchte. Drei Enkel, so liest man, nennt andererseits Zwick-Lugano schon sein eigen. »Der Vater zahlte«, erklärt am 20. Mai 1994 nach 123 Tagen Untersuchungshaft Zwick jun. in einer schriftlichen Darstellung zu den gegen ihn erhobenen Vorwürfen wegen angeblicher Beihilfe und

Mittäterschaft in der Höhe von angebl. 70 Mio., »damit Frieden einkehrt.« Oha? Wie das? Ja, zwar »freiwillig«, aber eben nur 8,3 Mio. Mehr sei rechtlich nicht drin. So der Junior wie der Senior. Und, so Zwick jun. weiter: »Mein Vater hat Deutschland zu einem Zeitpunkt verlassen, zu dem er keine Steuerschulden hatte. Im Gegenteil: Es wurden ihm 1982 Steuern zurückerstattet.«

Wer ohne Steuerschuld ist, werfe den ersten Stein, und das gilt auch für Stoiber, Waigel und – wir wollen sie hier keinen Augenblick aus den Augen verlieren – die den beiden heute subordinierte CSU, jene politische Großgruppierung, der heute, selbst ungeachtet der schon gar zu zahlreichen alkoholisierten Verkehrsunfälle ihrer Spitzenvertreter (Höcherl, Heubl, Wiesheu, Graf v. Spreti, Marianne Strauß u. v. a. m.) und gänzlich unbeschadet der Dignität ihrer Anfänge und ihrer höchst honorablen Parteigeschichte (Eliminierung Geislhöringers, Dr. Zimmermanns Audienz mit Freisehner beim griech. König usf.), in ihrer gegenwärtigen Verfassung und zumal Zwick-Haltung eine gewisse und wohlverstandene »Schneckenschleimigkeit« (Gustav Mahler über die ihm allerdings trotzdem ergebene Sängerin Hermine Kittel) kaum, ja schwerlich abzuunken ist, weil quia quamquam sint sub aqua, sub aqua, maledicere trotzquam tentant, ganz gleich, ob wirklich, wie uns Augstein immer wieder wähnen machen tut, Strauß seinerzeit wirklich sternhagelbesoffen durch Hamburg gerauscht ist; gleich ob Zwicks gefl. Ansinnen an die Familie Strauß sen. sowie Monika Strauß nachm. Hohlmeier (nicht, wie häufig falsch zitiert wird: Gütlein!), im Sinne des 2. Thermodynamischen Gesetzes als Jointventure alias Mixed Business im Sinne der neuen Corporate Identity (U. Hoeness) so manchen Big Point (R. Zobel) weit jenseits der heute noch as usual üblichen Peanuts zu placieren, echt oder eben von Streibl i. A. Goppel jun. getürkt war; »ganz gleich auch« vor allem, »ob der polnische Papst heute noch wichst« (H. Duschke, Seelburg 1994).

Hie Zwick also – dort der mit seiner Familie im nahen Rott am Inn lebende Brauereibesitzer und spätere CSU-Landtagsabgeordnete und Konsul Dr. Max Zwicknagl, seit 1957 Straußens Schwiegervater (Engelmann, a.a.O., p. 115 f.). Sehe jeder, wo er bleibe. Es gehe der Historio- und künftige Gesamtbiograph wünschenswerterweise behutsam den vorerst noch virtuellen Connections Zwick-Zwicknagl als Potentialis nach – man verliere aber aktuell, hic et nunc, vor allem eins und einen nicht aus der Optik: Jenen, der bei den großen Zwickschen Geburtstagsrutschen an der Côte, 1980 ff., immer so besonders halbgeschlossenen Auges recht müde und, während Zwick, Strauß, Gerstl und Frau Zwick (stehend) vor Vergnügen zu brüllen scheinen, schon im Übermaße lammfromm äugt (»Bunte« vom 14.4.94); jenen, der heute auch vor dem bayerischen Landtagsuntersuchungsausschuß laut FAZ das »Dementi in Person« (20.4.94) ist und, obwohl recht eigentlich »niemand Tandler am Wickel hat«, geradezu beschwörerisch und jedenfalls laut eigener Darstellung »zu keiner Zeit und in keinem meiner Ämter mit der Steuersache Zwick zu tun gehabt« noch je jemand gebeten habe, »zugunsten von Zwick zu intervenieren«.

Das vielleicht nicht, Herr Gerold Tandler, obwohl es in Anbetracht des Ihnen von Zwick generös gewährten Groß- und Langzeitsonderkredits mehr als angemessen gewesen wäre – das, Herr Tandler, leider nicht. Was sagten – wir fragen noch im Konjunktiv, Herr Tandler –, was sagten Sie aber beispielsweise dazu, wenn wir Ihnen Dokumente vorlegen könnten, unzweifelhafte und paraphierte Dokumente mit Brief und Siegel, daß Sie es waren im Verein mit Ihrem damaligen Assistenten Kaplan Morgenschweiß SJ, welche da beide, Herr Tandler, hören Sie gut zu, beim Vormundschaftsgericht Pocking eine – neben anderen gewissen- und ruchlosen Hintertreibungen, Herr Tandler – sogenannte Unzurechnungsfähigkeitseigenerklärung wider und zu Ungunsten Zwicks betrieben haben, und dies schon erstmals 1979?!?

Wir denken, Herr Gerold Tandler, daß Sie dazu, zu dieser
außerordentlich ruchlosen Gemeinheit, käme es denn, wie
erwartbar, zum Schwur, wie wir und unsere Leser nur eins,
eins nur sagen könnten: Pfui.

DER FAHNENEID DES DR. E. ZW.
(FRAGMENT)

Als Dr. E. Zwick am 13.7.1974 erwachte, da glaubte bzw. fühlte er sich in einen Käfer verwandelt, in ein richtiggehendes ungeheures Ungeziefer. Gleichwohl ging er sofort wie gewohnt zur Arbeit und an den täglichen Arbeitsplatz (Johannesbad Füssing), sein Fahneneid band ihn zur höchsten Treueerfüllung an guten und, so hier, an schlechten Tagen. »Zwicks Leute« (Der Spiegel 18/94, p. 36) verrichteten gleichfalls, es war ein sehr heißer Mittwoch, am Nachmittag kletterten die Temperaturen auf 36,5 Grad, wie gelernt ihre div. Arbeit und taten jedenfalls so, als ob sie nichts sähen und am »Chef« bemerkten, die Thermen sprudelten, die Brunnen rauschten wie üblich und bekämpften in allen Becken sämtliche Erkrankungen des Bewegungsapparates sowie die des indizierten rheumatischen Formenkreises inmitten der reizvollen Landschaft des unteren Inntales (mit Bahn und/oder Bus problemlos erreichbar) im Zuge der seit einem runden Vierteljahrhundert erworbenen Erfahrungen und Erkenntnisse der Medizin und Medizintechnik, europaweit geltend als Vorbild für Prävention, Prophylaxe und schlußendliche Rehabilitation; auch und gerade für die Sonderfälle selbst der Käferbildung.

Nicht war, was gelegentlich und hartnäckig kolportiert wird, Ed. Zwick dagegen aktiv beteiligt an der Meineidssache Fritz (»Old Schwurhand«) Zimmermann a. D. noch im unmittelbaren und elementaren Sinn- und Gesamtzusammenhang an der im Grunde noch heute nicht erledigten, sondern weiter schwelenden Rechtsauseinandersetzung Johann Evangelist Kapfinger (Passau) – F.J. Strauß (München) – R. Augstein (Hamburg), weder in kausaler noch sonst in korrelativer

Sachbeziehung im treuhänderischen Sinne. Gleichwohl weist Willi Winkler (Merkur 543, 6/94) ganz zu Recht darauf hin, wie »genüßlich, hämisch und eindeutig« der Rud. Augsteinische »Spiegel« in Sachen Zwick-Strauß-CSU ebenso rechtens den Kontext eines Kausalnexus konstruiert und laut Winkler dabei geradezu »brilliert«: will sagen, gezwungen durch die leidige »Focus«-Konkurrenz, mehr Farbe zu verwenden, zeigte und offenbarte das Hamburger Nachrichtenmagazin zahlreiche Farbfotos von »allerschönster Ekelhaftigkeit«; nämlich »wie sich unter den häßlichen, breitgestreiften Freizeithemden von Zwick und Strauß die unzweifelhaft mit Steuermillionen angefressenen Bäuche wölbten« (a.a.O.) – nämlich notabene schon zu Beginn der Achtziger Jahre in Südfrankreich, beim Gruppensaurausch mit großen Schweinerüsseln den Champagner aus den Kelchen saugend.

Nicht mit von der Partie war seinerzeit im übrigen noch Schalck; jener, mit dem Strauß dann schon kurze Zeit später »ein Herz und eine Seele« (FAZ 13.7.94) war; wenn auch weniger mit Golodkowski – wie überall, so bewährte sich auch hier die vorn schon mehr als tangierte und aus dem tiefsten UBW kommende Straußsche Leidenschaft für Einsilber-Namen. Wie führende Schranzen einhellig bezeugen, ließ »FJS« (Stoiber) immer bei Interviews den ungeliebten Golodkowski einfach weg. Einfach weg ließ er ihn da.

Ja, so war er, unser Strauß. Heute ist das Klinikum Johannesbad Fachklinikum für Orthopädie und Rehabilitation. Die Unterbringung ist daher nur im Schwefelgasbad korrigiere: im Rahmen eines stationären Heilverfahrens möglich (über die gesetzliche Kranken- oder Rentenversicherung oder als Privatpatient). Auch Strauß mußte sich ja nach seinem vorläufigen – vorläufigen! – Ausscheiden von der Bonner Bühne in der Folge der »Spiegel«-, Fibag- und HS-Kapfingeraffairenfolge erst einmal wieder als Politiker rehabilitieren. Sein kurz darauf auf ihn neu zustoßender Freund Zwick konnte ihm da nicht recht helfen. Aber die

Vorausahnung des Rehabilitationsklinikums half Strauß vielleicht schon damals aus dem Gröbsten heraus und wieder ein Stück vorwärts, wieder ein Stückl aus dem Schlamassel heraus, aus jenem, in den er sich, noch unbetreut von Zwick, selbst hineingelotst ja hatte. Eine ambulante Behandlung im Johannesbad ist jedoch selbstverständlich möglich, jederzeit möglich, oder jedenfalls praktisch jederzeit.

Nimmermüd war Zwick schon früh bemüht, den Auflagen der therapeutischen und der ambulanten Bäderordnung zu willfahren oder aber ihr doch stark entgegenzukommen. Gegen Anwandlungen von Käferbildungen korrigiere: von Verbotsübertretungen sei's im bädermäßigen sei's im fiskalpolitischen Bereich fühlte er sich gefeit und immer noch gefeiter. »Der unentwegte Fürst der Unterwelt« (Milton, Paradise Lost) hatte bei ihm, Zwick, vorderhand kaum eine Chance. Zumal schon bald die Geburt des Söhnleins Johannes mittels der Gemahlin Angelika anstand und ins Haus stand sehr zur Freude aller.

Das Haus aber befand sich vermutlich gleich hinterhalb des oder dem über alles geliebten Johannesbad. Allem geliebtem? Alles geliebten.

Wobei allerdings Zwick in seiner Glanzzeit und seiner Ganzheit sogar mitunter und überaus munter daran dachte, Diedrich Diedrichsen, Dietmar Dath und Dr. Diether Dehm als siebenfach dauerhaftes Triumphirat oder jedenfalls Triumvivat für Thermenpromotion und allg. Merchandisingscheißdreck bei sich an- und einzustellen, und, falls nötig und falls sich das bewähren sollte, die drei sogar endlich anzuheuern als volltarifliche Pfleger.

Soweit dies.

In der FAZ vom 8.6.94 aber ist zu lesen:

Die Erde wird nicht von der Sonne geschluckt

Die Erde wird auch in ferner Zukunft nicht von der Sonne verschluckt. Das haben Berechnungen am

California Institute of Technology in Pasadena ergeben. Bislang hatten die Astronomen angenommen, daß die Erde einem dramatischen Tod entgegensieht. In einigen Milliarden Jahren wird die Sonne beginnen, sich zu einem roten Riesenstern auszudehnen, bis ihr Durchmesser ungefähr auf das Vierhundertfache des heutigen Wertes angestiegen ist. Das ist mehr als der Durchmesser der Erdumlaufbahn. Nach den neuen Messungen entfernt sich die Erde wegen des Massenverlusts der Sonne aber vorher aus dem kritischen Bereich und wird nicht verschlungen. Allerdings ist unter den gegebenen Umständen mit einem gewaltigen Treibhauseffekt auf unserem Heimatplaneten zu rechnen, dem die heutigen Lebensformen nicht gewachsen wären. Die Sonne wird anschließend zu einem weißen Zwergstern schrumpfen.

Hat man so was schon gehört? Nein, vermutlich kaum hat man gehört.

Gut in dieser und auch noch in der etwas späteren Zeit Zwicks Gesittung, sehr gut mitunter sogar seine sittliche Aufführung. Was Eleanor Marx-Aveling vordem über Marx zu Papiere brachte: »Alles ist Wasser auf seiner Mühle«, das galt in dem vermehrten Maße von seinem geistigen Sohne oder doch Brudersohne Zwick, indem bei diesem zu Bad Füssing Realität und Metapher aufs ja tunlichste und so innig zusammenflossen wie nur wenig später Inn und Donau, derart auch noch die Verbundenheit zur alten Banater Heimat aufs treulichste wiederherstellend und aufs trauteste kanonisierend.

Ja, alles wurde Zwick damals zu Wasser auf seinen Mühlen, immer hatte er Oberwasser, niemand im therapeutischen Bädersektor konnte ihm damals praktisch das Wasser reichen, noch mahlten Gottes Mühlen sehr, sehr langsam und den eingewanderten Newcomer noch keineswegs in jene

Zwickmühlen, die ihn später so dingsen sollten. Das »extrem harte Herumrandalieren« (D. Steinmann, Pirmasens, In den Eichen 55, 14.7.94, 8.22 Uhr) der damals massiert aufkommenden Schwer- und Spitzenabsahner in ihrer schweineblasenmäßigen Berufswelt führte im Fall E. Zwick vorerst und vorderhand nur zu einer »mehrfachen und kreuzweisen Befruchtung« jenseits von G. Mendel und ganz im Zeichen von »undelikatester Stückwerkkultur, Hirnproletariat und allerdings hochmotiviert leistungsorientierter Käsköpfigkeit« (Steinmann, a.a.O.). Hie Thermenquark – dort sozialer Aufstiegsquack als vitale Fehlprojektion und Mißprätention. Mißwahlen gab es damals im Niederbayerischen ja noch weniger. Uschi Glas war eine Singularität, ein Unikat. Und war bereits nach München zur Kinoschauspielerei abgewandert. Die hätte sonst bei »King Edi« kein Land ja mehr gesehen! Ja, haha, die ekla-, ja epatante Brummkraft Zwicks auch bei der Einstellung bzw. (es kam dann logo meist nicht dazu) bei der Vorstellung von Krankenschwestern vulgo Behindertentherapeutinnen im Chef-BMW der Verwaltung (da merkte man gewaltig die Nähe des nahen Dingolfing) war eine äußerste und voluntativ extremst rücksichtslose. Na freilich, vor allem »die großen Blonden hatten ihn in der Gewalt« (Heinrich Mann, Liebesspiele, p. 17) ha, nein, eine »Blunznudel« wie er, ein »Knaddeldaddelarsch« (Steinmann, a.a.O.) wie Ed. Zwick kannte da meist weder Halt noch auch Pardon, wenn ihn der Haber stach; wobei schon der junge und dann vor allem der ältere Zwick den von ihm in die gierigen Augen bzw. sodann in die fetten Wurstfinger gefaßten Zielobjekten (»Sexualobjekten«) nicht nur Gott und die Welt und das Blaue vom Himmel in Gestalt chicer Märchenschlösser und mondäner Boutiquen (Aussage: Schwester Hella M., ihr war E. Zwick besonders hold) in München und Pocking herunterversprach, und sogar »etwas weinerlich und wimmerig« (Bestätigung: Steinmann a.a.O.) dabei gewirkt haben soll bei seinen eminenten und

exponierten Zudringlichkeiten; soweit man bei einer Blut-
wurst wie ihm noch überhaupt ernsthaft und »a little bit
overdressed« (A. Strong) von seriöser Zudringlichkeit unken oder doch munkeln darf.

Jawohl, Zwicks voluptas oculorum im Verein mit seiner
ohnehinnigen überrumpelnden und fast überproportionier-
ten cupiditas vivendi sowie seiner damals allerdings schon
ziemlich hinfälligen amor Dei sorgte vormals da drunten in
Niederbayern für einen ziemlichen Rummel innerhalb des
allg. Gerumpels der gesamtheitlich christsozialdemokrati-
schen »Generalscheiße« (Steinmann, ebd.) zwischen Passau,
Lindau und Aschaffenburg – mehrfach mußte damals dem
Zwick sogar von Strauß selber bedeutet werden, er möge
doch seine übermäßig hochlodernden und schweinebraten-
mäßigen Sexualbrandungen und grauenvollen Geschlechts-
überbordungen wenigstens im öffentlichen Bäderverkehr
einigermaßen im Zaum und wenn schon nicht unter Kon-
trolle, so doch im verhohlenen Hintergrund halbwegs ge-
sitteter Hummelhaftigkeit halten. Des Rätsels simple Lösung:
Manchmal stand sogar bei der Rheumagruppentherapie im
Isokinetischen Bewegungsbad (Becken 5, gleich hinterm
Strömungsmassagebad) Zwicks Hosentürl unterm weißen
Ärztekittel schon gar zu einladend offen, ja richtig öffentlich. Und: Strauß' Mahnungen – überdieweile fruchteten sie.
Denn: »Edi« Zwick parierte einigermaßen. Wen wundert's,
daß aus Strauß später keineswegs Zwicks Leibfeind, sondern allenfalls und gerade wegen dieser Handreichungswa-
schung im Lauf der Zeit sein »Gegenkamerad« (Gauweiler
über Chr. Ude im bayer. Fernseh) alsbald werden sollte.

Jaja, come un bel dì di maggio ging es damals oftmals zu
zwischen Braunau und Passau, und der alte Zwick wie eine
gesengte Sau immer schwer mittendrin und am Rumpeln
und Rankeln und voll der geile Klopfer und schwerst am
Ranzen (vgl. auch: Walter Stoeckel, Erinnerungen eines
Frauenarztes, Kindler-Sonderausgabe, hrsg. von Hans Bor-

gelt, 1966, insb. p. 13–311) und Randalieren im unteren Pumpelbereich. Indessen in Pirmasens (Zeugnis: Steinmann a.a.O.) die »Zwicker-Stubb« bis heute wieder mehr eine Bierwirtschaft »für einfachste soziale Verhältnisse mit großem Schlägerpotential« (a.a.O.) dar- und vorstellt.

In der FAZ vom 22.3.94 dagegen ist dies schleunig nachzulesen:

Autofahrerin verursacht Serienunfall mit acht Verletzten

HEILBRONN, 22. März (AP). Eine vermutlich alkoholisierte Autofahrerin hat in der Nacht zum Dienstag auf der Autobahn 6 eine Unfallserie in Gang gesetzt, nach der die Strecke zwischen Heilbronn–Untereisesheim und Bad Rappenau mehrere Stunden lang in beiden Richtungen gesperrt werden mußte. Nach Angaben der Polizei wurden bei den Unfällen, an denen mehrere Lastzüge und Personenwagen beteiligt waren, acht Menschen verletzt.

Der Wagen der in Richtung Mannheim fahrenden Frau geriet gegen 2 Uhr morgens ins Schleudern und verlor dabei ein Rad, das auf die Gegenfahrbahn rollte. Das Fahrzeug der Frau fuhr auf einen mit Stahlwalzen beladenen Lastwagen auf. Von der Ladefläche des Lastwagens stürzten drei Walzen mit einem Gewicht von jeweils einer Tonne auf die Straße, zwei davon gerieten auf die Gegenfahrbahn. Das Auto der Fahrerin wurde zertrümmert, die Frau blieb jedoch unverletzt. Ein nachfolgender Wagen fuhr gegen die Mittelleitplanke, wobei alle vier Insassen verletzt wurden.

Auf der Gegenfahrbahn in Richtung Heilbronn fuhr ein Auto in das Rad, das sich gelöst hatte. Ein Kleinlaster, der einer Stahlwalze ausweichen wollte, fuhr in die Mittelleitplanke. Außerdem fuhr ein Sattelzug auf einen vorausfahrenden Lastwagen auf, der umstürzte und auf einen weiteren Lastwagen geschoben wurde. Die Fahrerin des Sattelzuges wurde in ihrem Fahrzeug eingeklemmt und konnte erst nach zwei Stunden befreit werden. Ein ebenfalls in Richtung Heilbronn fahrender Wagen fuhr auf die beiden auf der Fahrbahn liegenden Stahlwalzen auf. Auf der voll gesperrten Autobahn bildeten sich in beiden Fahrtrichtungen Stauungen von bis zu sechs Kilometern Länge. Die Polizei schätzt den Sachschaden auf eine halbe Million Mark.

Das Bad Füssinger Thermal-Wellenmassagebad seinerseits führt 33–35 Grad Celsius auf, das Hyperthermalbad hingegen 37–39 Grad sukzessive und ad libitum. Dient jenes als physiologischer Reiz für ein libidinös verbessertes Muskelspiel (Loddamaddäus usw.), so dieses vorzüglich und primär zur wünschenswerten Anhebung der Körpertemperatur und dadurch sekundär, ja tertiär reaktiv zur Umstimmung des Hormonhaushaltes und quartiär sogar vielleicht zum wünschenswertigen Anstieg der körpereigenen Nebennierenrindenhormone vor dem Hintergrund eines theoretisch praktisch holdseligen Gesamtlebens und späterhin eines möglichst hochseligen Ablebens nach dem Gebot der Schrift. Beim Inhalationsdampfbad (ca. 60 Grad Celsius Raumtemperatur!) im Sinne der römisch-finnischen Saunentradition sine kuratell et sans gène und ohne Scherereien wird in Bad Johannes-Füssingbad das verdampfte quellfrische Thermalmineralwasser für eindeutige Inhalationsdampfzwecke in das bereits quellfrisch rattenscharf bereitstehende Dampfqualmbad eingeleitet (Penetration; siehe auch unter Zwick E.), es ist, als ob ein Gott seine hochnottauichten Fittiche nimmersatt um unsere darüber lustvollrohr erschauernden Rückenmarkswirbelscheibensektionen, um unsere darob sehnsuchtsbebend tremolierenden Schultern und um unsere schwall saudummen Schlüsselbeine schlängele und schlingele.

»Na gut« (K.H. Rummenigge), Dr. Zwick wandte sich dann wieder anderen Gemeinschaftsaufgaben und Interessengebieten und Wissenssektoren (Zweites Thermodynamisches Grundgesetz der gesunden Bäderphysiologie) zu, er kam bald auch wieder mehr seinen musikalischen Hobbys (v. a.: texanischer Ochsenrock der Billy, Frank und Dusty) nach und schaute überhaupt, wie er sich's richtete und wie er, wenn auch oft einigermaßen unappetitlich, sein Heu heimbrachte – mei, »Edu« Zwicks Lippen wurden oft weiß und kalt, wenn und sobald er da zuweilen und komplett albtraumzerrüttet fühlte, wie die einstigen goldenen Pforten der Kindheit im Banat sich nicht allein ein für allemal hemmungslos hinter ihm geschlossen hatten und zugefallen waren und ihn, den alten Donauschwaben, für ewig aussperrten und »ausgrenzten« (Guido Knopp, ZDF); und dies, obschonsamst ein Vorfahr Zwickens ja sogar früher mal Zigeunerbaron gewesen sein soll und –

Heute lebt Zwick samt Bäderfrau Angelika hoch überm Luganer See, geruhsam, behaglich und z. T. schweinisch sich wälzend vor noch immer in Spurenelementen vorhandener Wollust, Wollust nämlich, dem niederbayerischen Fiskus entglitten zu sein – und insofern ja vielleicht doch noch die Kontinuität fortführend jenes hohen Vorfahrs, so da auf den Namen Barinkai womöglich hörte.

Das Gesetz jedenfalls, was da am 1.1.93 in Kraft getreten ist, angeblich mit dem Ziel, »Kosten im Gesundheitswesen einzusparen«, hat, wie immer, so auch hier, im wesentlichen im Zwicker Füssing-Bad nur neue Unsymmetrien und schwerste, ja pulverartige Irritationen hervorgekitzelt. Zwar ist der allg. Badeschein im Thermenfüssingbad Dr. Zwick vom neuen grunzüberflüssigen Gesetz nicht betroffen und praktisch uneingeschränkt wie bisher erhältlich und alle ärztlichen Hundsleistungen werden wie bisher im Thermalflüssigbad Dr. Füssing-Zwick zu 100 (!) % von der Krankensaukasse übernommen; desgleichen gilt nach wie vor freischaffende Arztwahl, freie Termindruckwahl und freiheitliche Qual der Unterkunft mit Luderbett. Indessen erhöht sich die Eigenkrampfbeteiligung bei stationärer obskurer Obstkur (Anschlußbehandlung usf.) von 10 auf oft und oft schon 100 Blödmark. Es ist also sackklar, daß Sie wegen dem neuen Gesundheitsstrukturarschwichsgesetz im Zwickbad keineswegs und keinesfalls auf käfersamsaartige Kurkotznotzwangsmaßnahmen verzichten müssen wie verrückt. Das Gegenteil ist vielmehr »brunzernst« (D. Steinmann, 14.7.94, inzwischen in Kaiserslautern angelangt) völlig richtig. Für weitere Fragen stehen wir sehr gerne zur Verfügung.

Soweit das.

In der FAZ vom 15.7.94 allein liest man noch dies:

Wassermoleküle in ferner Galaxie

In der 200 Millionen Lichtjahre entfernten Galaxie Markarian 1 im Sternbild Fische haben amerikanische Astronomen Wassermoleküle entdeckt. Die Spektrallinien der Moleküle sind normalerweise so schwach, daß diese sich über große Distanzen nicht mehr nachweisen lassen. Die Astronomen mußten deshalb mehr als 150 Galaxien mit »aktiven« Kernen sondieren, bis sie den ersten Hinweis auf Wasser fanden. Das Zentrum von Markarian 1 sendet besonders viel Strahlung aus. Die Moleküle fanden sich in Gaswolken, die dieses Zentrum in geringer Distanz umkreisen. Der Fund läßt vermuten, daß es auch in vielen anderen Galaxien Wassermoleküle gibt, die sich aber der Beobachtung entziehen. Wasser ist eine der Grundlagen des irdischen Lebens.

Hat man Töne? Gar nicht schlecht.

Wesentliche Behandlungsformen sind hingegen auf alle Fälle die medizinischen Bäder (Bewegungsbäder und Schwefel-Gas-Bäder) in 13 verschiedenen Therapiebecken mit sage und schwitze 4500 Quadratmeter Thermalwasserfläche und einem Temperaturumfangsbereich von 28 bis 39 Grad Celsius, ständig quellfrisch gespeist vom Bad Füssinger Thermal-Mineralwasser der hauseigenen Johannesquelle Zwick aus über 1000 Meter Tiefe bei einer Quelltemperatur von 56 Grad Celsius pfeilgrad. Daneben lädt das flache Land der Pockinger Heide zu Spaziergängen, Radtouren und leichten Wanderungen ein. Legendär ist das Vogelparadies »Unterer Inn« – sehr lohnend allein auch die weltbekannte Dreiflüssestadt Passau; selbst Kloster Reichersberg bietet interessante Ausflugsziele.

KATASTROPHE UND KATHARSIS

Jemand mußte Zwick beim Fiskus verleumdet bzw. bei der Justiz verpfiffen haben, soviel steht fest. Ob es aber wirklich das Tandem Tandler–Streibl in all seiner unstillbaren Rachsucht war oder vielleicht doch mehr der junge Goppel oder gar Strauß selber, der oder das da in allerletzter Instanz Zwicks Sturz betrieb, wer vermöchte es mit letzter Sicherheit zu sagen und auszudeuten? Genug, es waren wohl Neid, Mißgunst und Übelgesinnung zugleich, die da eines trüben Tages Mitte der frühen 80er Jahr die Wogen des Bösen endgültig über dem bis dahin unangefochtenen Bäderkönig zusammenschlagen ließen, in Gestalt nimmermüder Häscher und nimmersatter Mahnungen und ultimativer Drohungen seitens der Finanz- und Staatsgremien des Landes, die da doch täglich drohender das große Menetekel an die Wand des noch immer gutgekachelten Johannesbades malten – das Gesetz aber lautete alttestamentarisch Aug um Auge, Zahn um Zahn – mit anderen Worten: Geld oder Kerker.

Öffne, Hölle, Deinen glühenden Rachen! Und verschlinge noch heute zur Gänze alle jene, die da unter dem Namen der vorgeblichen prätendierten Gleichheit vor dem Gesetz und also auch dem Steuergesetz als Häscher und als Judas Zwick dingfest und unschädlich zu machen nicht länger anstanden noch sich zurückhalten wollten! Jene Feigen, die, den Himmel rufen wir zum Zeugen, den Ruhm Zwicks nicht länger zu ertragen demutsvoll vermochten! Bei des Himmels ehernem Dache, bei dem Blitz, der herniederfährt: »Gestrichen sei ihr Name aus dem Gedächtnis der Menschheit« (W. Jens, Wien 1992), die Namen nämlich jener, so da unter dem Vorwand, Ehre wiederherzustellen, Verrat übten ausgerechnet am treusten Diener seines lieben

Vaterlands! Tod und Verdammnis den schäbigen Denunzianten des angebl. Steuerschuldners Zwick!

»Weh, was ist Gott!« rief Zwick selbst da klagend ein ums andere Mal, um dann sogleich trotzig fortzufahren: »Wenn er Haß hat, den will ich tragen!« (VI, 332) Indes half ihm das wenig, die ultimativen Mahnungen wurden sogar noch drohender – und Zwicks Widerklagen dringlicher. Niederkniete er vor dem Gesetz, zum Sterben bereit, er flehte nicht um sein Leben. Obwohl wahrscheinlich damals schon »hochgradig zuckerkrank« (Streibl am 11.4. als Zeuge vor dem Landtag), focht Zwick wie gewohnt jeden Steuerbescheid und so auch diesen bis zum letzten Moment tapfer an und bat inständig um neue Fristen und vorläufige Haftverschonung, rang leidenschaftlich die Hände vor dem Finanzamt Passau – seinen Sohn gar bot er zum Unterpfand und gleichzeitig zum Bürgen: Ihn, Johannes, möge man, entrönne er, Zwick, erwürgen.

So jäh der Aufstieg – so jach der Sturz. Zwicks doppelte und peripetische Lebenskatastrophe der medizinisch-gesellschaftlichen sowohl als fiskalpolitischen Ächtung und die gleichzeitige der daraus konsequent resultierenden Exilierung mitsamt dem traurigen Asylantendasein ist heute, aus der reiflichen Distanz und ruhig wohlbedacht, an Gewicht, Wucht und Einschlagsvolumen eigentlich nur zu messen an der Irrfahrt des Odysseus bzw. vielmehr dem tiefen Fall des König Ödipus von Theben oder noch genauer und treffsicherer mit jener berühmtberüchtigten »Ultraviolettkatastrophe«, welche Max Planck einst bei der Entwicklung seiner Lichtquantentheorie als tiefgreifenden Schock innerhalb der Quanten bzw. vielmehr der physikalischen Welt auslöste – ja womöglich sogar auch nur mit dem sagenhaften Big-Bang von Hiroshima usw. oder auch dem Krach am Archipel Gulag in all seiner verheerenden Kraft. Jener, der da einst wahrhaft eichendorffisch feurig ausgezogen war, als Avantgarde der – und unter seinen Hohen Ahnen hatte es ja in der Tat auch schon Proselyten, Korybanten und sogar etliche Sansculotten als Chiropraktiker gehabt – neuen Thermotherapeutik und damit im Endeffekt der erneuerten Weltordnung eben diese aus den Angeln zu heben: Derselbe Mann und Zwick hatte sich jetzt nicht allein in den filigranen Fängen des Fiskus, sondern gleichzeitig auch noch in den Fallstricken seines eigenen freien Falls verfangen!

In tiefster Not trank Zwick sich erst einmal einen gewaltigen Schampusrausch (Pommery extra forte) an, schlief sich dann, auch hier dem Beispiele von Goethes Faust fast fügsam folgend, erst einmal lethegleich aus – und jetzt sah die Sache schon wieder etwas anders aus. Denn, auch wenn die überaus angesehene Wochenzeitung »Die Zeit« (22.4.94) schon bald auf den verwunderlichen Gleichklang des Straußschen »Intimissimus« Edi (Edmund) Stoiber mit dem ja gleichzeitigen Strauß-Amicus Edi (Eduard) Zwick nachhaltig aufmerksam macht, so dünkte doch gerade diese »Differenz« (Botho Strauß am 18.4.94 in »Spiegel«) Zwick selbst nur zu selbstreflexiv, d. h. reziprok verräterisch, will sagen harmlos; und er richtete seine Verdächte jetzt also doch mehr auf Streibl oder vice versa Tandler – oder vielleicht war's gar der biedere Gerstl? Nein, Kiesl war damals schon mehr als »out« – und Waigel noch nicht so »in« wie Gröbl und auch noch nicht mächtig genug. Also dann vielleicht doch der – alte Alfons Goppel? Neinnein, der war ja jetzt schon tot. Also dann doch der noch ältere Seidl!

Der – Arbeitsminister Pirkl gar?!

Kommt Zeit, kommt Rat, kommt Trost. Zwick, dessen unsterbliche Seele (Entelechie resp. Karma) ja, wir wissen es längst, nicht sosehr aus den Schluchten des Balkan, sondern ungleich mehr vom Unterlauf des Gelben Flusses herrührt und von daher nicht eigentlich der dialektischen Dreiheit Schwaben–Donauschwaben–Niederbayern, sondern viel eigentlicher ab ovo dem psychokinetologischen, gleichsam seelischen Universalstaat des Ts'in und Han-Reichs an- und zugehört und soziokulturell sich beheimatet weiß – Zwick las in eben dieser Zeit der Bedrängnis, ja Katastrophe jetzt, 1981 oder 82, in der Zeitung auch immer wieder und immer interessierter von der schon erfolgten Flucht des ihm flüchtig bekannten Consuls Hermann Weyer nach Paraguay, eine Flucht gleichfalls vor den auch ihn, Weyer, bedrängenden bayerischen Finanzämtern und Justizzentralstellen – tja, und erstmals richteten sich da plötzlich auch seine, Zwicks, Gedanken immer häufiger und dringlicher auf die derart abermals sich abzeichnende Erweiterung und Expansion seines erwähnten seelischen Universalstaates. Nun, es mußte ja nicht gleich Paraguay sein – aber, was war z. B. mit – Palästina? Hm. Naa. Sumatra? Schmarren, wieder diese blöden Tsetsefliegen. Aber was war mit beispielsweise der – Schweiz? Der ihm – längst ja wohlbekannten – Südschweiz?!

Der tägliche Anblick seines eigentlich doch so schönen Johannesbades: er war Zwick in dieser Zeit der Krisis und Bedrängnis richtiggehend zur Qual geworden, zur Vorhölle (Purgatorium) fürwahr, wie die Sauna in seinem Kurhauskeller. Die Schweiz. Hm. Mal sehen. War etwa gar diese merkwürdige Frau Piller, das neue Stopferl – die neue Geliebte von F. J. Strauß, die Quertreiberin, seine, Zwicks, wahre Feindin?! Hm hm. Aber die hatte doch genug zu tun bei ihrem Clinch mit den dummen, dicken, damischen Kindern von Franz Josef!?

»Erleuchte, die dich kennen nicht!« flüsterte da Zwick in seiner Not mit dem liebgewordenen alten Psalm immer wieder vor sich hin und überlegte gleichzeitig nebenher, daß der Sinn dieser Zeile akkurat umgekehrt wäre, stände oder vielmehr stünde zwischen dem »kennen« und dem »nicht« zufällig ein Komma – hatte das der alte Psalmist vielleicht bloß vergessen? Und brachte dadurch vielleicht die ganze Bibel kreuzweis durcheinander – bzw. nein, der Sinn wäre ja gar nicht nur umgekehrt, sondern praktisch wieder gleich, nämlich irgendwie dreifach *andersrum* oder wie. Bzw. mit *sowohl als* ohne Komma gab es keinen rechten Sinn. Nein. Nein und abermals nein, so ächzte es in Zwick stöhnend weiter – warum straft Gott *ausgerechnet* jene, die ihn kennen, mit Erleuchtungsentzug?! Warum, warum? Warum soll ausgerechnet diese Frau Piller, die da womöglich auch noch Strauß gegen ihn – und und wenn, dann – –

Toller Argwohn fiel da erneut über Zwick her, ihn zu beuteln – da, da plötzlich, fast von einer Sekunde auf die andere, besann sich Zwick eines Besseren. Fügte sich. Schickte sich ins Unvermeidliche. Noch immer »geknickten Herzens, am Geiste geduckt« (Ps. 34,18) zwar; aber es wäre Zwick nicht Zwick gewesen, hätte nach der zerknirschenden Katastrophe eins ihn nicht wieder entsühnt und fast versöhnt: Die Idee der reinigend-reinkarnierenden Katharsis – für einen noch amtierenden Thermalbadboß letztendlich die schiere Selbstverständlichkeit. Denn mit dem wesensmäßig wahlverwandten deutschen Donauschwaben Albert (»Alles ist relativ«) Einstein teilte der Banatdonauschwabe Eduard (»Alles fließt«) Zwick schon damals die feste und sogar gläubige Zuversicht in das Walten eines unendlich gütigen und zuverlässigen und ordentlichen Gottes und Weltenlenkers, in dessen schlußendlich unermeßliche Nachsicht auch. Und so machte sich Zwick denn langsam mit dem Gedanken vertraut, das Land leider wieder verlassen zu müssen. Hm ja, also die Schweiz war es dann wohl. Jaja, die Schweiz. Zuweilen hatte er's geahnt. Manchmal hatte er es kommen sehen, kommen fühlen, kommen ahnen.

Wie wohl tat es Eduard Zwick, daß dann gleich drauf bei der offiziellen Abschiedssause in Johannesbad der Dr. h.c. Franz Jos. Strauß selbst den Festredner und Kasper und Laudator machte und scheint's wirklich fast von nichts was wußte. Und kaum weniger, sondern noch mehr tröstete es da den Scheidenden, daß sie, seine Verfolger und Häscher und Peiniger, eins ihm garantiert nicht zu entreißen vermochten, auch nicht mit Bütteln und mit Schergen –: sein,

Zwicks, innerstes Geheimnis. Goethes Mephisto drückt es packend aus:

»Das Beste, was du wissen kannst,
Darfst du den Buben noch nicht sagen . . .«

Nicht einmal dem eigenen, Johannes. Und diesem Streibl-Goppel-Heubl-Gerstl-Geraffel schon gleich gar nicht.

Nämlich:

Den bis heute geheimen pH-Wert von Bad Füssing.

Nein, den sollten sie nicht haben, den sollten sie nicht kriegen. Ob es nun diese Frau Piller war oder trotzdem jemand anderer.

LUGANO

Von der deutschen und zumal der bayerischen Bundes- und Landesjustiz und, wie gezeigt, notgedrungen auch von Franz Josef Strauß in Acht und dann sogar noch in die Aberacht erklärt, des Steuerfriedensbruchs (ca. 70 Mio.) angeklagt, seiner niederbayerischen Latifundien und Reservate faktisch beraubt und enteignet, floh Zwick dann eines Tags Mitte November, es war ein weit über die Jahreszeit eisigkalter Tag, zusammen mit seiner lieben Frau und begleitet von seinem treuen Hunde, in einer hastigen und doch, wie sich zeigen sollte, wohlvorbereiteten Nacht-und-Nebel-Aktion (und in dieser Nacht war es auch, daß Zwicks bis dahin herrlich pechbraunes Haar restlos aschfahl, ja schlohgrau geworden war), praktisch in flagranti, so gut wie unbehelligt von den Grenzpolizeien und Zöllnern und vermutbarerweise über die etwas verwinkelte Route Pocking – Rosenheim – Achenpaß – Innsbruck – Buchs – Chur – Julierpaß – Sils – Malojapaß in die italienische Schweiz, um dort, nachdem er längst und wohlweislich schon 1982 die Johannes-Unternehmensführung seinem Sohn überantwortet hatte (»Der Spiegel« 14/94), in seiner eigenen, ihm schon flüchtig bekannten Prachtvilla »Orbisana« hoch über Lugano und dem herrlichen Luganer See seine Zelte neu aufzuschlagen und ebenda, alternierend mit den gleichfalls ihm, Zwick, gehörigen Nebendomizilen in Pet Lancy (Kanton Genf) und Hergiswil (Kanton Nidwalden), einem allseits bekannten und beliebten Steuerparadies, sein Leben neu zu ordnen, praktisch ab 1983 neu zu beginnen, primär im wundervollen Lugano natürlich, in seinem annähernd schon mediterranen und subtropischen und doch auch noch anbetrachts mancherlei Gewitterbildungen hochalpinen Klima,

einem klimatischen Gesundheitsparadies also, worauf ja
auch schon der Name der, wie man fast prima vista erkennt,
mit mindestens zwei Palmen ausgerüsteten Zwickschen
Glanzvilla beharrt ebenso wie ihr vorgelagert nierenförmi-
ges und an die eigenen niederbayerischen Archetypen an-
spielendes spiegelklares Plantschbassin – nun, statt »Orbisana« wäre vielleicht doch »Sphaira« o. dgl. noch einen Tick
schöner, mondäner, ja fast moderner gewesen.

Aber es mußte damals eben manches hastig gehen, in
jener sturmgepeitschten Rauhnacht bei der eil'gen Flucht.

Immerhin, das langjährige Ehepaar Zwick saß, es saß erst
einmal, und der Hund bewachte die Pforte und betreute im
Falle von beider Abwesenheit auch soweit den großen Garten. Wie in einer Zwing- und Trutzburg wähnten sich die
beiden Zwicks da, geborgen und gut aufgehoben in diesem
fast palazzoartigen Bau (vgl. dazu das unmittelbar folgende
und resümierende Großkapitel »Neue Prachtentfaltung«).
Zwar fühlte sich vor allem er, Zwick, aus Deutschland
schmachvoll abgeschoben, »wohl nicht zu Unrecht abgeschoben« (»Der Spiegel«, a.a.O.) – gleichwohl: unterm
Strich glücklich. Jawohl, glücklich war man den Schakalen,
war man dem Reiß- und Fleischwolf CSU entronnen – und
ließ doch umgekehrt, wie man zuweilen in der Zeitung las,
»die CSU im Zwick-Strudel« (NDR 19.4.1994) zurück, haha,
und lachend ließ man sich's deshalb erst mal gutgehen und
labte sich entschieden an den dicken Stachelbeeren des weit-
läufigen, fast schon alleenartig prunkenden Gartens. Unter
sich das schon recht italienisch, ja ligurisch und werweiß
schon rivieramäßig angetouchte Lugano, Tor zum Süden,
Tor nach Afrika. Hah. Kein Vergleich zu Genf. Zu Genf und
zu seinem alten Fjodor Michailowitsch Dostojewski, welcher da doch noch am 19.2. sowohl als am 3.3.1868 im Brief
an P. A. Isajew dies als seine Schweizer Adresse anzugeben
sich gezwungen sah: »Suisse, Genève, poste restante, à Mr
Dostojewski«. Und das, obschon er schon am 1./13.1.68 im

Brief an S. A. Iwanowa dies überaus düstere Fazit eingesteht: »Genf ist eine langweilige, düstere, protestantische, dumme Stadt.« Und, noch zwei Monate später: »Genf ist eine entsetzlich langweilige Stadt.« Und, noch präziser, schon am 29.9.1867 an vorgenannte S. A. Iwanowa: »Genf liegt am Genfer See.«

Ähnlich ungünstig urteilen Vladimir Nabokov, Rousseau und Dapsul von Zaubelthau – kein Vergleich jedenfalls zu Lugano. Kein Vergleich zu seiner herrlichen Lage am und z. T. über dem Luganer ewigblauen See, kein Vergleich zu seiner expressiven, ja exzessiven, zuweilen sogar »ekstatischen, fast wütend ekstatischen« (B. Kronauer) und zuzeiten wie vor Genuß und Genußsucht schon bald exaltiert explodierenden Nationalküche (Spaghetti carbonara, Lasagne usf.) – kein Vergleich vor allem aber zu Zwick. Denn Aussetzung und Aufhebung des niederbayerischen Steuerverfahrens hin und die gleichzeitig kontinuierlich terrassierenden Zinseszinsen hin und her, freies Geleit mal ganz beiseite, zurückgestellt auch die Frage, welche die trotz Gräfin Marion Dönhoffs Hamburger Unfallflucht incl. vorl. Führerscheinentzug vom 8.7.94 noch immer sehr angesehene »Zeit« bereits am 29.4.94 aufwirft: ob denn Zwick es schaffe oder schon geschafft habe, nicht zuletzt in Kreisen der CSU »das Andenken an ihren großen Vorsitzenden (Strauß) zu erschüttern« oder eher umgekehrt oder wie oder was (P. Gauweiler in derselben schwer angesehenen »Zeit«-Nummer immerhin: »FJS war penibel korrekt«!) – man hatte es gepackt! Und schon bald konnte Zwick mit einem bekannten Wort des unlängst verstorbenen Reichsführers a. D. Hüttler aus dem Jahr 1938 einer da und dort aufhorchenden Welt mitteilen: »Ein Hundsfott, wer diese Stellung nicht hält!«

Freilich, mit den scheint's geruhsam nunmehr ins Land ziehenden Jahren und Wochen und Monaten kehrten die Sorgen wieder, die alten Schmerzen, die schwarzen Stunden.

Zuerst u. W. als nagende und immer nagendere, ja nagel-
neue Sehnsucht nach dem Sohn, dem eingeborenen Sohn
Johannes (i. e. Zwick jun.) mitsamt der allzeit drohend
grummelnderen oder jedenfalls drohender rumbumbelnde-
rereren Sorgefrage, ob denn dieser Sohn zusammen mit
seiner zugegeben sehr energischen Ehefrau Sabine zuerst in
Freiheit, sodann vom Knast aus auch wirklich die »beträcht-
lichen Vermögen im Ausland« (»Der Spiegel« 18/94) und
überhaupt die »Auslandsbeziehungen erheblichen Umfan-
ges«, nämlich mit »einer Reihe von Staaten« (a.a.O.), ausreichend überschaue und erfolgreich überwache; ob er das
geplante Investitionsprojekt »Raupennest«, ein riesiges (und
offenbar an A. Hüttlers »Wolfsschanze« assoziativ anknüp-
fendes) neues Kurzentrum im – die Zwicks hatten die neue
Entwicklung partout nicht verpaßt! – sächsischen Alten-
berg, noch ausreichend erinnere; ob er auch immer zuverläs-
sig die bewährte 56-Grad-Celsius-Thermaltemperatur im
Auge habe: Ja, Zweck sen. und sein Vertrauen in seinen
»Stammhalter« waren keineswegs ganz so groß wie die
bisher schon erreichten Umsätze und die geplanten Gesamt-
investitionen ins dritte Jahrtausend vollrohr satt hinein; es
war ja dieser Sohn Johannes auch sehr klein und viel zarter
und schmaler oder jedenfalls schmäler als der recht strauß-
ähnlich stramm gebaute Herr Vater geraten, ja, und dann, im
April 1994 las man da doch auch in einer dpa-Meldung, die
sogar bis nach Lugano durchkam, daß dieser Sohn jetzt auch
vor dem bayerischen Landtag »die Aussage verweigert
habe« und in der Folge als Untersuchungshäftling wieder
schleunigst in der Haftanstalt in Landshut untergetaucht sei
– was wohl das wieder zu bedeuten hatte? Gutes? Dummes?
Weiß man's, fragte sich Zwick sen. immer unruhiger wer-
dend und auf seinem Terrassengartenstuhl herumrutschend,
so nervös, bis er endlich den »Spiegel« zu sich bestellte, um
nicht zu platzen vor Not und innerer Hast und Druck vor
allem um den ja einst in seiner Doktorarbeit erwähnten und

sogar von ihm, Zwick, mitentdeckten Zwischenschlüssel-
beinknochen herum, o ja, ein so merkwürdiges Brummen
und Mummeln, ein wie unterirdisches Klopfen oder vielmehr Spreißeln und Quacksalbadern auch in der Herzspeise-
kammerregion – –

– ja, hochgestellt zwar, jetzt auch sinnenhaft über dem
tieftiefblauen Lago di Lugano (Luganer See), eingesäumt
von den weltberühmten südschweizerischen Viertausendern
und den legendären Tessiner Leuchttürmen – hochgestellt
noch immer über die meisten Menschen und Mädchen und
Maden bzw. jedenfalls Monaden, mümmelte und zwickte
und grummelte es in Zwick fort, in einem fort, furchtbar, ja,
was Marx/Engels von den Menschen und der Menschheit
insgesamt sagen, das galt jetzt für Zwick und seine kleine
verbliebene Familie in vermehrtem und ganz besonderem
Maße: »Die Ausgeburten ihres Kopfes sind ihnen über den
Kopf gewachsen« (Die Deutsche Ideologie, Moskau 1932,
Zwick war schon geboren, las aber noch kaum Marx) – wie
in Bad Füssing, so jetzt auch unleugbar schon wieder hier in
Lugano, scheinbar turmhoch und sternengleich überm
Dreck der Welt und diesem, wie durch ein ätherisches Ther-
malbad, weit entrückt – und doch im Gegenteil –

– ecco, und dazu kam, daß jene Frau an seiner Seite, seine
einstige Laura, seine Beatrice, seine einst so herrliche Cund-
wîr âmûrs (Kundwiramur), Angelika Zwick also, seine einst
so hinreißend meravigliose »Divina bellezza« (Prinz Calaf),
die aber mit den Jahren halt auch nicht schöner, sondern nur
viel molliger und breiter, immer breiter wurde, zwar noch
immer als »emsige Huldin« (Jean Paul, Siebenkäs I, 2) diente, ihm dem »Eigenhold« (Wagners Klingsor, Parsifal II, 1),
o ja, Eduard O. Zwick spürte förmlich, wie ihn sein gutes
Geschick da fast ebenso jäh verließ wie jene zähe bonne
fortune, die was ihn da vermeintlich klug ins bergende
Tessin geschmettert hatte, ei ja, weniger eine süße Last denn
eine rechte Bürde war ihm diese Frau da zuletzt immer mehr

geworden, eine ordentliche Zumutung und Beschwerung, dieser Brotbrocken sondergleichen, dieser komplett nutzlose; nicht umsonst, ha, nennt man ja ein unfruchtbares Kalb eine »Zwicke«, haha! – und er, ahnte Zwick gewohnt geistesgegenwärtig, umgekehrt eine Last vermutlich sehr auch ihr, ach Gott, ach Gott! Ja, Wehmut packte Zwick da wohl zuweilen beim Spähen aus seinem Dachfenster über dem recht blauen See, dann wieder war es sein altbekannter und nur gar zu ungestümer Jähzorn, gellend kreischte er da innerlich und zuweilen auch mit seinem Stentorbariton auf und jagte Wehschmerzlaute über den irgendwie so krummen See und zwickte sich dann wieder in die Brustwarze, um nicht vor Wehmut zu vergehen, sodann erneut ein diesmal spitzer Schrei – ei, selbst diesem Autorensellerehepaar hier, dem schon seit Jahrzehnten vor praktisch nichts mehr graust, selbst diesem unserem Tandemteam wäre es zu viel und zu arg geworden, Zwick auch noch bei diesem Wehgekreische zuzulauschen.

Und so verblieb es denn lieber im zwar nahen, aber doch ein bißchen abgesicherteren Arosa. Vor allem natürlich auch mit Rücksicht auf den großen, den fürchterlichen Zwickschen Schäferhund . . .

Wie der Hirsch schreit nach dem Wasser, weia, so schrie es damals in Lugano oft in Edwin pardon: in Eduard Zwick, schrie und rief voll Schwermut nach und zu den niederbayerischen Wasserquellen, und wie ein Löwe brüllte derselbe Zwick oft unvermittelt und umgekehrt rittlings auf, gedachte er voll Zorn der neuen, erst 1984 ihm zum Augenschmaus speziell errichteten Bad Füssinger Umkleidekabinen direkt neben dem Kurhauskiosk. Wie Hiob, wie der geschmerzte Parzival (VI, 332) spottete er abermals Gott und widersagte ihm trotzvoll, kam ihm die Erinnerung an den schönen Fußweg vom Johannesbad durch den Kurwald nach Eitlöd und von dort über Zieglöd nach Zwicklarn und retour. Hinzu gesellte sich eine nun stark zunehmende und

tristangleich nimmerstillbare Sehnsucht nach dem vertrauten Kurgärtner Jackl

Ich weiß nicht, wann ich sterbe, wie ich sterbe, wo ich
sterbe, aber eines weiß ich, wenn ich mit einer Todsünde im
Herzen sterbe, dann bin ich verloren auf ewig

und möglicherweise auch auf bzw. nach dessen Geißbock
Seppl, wie er immer so drollig über den Thermenbach am
Johannesbad gehupt war, viel schöner als der kleine Johannes, ah! Auweia, Zwick, noch immer in Lugano, noch
immer in Acht und Achterbahn ah: Aberacht und Bann,
seufzte und ächzte jetzt praktisch schon den ganzen Tag.
Vom »Dünenschutt der Stunden« (an Wilhelm von Humboldt 17.3.32, keine sechs Tage später war es dann soweit;
sondern fünf) überschüttet wie sein Leitsternvorbild Goethe
lebte und vegetierte der nun schon recht alte Zwick jetzt
dahin, vaudevilleartig hinschludernd durch seinen schönen
Garten überm erbaulich blauen See, diesen Garten mit den
prima Bougainvilleen (Bourgeoisvillevaude? gleichviel:)
und Orchideen, ja Orchideen, ja freilich, warum nicht
gleich, und Tag- und Nachtschattengewächse, oh ja, es war,
mit dem Gedicht seines Lieblingsdichters Chang-Tsi zu
klagen, Zwicks »Herz müde« (»Der Einsame im Herbst«,
übers. v. H. Bethge in »Die chines. Flöte«) geworden, müd-
voll im dünnen und dünnblütigen Schutz der nicht und
nicht vergehenden Stunden und ihrer gleichfalls müd gewordenen Parzen, eine entelechische Monade noch und
doch schon auch schier schon ein alter nutzloser Kompost-
haufen, den Maden und den Würmern nur zupaß und jenseits aller Hoffnungsgnade (Bischof Pumpel) –

Ein Lebensabend in Lugano? Papperlapapp. Lebenswin-
ter? Zumindest Herbst schon. Spätherbst auf den Beiß-
sprung in den Klirrewinter. Entzahnte Kiefer schnatternd
um das schlotternde Gebein. Trunkener vom letzten Strahl.
Die Sonne scheidet über dem Gebirge. In alle Täler steigt
der Abend nieder, mit seinen Schatten, die voll Wehmut sind

(a.a.O.), genau. Voll Sehnsucht auch noch gar nach Strauß?
Nach Strauß und seinem beigen Dinner-Jackett (»Bunte«,
Ostern 1994), genäht vom Promi-Schneider Dietl 1983. Ah
und Ach und Wehe! Oh! Selbst Tandler ließ von sich nichts
hören. Sagt weder Muh noch Mäh. Und Huber Erwin auch
zumal. Erwin Huber, der seinerzeit noch gar nicht wußte,
wie und wo und wer mit wem weswegen, und der nun auch
ihm abgesprungen von der – –
    Wie Labbadia (FC Bayern u. a.) pflegte Zwick in solchen
trübsten Stunden zuweilen seinen enttarnten oder doch ent-
äußerten oder jedenfalls enthüllten Bobb im Prachtspiegel
des Orbisana-Palastes anzuschauen, vermochte aber doch
keinen rechten Gefallen dran zu finden, noch großen Ge-
winn (Mio.) daraus zu ziehen, weder in Geld- noch in
nennenswerten Sachwerten (Immobilien, Realitäten usf.).
Wie der Prof. Adorno war er dann oft wieder nahe dran, sich
vor lauter Scham und Schande im eigenen Kleiderschrank
zu verstecken (Leserbrief an die FAZ 11.8.94). Aber das ging
nicht, weil die Alte ja dabei zusah. Und so, noch mehr
ergrimmt, brüllte und heulte Zwick dann aufs neue und nur
noch weher auf, um dann mit Bäderpriester Bellmann äh:
Bäderkomponist Tschaikowski schwerstens ächzend also
fortzufahren:
    »Ach mein Gott, wozu das alles?
    Ich werfe alles hin!!!!!!!
    Es reicht.«
    (Tagebuch 26. Sept. 1887)
    In den letzten Jahren wurde Zwick dann auch noch etwas
wunderlich und eigensinnig. Eine Art großzügige Konstan-
tinische Schenkung als Wiedergutmachung an alle Steuer-
belasteten schwebe ihm, wie Besucher kopfschüttelnd
berichten, da offensichtlich vor und gehe, indem der bleiche
Halbmond sein welkes Antlitz küsse, ihm immer und immer
wieder im Kopf rum, gehe und komme wieder, gehe und
komme wieder. Tscha, vielleicht fehlte ihm ja wirklich der

Bädergärtner Jackl, vielleicht auch sein alter Freund, der Förster Wiesgickl vom Pockinger Oberforst, jener, mit dem er immer so schön den glutrot aufgehenden Vollmond überm nahen Lusenberg betrachtet hatte, entfesselten Gemüths, aufgeweichten Blicks –

Zwick seufzte stöhnend auf. Die Alte hatte sich scheint's schon wieder in der Küche ans Abendessen gemacht. Sie tat eigentlich seit Jahren nichts mehr als Abendessen machen.

Hm.

»Kämest du, unsichtbares Gericht!«

NEUE PRACHTENTFALTUNG

Ein schweres Portal öffnet sich, von unsichtbarer Hand gesteuert, leise Musik ertönt, und der gebannt Eintretende sieht sich in einem märchenhaften Zauberreich. Ein antiker Inkateppich in Blau, Rot und Weiß liegt auf feinstem Carrara-Marmor, dessen graublaues Blinken und Spiegeln den Besucher wie magisch in das große, ja riesige Gemach zieht. Er reibt sich die Augen. Fern wirken die hohen Fenster, hoch die mit gefältelten hellen Stoffbahnen aus handgewebter Dupion-Seide auf die Mitte hin dekorierte Raumdecke. Eine geheimnisvoll funkelnde Reihe von Lichtstrahlern erhellt die zwei sich gegenüberstehenden, mit rosenfarbenem Master di Alcantara bezogenen Anreihsofas, die gut und gerne 28 Menschen Platz bieten. Fernhin blitzen T'ang- und Ming-Vasen, aus denen artgerecht gehaltene, von gleichwohl im verborgenen schaffenden Servicekräften gepflegte Palmen wachsen. In einem kostbaren geschnitzten Triumphbogen hält eine asiatische Götterstatue Wacht über mit Ziegenleder bespannte Tische, über Teppiche und Bronzestatuetten. Aus einer Vertiefung im Marmorboden erhebt sich auf hohem Fuß eine Wasserschale – eine Hommage an Bad Füssing –, in der ein Strahl plätschernd alle Unbill der Welt vergessen läßt. Weit schweift der Blick. Wie mag es jenseits des Saales aussehen?

Die Hausherrin, Frau Zwick, zeigt noch rasch, wie man durch leichten Fingerdruck auf einem hinter einem indischen Brokatvorhang verborgenen Schaltbrett die Panoramafenster öffnen und schließen, das Licht auf- und abblenden und auch die Höhe des Spritzbrunnens (es heißt, daß er bis zu zehn Meter hoch wird) regulieren kann, bevor sie, die

die Neugier des Besuchers erahnt, mit verschmitztem Lächeln in den nächsten Raum bittet. Beglückt und betäubt wie alle, die vorgelassen werden, folgt er ihr dann von Gelaß zu Gelaß.

Ja, hier im Luganer Anwesen hat sich Zwick schließlich und endlich und bei allen gelegentlichen (wie wir gesehen haben) Anwandlungen von Mißmut, schwarzer Galle und Migräne ihm zum Glück und Triumph seine definitive Herrscherresidenz, seinen Fürstenthron, einen Hort und Horst hoch über dem See geschaffen.

Heute ist der prächtige Ansitz in aller Munde, wird porträtiert von »Schöner Wohnen«, »Ambiente«, »Country«, vom »Spiegel«. Wie aber war es dazu gekommen? Und wer war ihm, Zwick, zur Hand gegangen bei der Auswahl der Stoffe, Möbel, Bilder, Bibelots? Wer hatte die Prunksessel derart geschmackvoll vor den Kamin gerückt, wer die T'ang-Vase in den Erker? Die Antwort lautet: ER selber. Gekommen aber war alles so:

Wie heute jeder weiß, hatten auch Ed. Zwick und Frau Angelika ganz früher mal klein angefangen. Vater Zwick sen. hatte sich drunten im Banat ein schönes Besitztum zusammengetragen und es zusammengehalten, aber kaum schickte sich sein Erst-, ja Einziggeborener an, dieses Erbe zu ererben und es dann natürlich auch zu besitzen, da brach der große Weltkrieg aus und mit ihm das bekannte Leid. Alles mußte drangegeben werden, wie in den Zehn Geboten: Haus, Hof, Knechte und Mägde und alles, was Zwick war. Wir wollen diese recht düstere Episode und das anschließende Medizinstudium des fast mittellosen Zwick jun. hier nicht nochmals en détail rekapitulieren. Festzuhalten ist, daß Zwick im Jahre 1950 – es mag auch das Jahr 1956 gewesen sein – in Sumatra eintraf und mit ihm vermutlich seine Frau Angelika.

Wie Zwick auf die Idee Sumatra gekommen war, was ihn bewog, ausgerechnet, wie vorne längst erwähnt, Tropenarzt

zu werden – wer vermöchte das schon zu sagen? Es ist ja dies
dort unten eine ganz andere, ja fremde Welt, nicht vergleichbar mit dem Banat oder vor allem Plattling. Aber vielleicht
wollte Zwick den Menschen helfen oder Geld wie Heu
machen, wie vor ihm die holländischen Handelsherren auch.
Oder halt nur allerlei erleben.

Unseres Erachtens ließ er sich in Nordsumatra nieder,
durchaus möglich, daß er sich in der Hauptstadt Medan
ansiedelte, um das Arztwesen zu unterstützen. Auf Sumatra
werden bekanntlich 60 Prozent des ganzen indonesischen
Sozialprodukts erwirtschaftet. Sollte da nicht, so fragte sich
der noch recht junge Doktor, auch etwas für mich abfallen?

Tatsächlich, es gelang. Dr. med. trop. Zwick reüssierte.
Rasch hatte er, wir erwähnten es schon, die ersten Malaria-
fälle geheilt, hier die Wurmkrankheit Bilharziose bekämpft
(sie wird durch Süßwasserschnecken übertragen), dort
Hautverletzungen desinfiziert. Gerne, wenn auch zunächst
verblüfft, hatte er für allerlei ärztliche Handreichungen und
Bevorzugungen ein wenig Schmiergeld entgegengenom-
men, indonesisch: ongkos korupsi, ein Wort, das in ihm
hängenblieb. Bald ging es ihm recht gut, und er bewegte
sich wie ein Fisch im Wasser der indonesischen Zahlungs-
mittel, Rupiah und Sen.

Auch konnte er es sich leisten, in seiner gut abgemessenen
Freizeit Ausflüge und Reisen zu unternehmen. Eine Tour
stach dabei besonders hervor. Es war die Reise in die Fürstenresidenz Yogyakarta auf der Insel Java. In diesem Palast,
der auch als Hotel genutzt wurde und wird, sollte Zwick
eine Erleuchtung erfahren.

Es ist hier der Ort, darauf hinzuweisen, daß Zwick
nicht »auf ewig« bleiben wollte, seine Frau noch weniger (die Gründe hierfür erläuterten wir unlängst im Kapitel »Frauen unter sich«). Beide wollten nur noch die
Geburt des Sohnes Johannes abwarten *und* dann wieder
heimmachen.

Aber zurück zu Yogyakarta. In diesem Palast für 15 000 Menschen, das sei jetzt erstmals und definitiv eröffnet, und nur hier hat man das gestalterische Vorbild für Lugano zu sehen, für seine Zimmerfluchten, Hallen, Säle, Terrassen, Höfe, Pavillons, Lustgärten, künstliche Seen, Badeteiche, Atrien, Altane und Aquädukte.

Zwick war damals aus dem Staunen kaum noch mehr herausgekommen. Er, der noch behende junge Mann, war von Raum zu Raum geeilt, staunte, wie gesagt (seine Gattin stöhnte nur noch), und fotografierte wie verrückt mit seiner aus dem Krieg herausgeretteten Leica. So sollte es sein! So ließ sich leben! Träume von Schrankwand, Kiefernholzküche mit Eckbank und Couchgarnitur mit Beistelltischchen verschwanden für immer, um Visionen schöner Pracht Platz zu geben. Die Kamera (Eigenbesitz) aber hatte alles treulich festgehalten.

Bald hatte es Abschied nehmen heißen, zunächst von Yogyakarta, der Fürstenresidenz, dann, der Sohn war geboren unter Hilfestellung des Vaters, von Medan, der Hauptstadt von Nordsumatra, und endlich von Sumatra überhaupt. Füssing bei Passau lockte ja. Es lockte mit seiner noch von ihm, Zwick, zu entdeckenden heißen Quelle (56 °C), mit dem von ihm (für schlappe 100 000 Mark) noch zu kaufenden Areal und insgesamt und mit einem Wort mit der »goldgräberähnlichen Entwicklung« (so Zwick im »Spiegel« 4/94). Da war damals freilich keine Zeit mehr für persönliche Prachtentfaltung gewesen; das Gemeinwesen war's gewesen, was nach Zwick verlangt hatte.

Als dann viel später die Ausfahrt, ja Ausreise in die Schweiz bevorstand, hatte Zwick plötzlich eine Frage. Sie lautete: »Wo sind eigentlich die Fotos von Java, weißt schon, die vom Fürstenpalast, die wo ich aufgenommen hab, zwei oder drei Albums voll?« Aber wie er auch fragte, und wie sie auch suchten, die Fotos waren und blieben verschwunden. So kam es also, daß er, der doch schon so viel gepackt hatte, nun auch sein Buen Retiro, sein Sanssouci, sein Eldorado ganz aus dem Gedächtnis, aus der Erinnerung an die Fürstenresidenz im fernen Java heraus gestaltete. Und siehe, das Ergebnis kann sich sehen lassen.

Aus den zahllosen unwahrscheinlich eindrucksvollen Zwickschen Gemächern und Orten wollen wir deshalb zum Abschluß noch einige Höhepunkte aus dem neuen und vermutlich letzten, dem Luganer Logis herausgreifen. Wir stützen uns hierbei auf Tonbandprotokolle des ehemaligen Gutsverwesers der Familie, Pino K., 41.

Hat man erst einmal die Sicherheitszäune und die Video-überwachung hinter sich gebracht und einigermaßen Freundschaft mit dem Schäferhund geschlossen, so umfängt einen der Park mit der verschwenderischen Fülle seiner ostasiatischen Atmosphäre. Hier finden sich erlesene Reminiszenzen an Tauch- und Planschbecken, wie sie der Sultan auf Java auch geliebt hätte, hier sind die hochgelegten Wasserbänder, umsäumt von wertvollen Wieseniris, Taglilien und Hostablättern. In anderen Wasserbeeten, ja -gärten, tummeln sich Seerosen, echte Goldfische, zwei Bronzefrösche, ein erstes Geschenk eines dankbaren, früh verstorbenen Patienten, das in rührender Anhänglichkeit von Zwick selbst hierhergeschleppt wurde. Des weiteren bestaunt der Besucher englische Tournament-Tents im Barock-Look und Holzbrücken lupenrein asiatischer Provenienz, die zum Bleiben wie zum Fortbewegen einladen.

Dann sind da noch die Bäder. An ihnen entzündete sich vielleicht letztmals Zwicks ganze, unglaublich kompetente, ja titanische Gestaltungskraft. Nur Waschbecken der Marke Duravit hatte der Besitzer hier zugelassen, da sie allein im Geiste des Dekonstruktivismus entworfen und geschaffen wurden (Zwick hatte sich dies eigens von seinem Verweser erläutern lassen). Immer sind die Bäder versehen mit einem

Day Bed und prächtigen Paravents in verschwenderischem Sprenkeldekor. Als dekorative Pointen plazierte der Hausherr Galanteriewaren aus mehreren Jahrhunderten und Kontinenten. Sie leiten über zu Ruheräumen, Paradebeispielen hoher, ja superber, geradezu ans ferne Johannesbad erinnernder Entspannungskunst. Hier auch trifft man auf lederbezogene Polstersessel, welche schnell in ultrabequeme Long Chairs und TV-Sessel verwandelt werden können. Üppige bukolische Stilleben im Großformat – Minimalismus ist nicht, kann nicht Zwicks Stil sein – und Blumenarrangements aus Asphodelen und antiken Artefakten geben den Räumen eine rituelle Ausstrahlung, die man »so leicht nicht vergessen« (Gottfried Benn) wird.

Dann aber wohl doch.

Hervorgehoben werden soll hier nur noch das hochgelegene stille Rotundenzimmer, das sich der Hauseigentümer als Refugium und Rastplatz geschaffen hat. Von hier oben schweift adlergleich sein stolzer Blick, wenn er sich denn von der geliebten Herztablettensammlung hebt, und umfaßt die Gestaltung des gesamten Außenbereichs, die Platten- und Pflasterlegearbeiten aus eitel Speckstein, die echten Eschen, rustikalen Eichen und edlen Esplanaden, die Kultmöbel der Dreißiger Jahre (sultan style) sowie die zumeist hussenbezogenen Sitzgelegenheiten.

Alles in allem hat Zwick sich eine »Wohnwelt« (so die einigermaßen angesehene Fachzeitschrift »Architektur & Wohnen«) mit jenem höchst eigenen, unverwechselbaren Flair gebaut, welche alle Gesänge von Weltuntergang, Kulturpessimismus und Globalkatastrophe zum raschen Verstummen zwingt – und dies schon in den frühen Achtziger Jahren!

Als sich dann auch Herr und Frau Zwick die Frage stellen mußten: Wie wohnen im Fin de siècle?, da bedurfte es nur einiger kleiner Handgriffe, um das mondäne Interieur wieder auf Zack und auf Vordermann zu bringen.

Wenig allerdings besserte dies an Zwicks wachsendem Unmut über die Ohren seiner Frau, die, gleich denen Cundrîes in Wolframs »Parzival« (VI, 314), nämlich »nicht ganz so (waren), wie ein Mann es sich wünscht von seiner Geliebten«. Sondern wie jene kriegte sie nämlich zunehmend und immer zunehmender »Ohren wie ein Bär«.

FJS – EIN NACHTRAG

Was Strauß an Zwick so unbändig fesselte und erfreute, das
haben wir gehört. Was aber nun umgekehrt Zwick an ihm,
F. (»Joseph«) Strauß?

Nun, den Allgäuer Unternehmer A. Eyerle aus Kaufbeuren, jenen, der da schon hoch in den Sechzigern Ende der
Achtziger Jahre durch illegale Rüstungslieferungen an Sad-
dam Husserls Irak Aufsehen erregte und in der Folge vom
Landgericht Augsburg am 19. Juli 1994 einen Tag vor der
fünfzigsten Wiederkehr des Graf von Stauffenbergschen
Hitlerattentats zu fünf Jahren und sechs Monaten Freiheits-
strafe verurteilt und nämlich für einwandfrei schuldig befun-
den worden war, über sein Kaufbeurener Unternehmen
Rhein-Bayern Fahrzeugbau militärisches Gerät in den Golf-
krieg geschickt zu haben, ohne dabei vom Kriegswaffen-
kontrollgesetz ausreichend gedeckt zu sein, – jenen Eyerle
hatten, aus Todes- respektive Exilgründen, weder Strauß
noch Zwick mehr kennenlernen dürfen; um so zwingender,
im Umkehrschluß, nun allerdings das hohe Interesse, das
diese beiden früh schon aneinander entdeckten; das Zwicks
zumal, das eine wahre Leidenschaft zu nennen keineswegs
verfehlt noch auch verfrüht wäre. Woher aber rührte diese
Passion?

»Gefährliche Erbschaften« (so »Die Zeit« vom 29.4.94) in
Gestalt nicht zum mindesten des »mutmaßlichen Steuerkri-
minellen« (so »Der Spiegel« in derselben Woche) Eduard
Zwick hinterließ, so heißt es heute, Franz J. Strauß seiner
CSU-Partei; bei Zwick selbst jedoch hinterließ Strauß stets
einen starken Eindruck. Vor allem die breiten Längsstreifen
des schon mehrfach erwähnten modischen Freizeithemdes,
mit dem Strauß zusammen mit Tandler u. m. a. 1980 auf

Zwicks Terrasse zum Sektreintrinken erschienen war, hatten den stolzen Gastgeber stark, ja über die Maßen beeindruckt – da konnte er mit seinem ungleich zarter längsgestreiften Arzthemd das Motiv gastgebergeschult aufnehmend zwar ästhetisch einigermaßen Paroli bieten, aber, bei gleichermaßen geöffnetem Hemdkragen und ungefähr gleicher Körpergröße, politisch doch nicht ganz mithalten; Waldenfels und den später ins Auge gefaßten und als »Vermögensumschichtung innerhalb der Familie« getarnten (so der »stern« 16/94, der allerdings, obwohl das Angebot des alten Zwick zuerst an ihn erging, die Strauß-Zwickgeschichte zu seinem Schmerz glatt verschlief) Verkauf des Bad Füssinger Johannesbades an die »fitelec« im April 1987 hier beiseite; sei's durch Zwick junior oder im postalischen Einvernehmen mit Zwick väterlicherseits; wofür wahrlich ja so manches spricht und Zeugnis gibt; u. a. ein Schreiben Eduard Zwicks vom 16.1.88 an den Geschäftsführer der »fitelec«, den Luxemburger Rechtsanwalt Paul Mousel. Darin weist Zwick sen., der zu diesem Zeitpunkt mit der »Johannesbad AG« angeblich nichts mehr zu tun hatte, Mousel an, die bei der »fitelec« geparkten Johannesbad-Aktien für 110 Mio. Mark an die »Gefit AG« seines Sohnes Johannes zu verkaufen; wobei man aber doch erhebliche Zweifel hegen darf, daß, was da und dort vermutet worden sein soll, »Gefit« ungefähr so viel wie »Geschlechtsverkehr hält fit« (meint: Besuchen Sie Bad Füssing!) heißen solle. Laut einem entsprechenden Gutachten belief sich der Wert der Aktien damals auf 172 Mio. Mark, die in der Vermögensübersicht Zwicks aber bis heute fehlen. Inzwischen hat die Landshuter Staatsanwaltschaft die betr. Johannesbad-Aktien zwar sichergestellt – Zwick sen. betrachtet aber unkorrigierbar, ja unbezähmbar, noch heute in Lugano die anhaltende Inhaftierung seines Sohnes als »Sippenhaft«; was es unter Strauß *so* nicht gegeben hätte!

»Saubermann Stoiber« (Zwick) aber brauche eben für den Wahlkampf einen »Gefangenen« . . .

Umgekehrt sei Strauß selbst es doch Ende April 1986 gewesen, der dem »lieben Eduard« den »freundschaftlichen Rat« gegeben hat, in Anbetracht der fehlenden und nicht auftreibbaren 71 Mio. Mark sich von einem Arzt untersuchen zu lassen: »Wenn Deine Verhandlungsunfähigkeit festgestellt ist, wird die Strafjustiz das Verfahren entweder vorläufig oder endgültig einstellen« (treuhänderisch zitiert nach der eigentlich auch recht angesehenen österreichischen Zeitschrift »profil« vom 25.4.94).

Solche Töne festigten natürlich die Freundschaft im allg. sog. »Amigo-Country« (ebd.) und zwischen dem »Urgestein« (Strauß über Strauß, cit. nach H. Schmidt) und dem seinem eigenen Bad als leibhaftige Goldtherme entquellenden »Bäderkönig«. Und es waren beileibe nicht die kleinsten Scheine, die dann zur Freude Straußens immer wieder aus allgemeinem Dank in die CSU zurückflossen, denn Zwick erinnerte sich damals durchaus liebsam seiner Charakterschulung in Sumatra: »Wissen Sie, das habe ich aus Asien, diese Güte. Ich war oft bei Chinesen eingeladen« (zit. nach »profil« a.a.O.) usw.

Allein noch jenseits all solcher Strauß-Zwickscher Wahlverwandtschaften und sonstiger Joint-ventures etc. pp. war es noch ein anderes und drittes oder gar viertes, was den reifen und gerade den reifen Bäder-»King« (Zwick) damals in die gänzlich unverrückbare charakterliche Gefolgschaft des Giganten Strauß zwang. Nein, nicht daß Strauß um ein Haar – wie seinerzeit z. B. Hildeg. Hamm-Brücher u. v. a. – zum erweiterten Weißen Widerstandskreis »Scholl« oder Rose oder was gehört hätte bzw. nur durch anderweitige Aktivitäten daran gehindert war. Nein, auch nicht einmal Straußens historisches, ja legendäres New Yorker Plazahotelerlebnis beim seinerzeitig nächtlichen Bierholen 1971 ff. war es, was Zwick so begeisterte, ja entflammte und hinriß. Sondern schon vorher war es bei einer Reise des dortmaligen Verteidigungsministers Strauß durch die Ver-

einigten Staaten von Amerika (U.S.A.) vom 13. Juli bis zum
2. August 1961 zu einer tollen Sache gekommen, und damit
hatte es, nach einem Schriftsatz, den Rudolf (»Spiegel«)
Augstein von den beiden Rechtsanwälten Dr. Otto Gritschn-
eder und Dr. Hans Weber (nicht, wie oft fälschlich behauptet, Prof. Nordem., Berlin) der 18. Zivilkammer des Land-
gerichts München 1 am 5. April 1965 überreichen ließ, die
folgende Bewandtnis:

»Mit einer Flasche Whisky in der Tasche zog der Kläger
in der Nacht vom 25/26 Juli nach einem Herrenabend beim
deutschen Generalkonsul in San Francisco in der 49 Marccia
Avenue in das Negerviertel hinter der Market Street. Dort
landete er schließlich in einer Prostituierten-Kneipe billig-
ster Art. Gegen 2 Uhr früh besorgte ihm ein schwarzer
Zuhälter nach kurzer Rücksprache mit dem Kläger eine
Begleiterin. Der Kläger nahm die Negerin in das exclusive
Hotel St. Francis mit, wo er im ersten Stock eine Eck-Suite
bewohnte. Auf der Fahrt zum Hotel wurde er, dessen Bild
in den Zeitungen San Franciscos erschienen war, von dem
Taxi-Chauffeur erkannt, der ihn fuhr. Anderntags meldete
sich dieser Chauffeur beim San Francisco Examiner mit der
Information, er habe in der Nacht den deutschen Verteidigungsminister zusammen mit einer schwarzen Prostituierten
und einem Amerikaner vom Negerviertel zum St. Francis
gefahren. In der Hotelhalle des St. Francis erregte der Kläger mit seiner Begleiterin Aufsehen. Der Manager des St.
Francis, der mit seiner 20jährigen Tochter Mimi, einer De-
bütantin des Jahres 1961, noch an der Bar saß, wurde ver-
ständigt, wollte aber keinen Skandal provozieren. Der Kläger ging mit der Farbigen in sein Appartement und hielt sich
dort mit ihr eine knappe Stunde im Schlafzimmer auf« –

– alles zitiert nach dem leidigen »Schwarzbuch Franz
Josef Strauß« (1980) – Anlaß des Rechtsstreits war damals
der jetzt auch in Sachen Zwick ja wieder hervorgekramte
Vorwurf Augsteins, Strauß sei »ein der Korruption schuldi-

ger Minister«, wie er auch vor dem pikanten Hintergrund solcher Abenteuer für das Sicherheitsinteresse der damaligen Bundesrepublik und überhaupt für das sog. Ansehen der BRD untragbar, ja unerträglich sei. Was eine bigotte Sehweise, was eine zutiefst hinterwäldlerisch kleinbürgerliche Moral ausgerechnet bei einem »angeblich« (F.J. Strauß) so weltoffenen Hanseaten, ausgerechnet bei einem Protagonisten jener Kampfpresse, die da doch angetreten war, den vorgeblich so autoritativ-restaurativen Geist der Adenauer-Zeit ein für allemal zu überwinden!

Wie anders dagegen die ersten Reaktionen Eduard Zwicks! Zwick war – begeistert. Zwick, unter dessen Ahnen es ja auch etliche Panduren, Kastraten und Magnaten gehabt hatte – Zwick war hin und weg. An seine besten vorehelichen und sumatreischen Tage fühlte er sich unmittelbar erinnert durch Straußens energisches Vorgehen – eine neue, endlich Nietzsches bange Ahnungen vom kommenden Übermenschen einholende Imagovision höchster Humanitas und ungemeiner Virilität als zeitlos postantik barocke Virtualität sah der schon in Bad Füssing ansässige und aufhältige und die Zeitung lesende Dr. Zwick sen. da plötzlich sperrangelweit vor sich und schon über sich – jene Hoffnung, die Bloch einst visionär zu Papier brachte; jene »Hoffnung«, die, wir referierten es schon vorne, laut Th. Assheuer (Frankfurter Rundschau 18.6.1994) der große Philosoph J. Habermas »über Jahrzehnte mit bewundernswerter, bohrender Insistenz choreografiert hat« (doch, man kann das wirklich gar nicht oft genug abtippen und wiederveröffentlichen, genau das hat der Assheuer hingeschrieben: »Hoffnung choreografiert hat«); jene »Utopie Hoffnung« schließlich, von der dann auch bald eine Luise Rinser schwärmen sollte, ja mußte, kaum war Strauß Verteidigungsminister geworden – und die da dann eben auch einen Bäderkönig Zwick zu höchster Beeiligung oder jedenfalls Beeilung trieb, Strauß endlich und leibhaftig kennenzulernen.

Was dann, wie erinnerlich, zu einer der schönsten Freundschaften dieses Jahrhunderts führte, einer Freundschaft, die Bestand hatte auch da noch, als beide dann so langsam ihren allergröbsten Sexualitätsauswucherungen und -wuchtungen ade sagen mußten. Zu einer Freundschaft, welche Strauß schließlich und endlich dann aber auch das langersehnte und erflehte Entrée in der Schweizer Nobel- und Privatbank Pictet verschaffte – sein Lebensziel. Und wenn heute, fünf-sechs Jahre nach Straußens Tod, die CSU hergeht und Zwick als »besonders schweren Fall von Steuerkriminalität« und als »CSU-Sargnagel« (Zitationen des österreichischen »Kurier« vom 18.4.94) brandmarkt und demütigt, dann kann ein Zwick in seiner schon mehrfach gewürdigten Prachtvilla »Orbisana« im fernen Tessin nur lachen! Hahaha! Wie eben ein herzkranker 72jähriger so lacht: Hihihi! Und nochmals und immer wieder darauf bestehen, daß ausgerechnet sein Freund Franz Josef eben doch selber der »Drahtzieher« (a.a.O.) bei der Niederschlagung seiner Steuerschuld gewesen sei: »Und alle, die jetzt in München das Sagen haben, haben das gewußt!«

Und jene von der Christlich-Sozialen Union voran, in deren Kassen – sei's der Partei, sei's ausgewählter Einzelpersönlichkeiten wie O. Wiesheu – man immer wieder Gelder habe regnen oder immerhin sickern lassen. Und nun dieser Undank! Hahaha! Hehehe!

Die erbitterte Zwicksche Ehefrau Angelika – des Tropenarzts chinesische Schulung hin und her – bringt es mit einem schon vorne erwähnten und bestechend präzisen Diktum auf den Punkt:

»Schön blöd waren wir damals, daß wir so viel gegeben haben!«

ZWICKS VERMÄCHTNIS

Am 14. September 1832 brachte Johann Wolfg. v. Goethe
im Rahmen seiner Sammlung »Urworte. Orphisch« dies
Gedicht »Dämon« zu Gehör:

> *Wie an dem Tag, der dich der Welt verliehen,*
> *Die Sonne stand zum Gruße der Planeten,*
> *Bist alsobald und fort und fort gediehen*
> *Nach dem Gesetz, wonach du angetreten.*
> *So mußt du sein, dir kannst du nicht entfliehen,*
> *So sagten schon Sibyllen, so Propheten;*
> *Und keine Zeit und keine Macht zerstückelt*
> *Geprägte Form, die lebend sich entwickelt.*

So Goethe; es sei gestattet, dem im Kontext Zwick einige
Anmerkungen hinterherzuschicken; Anmerkungen, die
werweiß ein – »das Erleuchtete zu sehen, nicht das Licht«
(Pandora) – vielleicht neues und spätes Schlaglicht auf Person, Entelechie und charismatische Charakterstruktur des
Betreffenden zu werfen durchaus ja imstande sein mögen:
   Die aufs caesareische Rom zurückdatierende Idee der
Thermen, ja – lang vor der Erfindung des Thermometers –
des Thermalen schlechthin und schlechterdings: Es mag dies
integrale Moment des durchaus und explicite archaisierend
Antikisierenden und womöglich auch Klassizistischen ja
doch durchaus – Aristoteles' »Ethik« (s. b. Burckhardt,
p. 226 ff.) pro und contra und – vorerst! – mal nur arbeitshypothetisch und in exemplarischer Parenthese, ja gleichsam in
Prophylaxe vermerkt – des in die altrömische Provinz Bavaria in der Nähe der alten Provinzmetropolen Castra Regina
und Passavia projizierten Thermalbadgedankens jenes auch

im Sinne des Karls- und Marienbadbesuchers Goethe ebenso Dämonischen wie Lebensglückhaften im Gesamtzusammenhang des Hen kai pan (Goethes »Weltseele«) gewesen sein, das Zwick et al. ebenso beseelte wie bestimmte, nicht nur im Sinne des spätantikischen Denkmalsgedankens (Goethes »Kein Wesen kann zu nichts zerfallen«) jenen ersten Spatenstich zu tun und in wahrhaft Faustsches Neuland (»Ein Sumpf zieht am Gebirge hin«) in den niederbayerischen Alpenausläufern vorzustoßen; sondern übers schnöd Materielle sowohl als heidnisch Hedonistische weit hinaus auch jene vollends spiritualisierte Lust zu erwecken, welche allein als das spätantikisch-panegyrische Mächtigenlob dies Poetische sui generis bewerkstelligt, welches das Volk seinen Lieblingen in Ton und Schall kredenzt; etwa in der stellenweise wie auf Zwick gemünzten Hymne »Bella Italia, amate sponde« des guten alten Vincenzo Monti (cit. n. Burckhardt, p. 242):

Salve cura Deum, mundi felicior ora,
Formosae Veneris dulces salvete recessus;
Ut vos post tantos animi mentisque labores
Aspicio lustroque libens, ut munere vestro
Sollicitas toto depello e pectore curas!

(Autorisierte Übersetzung Burckhardt-Zwick: Sei mir gegrüßt, du Liebling der Götter, glückliches Antlitz der Welt, seid mir gegrüßt, liebliche Haine der schönen Venus, daß ich euch nach soviel Mühen der Seele und des Geistes wiedersehe und durch eure Güte von ganzem Herzen die Last der Sorgen niederzulegen vermag!)
  Cura Deum – mundi felicior ora! Gewiß und prima facie war Zwick ab spätestens 1964 Göttergünstling in hohem, ja höchstem Weihemaße – man sehe nur: So wie Jesus Wasser in Wein zu verwandeln vermochte, so Zwick, wie vielfach erwähnt, »Wasser in Gold« (F. J. Strauß) – und es war ja auch

schon zeit seiner ehesten Jugend in Rumänien (Banat) gewesen, daß eine womöglich sogar englische Stimme zu ihm im Traume sprach, er, Eduard Zwick, möge aufstehen und sich bereiten und sich früher oder später »nach Niederbayern« (Zwick) begeben, dort sein Glück zu machen und gleichzeitig das Heil der Menschheit entschieden zu fördern und immer weiter zu befördern.

Und war es dann nicht ein berühmter und sehr früher Thermenbesucher, der E. Zwick dabei ein Leitwort zum Leben mit auf den Weg gab, Horaz selbst nämlich, Quintus Horatius Flaccus also, dessen »Carpe diem quam minimum credula postero« (Carmina, 1, XI) schon dem jungen Zwick allzeit ebenso unverbrüchlich Gebot war wie das analogisch Horazische Mahnwort: »Aequam memento rebus in ardius servare mentem, non secus in bonis ab insolenti temperatum laetitia« (Carmina 2, III) – für Nichtlateiner etwa: Gelassen gedenke in Lagen voll Härte (Steuernachzahlungen u. a. m.) zu bewahren den Sinn, nicht anders im Glück frei ihn zu halten von übermäßiger Freude. Denn zwarlich: »Dulce et decorum est pro patria mori« (Carmina 3, II), doch schöner als im Gefängnis Stadelheim stirbt sich's im Zweifelsfall vergleichsweise denn doch in Lugano hoch überm ewigblauen See – denn man vergesse ja nicht: »Odi profanum volgus et arceo« (Carmina 3, I), und was für Horaz, galt in erhöhtem Maße für einen Tykoon wie Zwick: Abhold, bei aller Philanthropie und Menschheitsbeglückung, war er letzten Endes gemeinem Volk und mußte – mußte! – es von sich fernhalten; denn seht nur: »Valet ima summis mutare et insignem attenuat deus obscura promens« (Carmina 1, XXXV), ja, sicherlich, wohl vermag Tiefstes mit Höchstem zu vertauschen der Gott, den Erhabenen erniedrigt er, Verborgenes führt er ans Licht – gewiß, es hat aber auch – auch! – dem Herrn gefallen, Hohe und Höchste über Niedrige zu setzen in seinem Weltenplan und zu deren Wohle, so Strauß, so Kohl, so Zwick – dem niederen Weltgesindel freilich

insofern vorgesetzt und allzeit dienend zu Neid und Mißgunst, dem Plebs zu Wut, dem Mob zur Pein – ja, und zwar
unerschüttert gilt auch hier die wohl tiefste Weisheit des
trefflichen Horaz: »Omnes hi metuunt versus, odere poetas«
(Sermones 1, IV), ja, klar, allesamt fürchten sie Verse, sind
Hasses voll auf die Dichter und – modern gesprochen –
Journalisten: Indessen, ist er nicht nur allzu berechtigt, der
Argwohn bis hin zum Haß, der Haß des je geistigen, des
seelischen Adels, unserer durch Geburt oder Leistung zur
völkischen Elite ausgereiften Besten und Banater auf einen
Pöbel, eine journalistische Meute, ein »Pack« (Karl Kraus
Nr. 595,68) von »Kloakenjournalismus« (H. Kohl a.a.O.),
das da die Nomenklatur Humanitas ebenso schwerlich ver-
dient wie die so selbander tückische und zugleich hanebü-
chene Berufung auf sie? Ja, er ist es. Und so mag denn auch
Augsteins fortschreitendes Interesse an der Sache Zwick im
Frühjahr '94 so obskur wie fatal mit seinem Wunsche koalie-
ren, ja koinzidieren, unter dem eitel flatternden Mäntelchen
von schon gar zu windiger Volksaufklärung der verhaßten
»Focus«-Konkurrenz (in der Tat ein Drecksblatt ohneglei-
chen, je glänzender es gleißt) auch im Sinne von Habermasens Postulat des tendenziell immerwährenden Öffent-
lichkeitsdiskurses und allg. Arschgeredes eins zu verpassen
und eine Gehörige hinter die Löffel resp. in die Fresse zu
schlagen per – ens realissimum aller modernen Medien-
ethik – Auflagensteigerung: Jedenfalls, so wie man aus
schon allzu durchsichtigen Gründen heute wieder und immer wieder hergeht, H. Wehner aus seinem längst-
vergessenen Stalinismus und seinen angeblich sogar mit
bluttriefenden Henkersbeilen umrahmten Artikeln in der
sächsischen KP-Zeitung noch posthum einen ehrverletzen-
den und -abschnödenden Strick zu drehen (so wie nach 1985
gewisse Auch-Schreiberlinge sich bemüßigt fühlten, ihr
Mütchen ausgerechnet am topintegren Nobelpreisträger
H. Böll zu kühlen) und seine Kaderakte, die sog. »Kaderakte

Wehner«, in Katarakten von reißerischen Hetzartikeln denun-
ziatorisch bloßzulegen, um auch noch diesem großen Toten
ein Bein zu stellen (vgl. J. Siegerist, Onkel Herbert wie er
wirklich war): So oder doch ganz ähnlich erwischte es dann
im Frühjahr 1994 den bis dahin unbescholtenen Zwick,
hingemeuchelt zu werden durch Augsteins Schergen und
Schmierer, diesen »Pornographen« Karl Kraus (601/89),
diesem »Auswurf der Menschheit« (521,7), dieser »abgefeim-
testen Betrügerbranche« (ebd.) eines »Schandgewerbes« von
»Preßkorruption« (522,2), nämlich der »Prostitution des
Wortes« (546,66 ff.) im Rahmen eines »Mistblatts, das für ein
Weltblatt gehalten wird« (595,111) und in Wahrheit das
»Schandbuch der Zeit« (546,77) vorstellt, genauer noch den
»Karneval der Gesinnungslosigkeit« (521,51); denn wie
insb. Zwick als alter Karl-Kraus-Leser sehr wohl wußte:
»Jedes neue Zeitungsblatt ist ein Verbrechen an der Mensch-
heit« (521,5 ff.), jawohl.

So oder so, was der »Spiegel« ab dem 4.4.94 an wöchent-
lichen Gemeinheiten, sich selbst decouvrierenden Enthül-
lungen und sonstigen Kardinalinfamien hinsichtlich Zwick
und vice versa die Strauß-Familie auffahren ließ, das spottet
einer alten Kuh und straft noch jene der törichten Verblen-
dung, so da seinerzeit in Sachen Landesverrat Augstein die
Stange etc. pp. – ja, manchesmal drohte da Zwick im fernen
Lugano »eh schon alles wurscht« (Karl Kraus 588,99) zu
werden, und nur sein enorm hohes sittliches Grundstreben
im glücklichen Verein mit der unerbittlichen Härte seiner
gegen sich selber ließ den mählich Alternden überdauern
und sich immer wieder tapfer hochrappeln, nicht zuletzt im
Eingedenken an das so geliebte wie betagte Goethewort:
»Und wenn das Leben allen Reiz verloren hat, ist der Besitz
noch immer etwas wert«, und wenn es sein muß, dann eben
im Tessin und im saudummen Lugano und über seinem
brunzdummen See – da konnte man immer noch, wie einst
Bäderkomponist P.I. Tschaikowski, darin sein Vergnügen

finden, sich »etwas herumzuwälzen« (Tagebücher, ed. Kuhn, Berlin 1992, p. 107) oder »auf- und abzugehen« (p. 154) oder doch festzustellen, man habe heute »gefrühstückt, herumgelaufen« (a.a.O., p. 54) und dann wieder »gedöst« (ebd. p. 54), »endlos gekränkt von allem und jedem« (p. 80) und – »komme mir immer dümmer vor« (p. 13) – »fast übergeschnappt« (p. 91) vor »unfaßlicher Traurigkeit« (p. 92; man lese diese Tagebücher komplett, sie vermitteln den ebenso zwingenden wie optimalen Eindruck von Zwicks Seelenleben vor allem 1992–94).

Sei's drum, vor allem in Lugano war es Zwick wie Tschaikowski darum zu tun, »starke sittliche Qualen« (p. 82) zu erdulden und sich im Zuge einer »qualvollen Nacht schrecklich zu quälen« (p. 87) vor »Kopfweh« (p. 137, 138, 139) sowie »noch nie dagewesener Müdigkeit« (p. 39), tja, so geht's mal zu auf der Welt.

Und dabei war es ursprünglich ja E. Zwick doch selber gewesen, der seine Storys und Fotos den Zeitungshyänen, dem »infamen Gesindel« (K. Kraus 386,17) von der »Gaunerjournalistik« (376,16) offeriert, ja förmlich aufgedrängt und -gezwängt hatte, d. h. zuerst sogar und seltsamerweise angeblich dem sonst mit allem zufriedenen »stern«, endlich dem sofort gierig zuschnappenden »Spiegel« – : Wir halten Zwick aber immerhin für so klug, für seinen Senf und Zinnober an Fotos aus dem schon halb vergammelten Zwickschen Familienalbum, also diese ganzen schon mehrfach erwähnten und gewürdigten Zwick- und Straußschen Kugelbäuche unter den hellen und je längsgestreiften Hemden, wenigstens immerhin 0,7 Mio. Mark abzuknöpfen und auf die hohe Luganer Kante zu legen oder in dem wunderbar prächtigen Garten am Seehang zu vergraben.

Wer sind wir? Wozu sind wir? Steuern wir auf etwas Gewisses? Nun, wenn Zwick heute, gesichert durch die freiheitliche Schweizer Ausländerverfassung, in Lugano hockt, dann hat er zwar prima vista sein Gewisses (die

Prachtvilla mit ihrem bella vista) – wollte, steuerte er, der einstige Thermalkrösus, aber wirklich dahin? Die Frage stellen, heißt, sie schon halbwegs wegbeantworten. Denn selbstverständlich, nur auf Hohes, ja Höchstes wollten Zwick und die Seinen zeit ihrer Exilierung aus dem Banat stets hinaus; hierin, in diesem Punkte interessenidentisch und zumindest virtuell ebenbürtig einer von Zwick lange Zeit als – wie die Straußens – gleichwertig erachteten Dynastie, den Weizsäckern nämlich und ihrer allerdings noch traditionsreicheren Stammesgeschichte vor allem im Hinblick auf ihre großen Verdienste (neben Scholl-Aicher, Hamm-Brücher usw.) im engeren und weiteren Hüttlerwiderstand (vgl. Martin Wein, Die Weizsäckers, Geschichte einer deutschen Familie, Deutsche Verlagsanstalt, 575 Seiten mit 73 Abbildungen DM 48,– / öS 375,– / sFr. 48.–; zur weiteren Fortbildung siehe auch: Friedbert Pflüger, Richard von Weizsäcker; und: Richard von Weizsäcker, Demokratische Leidenschaft, alle: DVA).

Mitten wir im Leben sind, jaja, mit dem Tod umfangen, wie der uralte Kirchendichter unkt – und dieser Merksatz gilt natürlich auch und nicht zuletzt für Mediziner. Indessen die Gewißheit der Unsterblichkeit, welche Zwick mit seinem bevorzugten Lehrmeister und Thermalbadvorreiter Horaz (Carmina 3, XXX) unverbrüchlich und ungeteilt teilt, sie fand allzeit ihre Schranken in der griechischen Idee von Schicksal und Moira, weniger in Theo Sommers Vision einer nahen Wiederkehr des »Gaia«-Prinzips. Wobei Zwick in seiner aktiven Zeit (Sumatra, Bad Füssing) zu jeder Zeit sowohl das Erste (Energie) als auch das noch berühmtere Zweite (Entropie) Thermodynamische Hauptgesetz stets und geflissentlich und überaus aufmerksam beachtete und unter Kuratel hielt – selten genug kam es in der Folge in den Bad Füssinger Becken deshalb zu Unerquicklichkeiten und Übergriffen übers unabdingbare Maß hinaus. Und umgekehrt übertrafen Bekömmlichkeit und Gentilität nicht selten noch die hochgeschraubtesten Erwartungen der aus sämtlichen Teilen der Welt jetzt bald zügig und immer zügiger und zügellos anbrausenden Gäste und Thermalteilnehmer.

Und nie oder jedenfalls selten genug ging es Zwick in seinem ganzen Bäder- und Privatleben darum, das Kind mit dem Bade auszuschütten und ihm den Nagel von der Krone abzuschießen. Vielmehr das warme Wasser als die »wahre Seele der Neuzeit« (E. Friedell, p. 1384, in einem etwas anderen Zusammenhang) war Zwick stets christliches Gebot und sittliches Gesetz zumal.

Zwicks Doktorarbeit ist entsprechend, ganz ähnlich der Kohls an der Rupprecht-Universität Heidelberg (vgl. E.H. a.a.O.), durchsetzt & -drungen von tiefem wissenschaftlichen Verständnis der medizinisch-physikologischen Thermalzusammenhänge, gepaart mit noch tieferem sittigenden Ernst, gesellschaftlicher Gesamtverantwortung, und was dergleichen Dinge mehr sind. Zu Recht wurde sie berühmt und gilt heute als Großparadigma, ja als Musterexemplar der modernen Gerätemedizin seit Virchow und Dr. Piana.

Weniger bekannt ist Zwicks leidenschaftliches, ja enragiertes Engagement für amnesty international und den Wiederaufstieg der Sp. Vg. Plattling in die Bayernliga. Auch dem Heimatverein Bad Füssing langte der »Bäderherr« (Frau Wiesgickl) wie gleichzeitig der CSU so manchen ehernen Tausender rüber. Insgesamt allerdings war, auch in Fragen der badeärztlichen Moral, dem großmögenden »Ethicus« Zwick der Finanzpolitiker nicht immer voll gewachsen. Wie dann später, gleichsam den Kreis allgemeiner und teils atemberaubender Inkompetenz schließend, weder der Finanzminister Tandler noch der Finanzminister Streibl samt dem seinerzeitigen Staatssekretär Georg Freiherr von Waldenfels (bürgerlich: Meyer) dem Fiskalpolitiker Zwick, ihm, ja ihm.

Nichtsdestoweniger, konstant recht gut waren zeitlebens Zwicks Leistungen in der Sachwaltung. Dem Kokolores und der allgemeinen Afternität, ja Arschigkeit der Zeit trat Zwick mit zweifelsfrei zwingender Zwergentüchtigkeit trächtig stracks entgegen stets und stark zuleibe. Zwar, Zwicks Filius (Sohn), mußte dann später zweckmäßigerweise in den Knast, auf daß die Gerechtigkeit wiederhergestellt würde, auf daß das Wort erfüllet sei, und oft wollte Zwick darüber vergehn vor Harm und Herzeleid, gedachte er hoch überm blauen See des Sohns im fernen Niederbayern. Doch selbst in den »schlimmsten Stunden und Sonnenfinsternissen der Seele« (Bäderphilosoph Nietzsche) fand der exorbitante Exilant Zwick Halt und Trost in dem Gedanken an. Im Eingedenken von. Und daß er, der Senior, es immerhin geschafft hatte. Daß die Schweiz selbst einem Stinkstiefel wie ihm, Zwick sen., neue Heimat bot, nigelnagelneue Heimat bot, die etwaigen Parallelfälle Wehner und Weizsäcker hier beiseite (s. a. Anton. Galatei epist. 10 u. 12 bei Mai, spicileg. rom. vol. VIII.). Was Wunder, daß Zwick Eduard ergo und mithin schon vorher, in jener schon berichteten Nacht-und-Nebel-Aktion der Jahre 1980 ff., es vorgezogen hatte, statt die »frustrierende« (Jessica Stich-Stockmann) Atmosphäre einer Polizeivernehmungswache erleben und über sich ergehen lassen zu müssen, rechtzeitig ins sichere und saubere und beinahe schon transalpine Tessin überzusetzen und seine alten Strauß-Connections dann auch noch, wie mehrfach erwähnt, über den »Spiegel« und zum heimlichen Gram der Straußnachfahren »kohlemäßig auszuschlachten« (Martina Effenberg am 30.6.1994 in ganz ähnlichem Zusammenhang). Und damit zwar gleichzeitig und abermals und ganz zweifellos sich in die »leere, klappernde, logozentrische Scheiße« (Dietmar Dath über Eckh. Henscheid u. a.) zu setzen – aber immerhin: Wieder einmal hatte es Zwick ganz unwahrscheinlich gut geschafft.

70 Mio. Steuerschulden! Das muß man sich immer wieder mal in einer ruhigen Minute ganz ruhig, ganzganz ruhig vorstellen. Und sich immer wieder mal vor Augen halten,

was da vorher an Kohle aufs Konto geflossen und rüberge-
kommen sein muß. Unwahrscheinlich!

Nur Zwicks vormaliges und seinerzeitiges Bestreben, mit
Bad Füssing auch noch, ähnlich den fränkischen Kollegen
mit ihrem berühmten »Bad Kissinger Speisequark«, in die
deutsch-österreichische Milchwirtschaft einzusteigen, – dieses Bestreben mißlang ab ovo in toto und sine dubio gründlich. Und so ließ Zwick es lieber gleich.

Und insofern – und nur insofern – wurde der heute noch
reichlich unausgeleuchtete Fall dann auch gar nicht in die
Kaderakte Wehner aufgenommen.

Und sonst aus keinem Grund.

»Wir sind alle unsterblich!« behauptete kürzlich im Rahmen eines neuen Superbestsellers des Piper Verlags München der berühmte Physiker Frank J. Tipler (Die Physik der
Tröstlichkeit. Moderne Kosmologie, Gott und die Auferstehung der Toten, Piper Verlag, 605 S. mit 28 Abb., 49,80 DM,
soviel kosten jetzt irgendwie die meisten Bücher dieser Art)
und bewies darin »mit Argumenten der Physik: es gibt Gott,
es gibt die Auferstehung und ein Leben nach dem Tod, ja
sogar die Unsterblichkeit« (a.a.O.). Tiplers sehr eindring-
liche Studie mag nicht wenigen im Sinne etwelcher klassi-
scher Wunschprojektionen zum Troste gereicht haben und
noch reichen – derartigen Trost hat ein Zwick gar nicht
nötig, hatte ihn nie. Sein, Zwicks, Telos mitsamt seiner
Entelechie steht nach wie vor in Niederbayern und mithin
seine vorerstige Unsterblichkeit. Ja, man rät ganz recht: Es
ist sein Johannesbad und dessen grüne Wellen. Schon der
frühe Zwick nämlich als ein sowohl im Sinne Rankes wie
Mommsens wie Hegels ganz besonderer »Gedanke Gottes«
legte früh sich das mittelalterliche Leitmotiv »universalia
sunt realia« zurecht als dessen in einer modifizierten Ausdeu-
tung John Maynard Keynes' paraphrasierende Variation
»Grundstücke sind heute alles«; im Kontext mithin: Posthistoire. Gewiß stellt sich morgen wie gestern auch ein

Gigant wie Zwick nur dar als Tropfen am Eimer innert den
Myriaden des Weltalls mit ihren u. E. ca. 100 Milliarden
(vgl. Zwicks vergleichsweise armselige 70 Mio.!) Sternensy-
stemen und Sternenhaufen. Doch setzte eben jener Zwick
wie kein anderer engagiert & energisch mit seiner gesammelten und gerammelten Hoffnung auf Hoffmannstropfen
alle Mann zurück: auf eben diese gesammelten Tropfen in
einem konzentrierten Thermenbad. Wobei seine gleichzeitige Ranschmeißerei an Strauß (U.A. w. g.) schlüssig allein
mit dem nur allzu bekannten Theorem von M. Horx zu
erklären ist: »Wer Nähe sucht, muß Fremdheit ertragen
können. Wer Gemeinschaft will, muß einsam oder zweisam
sein« (Matthias Horx).

Usw. usf.

Und dasselbe gilt – und galt! – natürlich in seiner beinahe
doppelten Dialektik auch für keine Geringfügigeren als für
F.J. Strauß und alle Straußschen.

»Vieles Gewaltige lebt, doch nichts ist gewaltiger als der
Mensch« (Sophokles, Antigone). Stimmt. Und es führte im
Fall Zwick zum Aufstieg eines Gewaltigen zu einer der
gewaltigsten Persönlichkeiten der Zeit, ja beinahe Zeitgeschichte. Anderes kam hinzu. Umgekehrt aber wundert es
nicht, wenn Platon zum Beschluß seines sagenhaften »Gast-
mahls«, wo es bekanntlich zwischen Agathon, Aristophanes
und Sophokles zunächst darum gegangen war bzw. »jeder
sei gezwungen worden, soviel wie möglich zu trinken« (ed.
Deutscher Bücherbund, o. J., p. 71); und damit gleichsam
ahnungsvollst jene nachmalig-südfranzösischen Geburts-
tagsfestivals Zwick–Strauß–Gerstl–Tandler vorwegzuneh-
men, – daß, nachdem dann die schwierige Frage angeschnit-
ten worden war, ob »der Tragödiendichter im Grunde seines
Herzens auch ein Komödiendichter wäre« (ebd.), endlich
alle immer häufiger etwas weggeduselt seien und nicht mehr
recht hätten folgen können – bis auf Sokrates. Sokrates aber,
fährt Platon zügig fort und kommt damit zum erwünschten

Ende, »sei, nachdem er sie also zur Ruhe gebracht, aufgestanden und weggegangen, Aristodemos ihm nach seiner Gewohnheit gefolgt. Sokrates sei ins Lykeion gekommen, habe dort *gebadet* und den ganzen Tag zugebracht und dann erst gegen Abend zu Hause sich zur Ruhe gelegt.«

Also wenn das kein Beweis und keine Analogiebildung ist, subaqua. Denn siehe, alles fließt, panta rhei – und im Thermenbereich zumal. So kommt alles, wie es kommen muß, tatam. Indessen allerdings Zwicks ihrerseits schwer rabulistische, ja schlechterdings abstrus morose Neurosen im Zuge ihrer reichlich verrutschten Neuronenstruktur ihre eigene Therapie qua Thermenbildung und via den jetzt immer zügiger hochkommenden Thermenflachsinn im unseligen Verein mit dem groben Thermosflaschenunfug, in welchen Zwick jetzt auch noch flugs einsteigen wollte mit seiner kompletten Thermenkuscheligkeit, o tu, Zwick, ecce, devicto mortis aculeo et aperuisti credentibus regna caelorum, ja, man erinnere sich nur dieser schönen und heilsamen Zeiten im äußersten Osten unseres Vaterlands – o komme wieder, Zwick, oder erteile wenigstens dem eingeborenen Sohne die Generalvollmacht, welche da mit Cherubin und Seraphin laut lautet:

Salvum fac populum tuum, Zwick!
Tu ad dexteram Dei sedes dereinst!
Et ad sinistram? Strauß.
Aeterna fac cum sanctis tuis in
Gloria numerari, hah!
Te Deum laudamus!
In te, Domine, speravi –
Non confundar in aeternam!
Te Deum laudamus!

Genug, wie immer Geschichte und Geschichtsschreibung dereinst Zwicks Verdienste, sein Vermächtnis präzise zu taxieren sich dezidiert entscheiden werden müssen, heute schon steht fest, daß jene Schweizer Konten, die laut »Spiegel« (11.4.94) »der reinen Vermögensanlage« der Familie Strauß dienen und die mit Hilfe und auf Vermittlung und wg. der Referenzen E. Zwicks zwischen ca. 1974 und 1980 installiert wurden, derart raffiniert und verhohlen angezettelt und feingebunkert worden waren, daß jetzt schlußendlich der Schuß nach hinten loszugehen droht, nicht zuletzt durch die seitens der Straußnachbrummer jetzt sogar doppelt verhaßte »Spiegel«-Veröffentlichung. Denn »nun quält die Strauß-Kinder« – und, wie man vermuten darf, die reizende Monika Hohlmeier voran – »ein anderer Gedanke: Sollten sie gar nicht alle Verstecke des Vaters kennen?« (15/94).

Trara. Auch dies und nicht zuletzt dies ein geradezu hohes, ja höchstes ethisch-moralisches Spätvermächtnis Zwicks. Strauß aber? Ob vielleicht Strauß' genuin rasche und zugleich tiefe Zuneigung, Hinwendung zu E. Zwick über die Namenseinsilbigkeit und etwa gleiche Körpergröße hinaus sich gar von einer sublimierten und schon sehr fernen Liebeserinnerung an Frau Marianne Strauß herschreibt, einer ja geborenen – Zwicknagl? Einer Fernerinnerung als einer intuitiv spurensicheren Anima-Amicus-Suche des Straußschen Un-, ja Unterbewußtseins in der abgewandelten Spätfolge der Einsichten C.G. Jungs? Und mit der ferneren etwaigen Arbeitshypothenuse, daß Strauß – letztlich! – gar nicht so gern nagelte, um so lieber aber – zwickte?

Es müßte dies seitens der Strauß-Kinder für etwas Geld leicht zu verifizieren sein – bleibe hier aber einer gesonderten Studie vorbehalten.

VORLÄUFIGE SCHLUSSBILANZ

Der »Mut zum Träumen«, wie er heute z. B. einen R. Scharping (SPD-Parteitag 22.6.1994) kaum je verläßt und wie er als überragender und impulsgebender implosiver Impetus der sozialen Elite des jeweiligen Landes und seiner betreffenden Nation letztlich und letztendlich identitätsstiftend immer wieder und auch heute noch unverzichtbar ist für Bestand und Progression der Sozietät wie der Humanitas: Er, der »träumerische Mut« (R. Wagner, Lohengrin I,3), war ab ca. 1949 auch E. Zwick eigen. Aber anders als der Sozialdemokrat Rud. Scharping, der, wie bekannt, vor allem beim Rennradfahren und beim immerwährenden Anhören älterer Konst.-Wecker-LPs vor sich hin zu träumen pflegt, zuletzt leider immer hemmungsloser in ein sattsam bekanntes angeblich utopisch-postmarxistisches, in Wahrheit para- und protomaoistisch weltentrücktes und vollends chimärisches Phantasma vom Paradies auf diesem Planeten hinein: Anders als der noch immer amtierende SPD-Vorsitzende und langjährige Hoffnungsträger träumte Zwick ebenso früh wie konkret und, wie sich erweisen sollte, durchaus »machbar« (F. J. Strauß, in der Folge von Popper u. a.) von der überaus realistischen, ja schon reellen Wiederkunft, einer zweiten und entschiedenen Renaissance der Antike, hier insbesondere in der speziellen Gestalt der römischen Therme, jener Warmbadanlage des Altertums also, wie sie zuerst 33 v. Chr. von Agrippa in Rom gebaut wurde und dann in den römischen Caracalla-Thermen (nach Kaiser Marcus Aurelius Antonius, bürgerlich: Caracalla, ermordet 217 n. Chr.) um 215 n. Chr. als neue und geschlossene Einheit aus Kaltwasserbad (frigidarium), lauwarmem Luftbad (tepidarium), Schwitzbad (laconicum) und Heißwasserbad (caldarium) bestand und für die nächste Zeit so exemplarisch wie auf Jahrhunderte hinaus paradigmatisch und in der Folge unverzichtbar wurde. Hinzu kamen Räume für Ärzte und Masseure, Hallen und Plätze für Sportübungen, in den großen Thermen Roms auch (worauf Zwick in Bad Füssing weitgehend verzichten mußte) Bibliotheken, Museen, Unterhaltungsräume (Fernsehen) und Läden (heute: sog. »Shops«) aller Art. Getrenntes Baden für Männer und Frauen war erst seit Kaiser Hadrian (»Animula vagula blandula«) um 120 n. Chr. sog. Vorschrift. Alle Thermen schlossen zu Recht bei Sonnenuntergang. Es waren diese dortmaligen Thermen mit Gewißheit die gesellschaftlichen und kulturellen Mittelpunkte der Kaiserzeit. Sie gehörten zu den umfangreichsten Bauten antiker Städte. Ihre symmetrisch und axial gegliederten Anlagen und ihre Gewölbe haben daneben stark auf die spätere abendl. Architektur gewirkt.

Bis hin zu Zwick und sein Bad Füssing, sein zeitweise über alles geliebtes Johannes-Thermalbad oder, wie manche Unkundige auch zuweilen kaum rechtens tönten, Thermal-Johannesbad. Wie aber war alles gekommen, damals, kurz nach Beendigung der leidigen Hüttlerbarbarei (M. Mitscherlich, Habermas u. a.) und schon kurz nach jener Währungsreform, welche auch Niederbayern rasch erfaßte? Nun ja, dem Buch »Born Judas« (Bd. 1, Copyright Insel-Unseld-Verlag Frankfurt/M. 1981 usw.) nach zu schließen, verhielt es sich offenbar so, daß der Priester Elisa ein Gerechter war ohne Fehl, und ihm wuchs kein Kind auf. In der Stunde, da sie geboren wurden, starben die Kindlein. Da sprach Elisas Weib zu ihrem Manne: Mein Herr, es sind der Gerechten so viele, die Kinder haben, wohlgeraten, wie sie selber sind, und wir, uns gedeiht auch nicht ein einziges Kind. Darauf sprach Elisa: Tochter, jene Gerechten pflegen der Rheinfahrt pardon der Reinheit mehr als wir. Ehe sie das Lager besteigen, nehmen sie an ihrem Leibe Waschungen vor, und sie wie ihre Frauen heiligen sich vorerst u. vorderhand. Da erwiderte das Weib: Mein Herr, wollen auch wir so tun und uns diese Sitte zu eigen machen. Und sie verfuhren so. Eines Tages war das Weib nach der Wasserquelle gegangen und hatte sich gewaschen, wobei sie einige Male untertauchte; als sie auf dem Weg nach Hause war, sah sie ein Schwein vor sich daherlaufen. Da kehrte sie um und wusch sich abermals. Als sie darauf hinausgegangen war, begegnete ihr ein Kamel. Sie kehrte um und wusch sich noch einmal. Und so kam ihr vierzigmal Unreines in den Weg, und sie kehrte jedesmal um und wusch sich aufs neue –

– usw. usf., dies lesen seinerzeit da unten in Sumatra und sofort, schon so um 1947 rum, der Idee des niederbayr. Thermenwesens radikal näherzutreten, war für den jungen Zwick praktisch eins. Gesagt, getan, schon bald kam es zur Grundsteinlegung und dgl. – um aber das vorab zu klären: Nichts, aber auch gar nichts hat der Name Zwick mit dem ja recht doppeldeutigen »Zwickel« zu tun, weder mit dem (vor allem in Niederbayern v. a. beim Schafkopfen so genannten) Zweimarkstück noch gar mit dem unreinen Unterwäscheeinsatzteil insb. bei Frauen im Bedrohlichkeitsbereich – eher schon hat »Zwick« mit dem (und insofern gäbe es denn also doch einen kartenspielhintergründigen Kausalzusammenhang) »Zwicken« beim Schafkopf- und insonderheit Wattspiel zu tun, jenem halb erlaubten, halb unerlaubten Zurückhalten oder auch Verschwindenlassen der Karten respektive Trümpfe (sog. Hintennaufspielen) – oder auch: mit dem »Zwicken« genannten strategisch-taktischen Austricksen des Gegners nicht nur im kartenspielrelevanten Sonderbereich, sondern darüber hinaus im ökonomischen wie im alltäglichen Genre; ganz und durchaus im Sinne von Herbert Spencers und Ch. Darwins berühmtem Evolutionsgesetz vom »Survival of the fittest«, und in Niederbayern ja zumal.

Klar, da ließ sich schon der junge Zwick sen. nicht lumpen, da ließ er sich kaum je ein x für ein u vormachen; da, anstatt gezwickt zu werden, zwickte er schon lieber selber. Und das oft gar nicht schlecht.

Und gewann dadurch im Lauf der Zeit sogar die Bewunderung von Strauß, ja seine Ehrfurcht, seine Liebe ...

Denn sicher, ja gewiß war/ist Zwick ein Zwieback und Zwurgel (niederbayr., meint: Schrumpel) sondersgleichen, ja beinahe sui generis und in extenso, entschiedener noch als der Zwickauer Zwerenz aus dem waldviertelösterreichischen Zwettl; oder auch Georg (»Schorsch«) Zweck, der ehemalige Stopper des TV Sulzbach; und von U. Zwingli übernahm der Zwerg E. Zwick nur dessen unwiderlegbaren Calvinismus im Sinne der Klösterreform, der Taufagende und der Schnur Christi im Zuge und Geiste der unabdingbaren Unterscheidung zwischen der »vera ac falsa religione« innerhalb des »Corpus Reformatorum« – eine allerdings nun freilich reichlich zwittrige Dichotomie, von der Zwick im Sinne seiner Bäderheilsphilosophie genaugenommen gar nichts wissen wollte, ja die ihm strenggerechnet extrem fernstand wie überhaupt dieses ganze christliche Gehacke und Gemopse und Geficke und Gewichse. Ein habituell genuiner Wurschtl wie Professor Hellmuth Karasek oder eben der Bäderpriester Bellmann bzw. pardon der Bäderkingkong Zwick scheißt sich da im allgemeinen nichts drum; zumal um 1970 der damals bereits eindringlich prosperierende Zwick in seinem Sohn Johannes (in manchen Zwickkreisen auch »Junker Zwick« genannt) ja einen Nachfolger, Erben und Reichsverweser gefunden hatte, welcher ihm nicht nur insgesamt in nichts nachstand und im Juni 1994 sogar noch aus dem Gefängnis heraus astreine Editorials für die Bad Füssinger Bäderpresse verzapfte; sondern überhaupt seinem Vater nur Freude, Ehre und Paroli bot. »So ganz boshaft ich noch keinen fand« (Meistersinger, III, 5), so schüttelt Hans Sachs den Kopf über Beckmesser, und so hieß es oft auch in Füssing, sobald damals Zwick sen. den Ort durchmaß. Seit Hinterstellung und Hintanlassung von Johannes Zwicks Pubertät fand der Alte im Sohn wenn nicht schon fast den Meistersinger, so doch einen ihm strukturell Ebenbürtigen – ab 1972 v. a. für ganz Niederbayern eine doppelte Landplage, wenn und sobald der Alte und der Junge gemeinsam auf das leicht hügelige Gemeinwesen schnurgrad losgingen.

Ja, wie strahlten damals die Sterne so hehr, leuchtend und hell, und weilten zuweilen gar im lieblichen Tanz, als Zwick in seiner Glanzzeit daherkam wie ein Kick and Rush, ja wie eine leibgewordene Rush-Hour, der neue und unübersehbare »Doyen« (so der »Kölner Stadtanzeiger« am 21.6.1994 über Rudi Völler; jawohl, right or wrong, that's it) und zuweilen sogar »Seine Durchlaucht« genannte »Dr.« E. Zwick und Nestor und Mentor d. niederbayerischen Bäderunheilwesens, das da im Sinne Zwinglis und N. v. Cues' vor dem Background der damals wieder besonders wuchernden und hochlodernden coincidentia oppositorum allerdings den waltenden Saustall nur um so säuischer machte, nein, vor dem Panorama und im Kainszeichen dieses spätthomasischen manus manum lavat im Dunstkreis von Strauß und Kaiser Franz und später dann auch Vatergraf und Loddamaddäus wurde dieser nur immer schweinischer und schierlicher und schwefliger, ach, da half ja oft das ganze Waschen nix –

Nix zu tun hat, um gleichviel diesem Mißverständnis hier rechtzeitig entgegenzuwirken, das Imperium bzw. die Dynastie Zwick mit dem – wie schon nichts mit dem Zellerschen Bergwerksdirektor – ungarischen Unternehmer Péter Zwack und seinem Schnaps- und Likörfamilienbetrieb, der da doch (vgl. FAZ-Magazin vom 24.6.94, also praktisch von heute) heute noch als später Erbe und Ur-Ur-Urenkel eines schon unter Joseph II. fabrizierenden kaiserlichen Kräuterfabrikanten, des Herstellers nämlich des legendären Magenbitters »Unicum«, operiert und zurecht und zurande kommt und sich's – ganz wie seinerzeit Zwick – nicht verdrießen läßt, sondern sich vielmehr vorgenommen hat, jetzt aufs Ganze zu gehen – »mit einer jungen Mannschaft will Zwack die Märkte erobern« (a.a.O., S. 9) –

– während Zwick heute reichlich untätig und angeblich sogar herzkrank in Lugano hockt und Hosenknöpfe zählt. Es handelte der einstige »Bäderchampion« (E. Huber) allerdings keineswegs dolo malo oder gar arglistig, als er dortmals als sog. Steuer-Flüchtling in einer »Nacht-und-Nebel-reaktion« (Baron Zwirn) ins sichere und schöne Tessin übermachte; sondern er tat es wenn nicht bona fide, so doch fidel et contrahendo, d. h. letztlich in affecto und ad maiorem Dei gloriam. Während Péter Zwack als Spätling des Budapester Sudhauses »Zwack J. és Társai« im Stadtteil Pest heute und nach der Auflösung des Ostblocks Kräuterschnaps ohne den üblichen durchdringenden Lakritzgeschmack mancher seiner Marktmitbewerber herstellt. Wobei jener Teil der Kräuter, der für den bitteren Geschmack des Zwack-Schnapses verantwortlich zeichnet, »in ein Bad aus Wasser und Alkohol kommt« (Krisztina Koenen, FAZ-Magazin, p. 10) – woraus sich ja eigentlich eine fast natürliche und sogar doppelt sinnfällige Kooperation mit den Zwickschen Anliegen und Bestrebungen ergeben und zu bewerkstelligen sein müßte, und darüber hinaus vielleicht sogar die Vision einer Wiederheraufkunft der alten Donaumonarchie Banat–Ungarn–(Sumatra)Niederbayern. Allein, während die Zwacksche Fabrik im Stadtteil Pest heute wie geschmiert läuft und wie eh und je und ärger als je zuvor jenen Magenbitter braut, den der Mensch auch und gerade nach einem schweren Schwitzbad zu seinem Heil so nötig braucht: Derweil beschneiden reaktionäre Kräfte im Freibad Bayern Zwick sen. wie jun. die freie Ausübung ihrer freiunternehmerisch marktwirtschaftlichen Tätigkeit, pfui Teufel; zwingen Zwick weiterhin ins Joch und ins wenn auch herrlich überm Lago Lugano gelegene Domizil in der heimlichen Hauptstadt des Tessin (22 500 Einw., 274 M.ü.d.M.)

und scheuen auch nicht davor zurück, ihm dort nach der insgesamt ja durchaus wohlwollenden »Spiegel«-Veröffentlichung die komplette internationale feile Pressemeute auf den Hals zu hetzen und den alten, nur noch seine Ruhe erflehenden Herrn mit Fotoversuchen und Fragestellungen unerträglich zu belästigen, einer geilen öffentlichen Neugiererwartungshaltung und Sensationshaschmache auszusetzen und vorzuwerfen, dreimal auch pfui Teufel.

Nun, was das betrifft, so sollte genannter Ed. Zwick nicht nur seinem treuen Hund weiter volles Rohr Vertrauen schenken; sondern sich schleunigst ein Vorbild nehmen an drei anderen Gehetzten und Gejagten und vom Pogrom der internationalen Pressemafia Unterjochten: 1. an der von der Polizei verfolgten fahrerflüchtigen Gräfin Marion Dönhoff (9.6.94); 2. an den Juden; und 3. an Steffi Graf, jener, die da nach ihrem frühen Ausscheiden von Wimbledon 1994 (»Steffi schreit und tobt«) mit vollem Recht ein RTL-Team, das vor ihrem Londoner Haus filmen wollte, anbrüllte: »Get fucking out of here!« (autorisierte Übersetzung: Verpißt euch!). Um dann auch gleich noch, einmal im Schwung, ihren Coach Heinz Günthardt anzufegen: »Verschwinde hier, du fucking bastard!« – und dann Sekunden später gleich nochmals: »Ich scheiß drauf! Verpiß dich einfach nur!« (alle Angaben: »Bild« vom 24.6.1994) –

– »jo, mi leckst in' Oasch!« (niederbayr. für: Ja, mich leckst am Arsch!) kann man da als alter Niederbayer nur noch durch die Zähne pfeifend nickend sagen. Jo mei, unser' Steffi!

CASA ORBISANA, GIARDINO

Der Garten vorm Haus. Il Giardinetto, wie ihn die Zwicks in späten Jahren untertreibend nennen, il giardino ante portas. Diese weite Ausdehnung, diese herrliche Hanglage, diese schillernd farbige Farbenpracht. Rosen, Oleander, Forsythien, Geranien, Tulpen, Pfingstrosen, wie eine kleine Bundesgartenschau hoch freilich überm leuchtend himmel-, ja oft ultramarinblauen Alpensee – Lago Lugano.

Komm in den totgesagten Park. Für den späten Zwick bedeutete diese berühmte Gedichtzeile A. v. Platens immer einen Appell. Die Aufforderung nämlich, den totgesagten abermals lebendig werden zu lassen. Kraft der steten und stetigen Begehung dieses Gartens durch seinen Besitzer. Durch das täglich mehrfache Auf- und Abgehen in ihm; mit Benno, dem treu wachsamen Hund zur Seite.

Diese Kakteen. Diese Azaleen. Diese glühend feurigen Orchideen, links von den Glyzinien. Der Goldregen. Sogar Zypressen und moosgrüne Pinien. Dazu diese vielen Chrysanthemen und Tag- und Nachtschatten. Violen, wie der Italiener sagt. Vergißmeinnicht, wie sie zuhause heißen. Erinnerungen werden wach in Zwick, Erinnerungen an den Bad Füssinger Rosengarten, gleich rechts vom Kurbad, zwei Minuten vom Johannesbad. Und dann wohl auch Erinnerungen von noch weiter herkommend, an die dunkelroten Rosen von den grünen Ufern der fernen Theiß. An ihn, den alten Fluß, an Siebenbürgen und seine dunklen Karpatenschluchten erinnert Zwick die Edeltanne zwischen Hauseingang und Kaminabzugsmäuerchen. Weniger die beiden bildschönen Palmen rechter Hand.

Zögernd streift Zwick quer durch die herrlichen Anlagen, bedächtig, das seit langem kränkelnde Herz nicht im Übermaße zu belasten. Unaufhaltsam gleichwohl schreitet Zwick, den treuen Hund zur Seite, die beiden Hände entspannt in beiden Sakkotaschen. Auch zum heutigen Wandeln gönnt Zwick sich keine Nachlässigkeit, den guten samtblauen Festanzug hat er angelegt und den weißblau rautierten Selbstbinder, seine Treue, seine unverbrüchliche Loyalität zum fernen Lande gleich wie im Anhauch zu bestätigen. Wie so gelinde die Flut bewegt, wie sie so ruhig den Nachen trägt! Fern ist das Leben, das Jugendland, fern, fern liegt der Schmerz, der dort mich band; sanft tragt mich, Fluten, zum fernen Land.

Eine trockene Träne wischt Zwick unwirsch aus dem linken Auge und überlegt, ob und wie er seine gestern begonnenen Studien mit Extrakten aus grünem Hafer und gemeinen Brennesseln fortführen solle und könne, Studien mit dem Ziel der Entwicklung eines fördernden Mittels mit einem besonderen Anteil von Sanddorn, Eisen und Calciumglycerinaphosphoricum, eines Mittels, welches er dereinst »exorbisana – wenn der Hafer sticht« zu nennen und baldmöglichst in bunten Kapseln zu vertreiben hofft.

Das Wasser im Nierenbassin plätschert, flüstert, murmelt, rieselt. Immerfort, immerfort. Zwick zieht die Zügel seiner Schritte an, verschärft die Gangart, beißt sich in die schon vorerwähnten Zähne, beißt fester, um nicht schon wieder diesem wehen Schmerz, dieser löchernden Melancholie zu verfallen, der dunklen Malincunia, wie sie der Einheimische nennt . . .

Diese Rosen, diese Pinien, diese ach so späten Tulpen. Schwefelgelbe Wolken überm Hügel.

Diese Sonnenuntergänge. Il bel sole volgeva al tramonto . . . partirono le rondini dal mio paese freddo e senza sole, cercando primavera di viole . . . mia piccola rondine parti . . .

Ah! Ah!

Und siehe, bereits am 4.11.1992 im sehr frühen Nachmittagsnebel, schon lagen die Berge ganz in Dunst verhüllt,

zum wiederholten Male über seine Orbisana-Terrasse strei-
chend und wie absichtslos das Haupt des kürzl. neu angeschafften und überaus majestätisch herumlagernden und um
sich äugenden Bronzelöwen streichelnd, überrieselte Zwick
auf einmal das sehr sichere und gar nicht einmal unange-
nehme Gefühl, nun habe er, Zwick, ein so schönes Leben
gehabt, da dürfe das Ende schon ein bißchen garstig sein.

MORAL UND HYPERMORAL

Der aktuell neue und neueste Subjektivismus des deregulierten Proletariats mit all seinen zahllosen neokulturellen und multiethischen Mega- und Metastrukturen stellt gegenwärtig, dabei nicht allein Kant endgültig und definitiv ad acta legend, Marx, so wie dieser Hegel, in adornoisch gesprochen negativer Dialektik vom Kopf der Entfremdungstheorie auf die Beine der je akutisierten Postmoderne; sondern simultan dabei diese täglich dar und aus in den Terrains des je allerneuesten und schnellst mobilen Kapitals. Dagegen steht, thinking the unthinkable, gleichsam und noch einmal, das Alte Wahre in der neuen Formation der Christlichen Groß- und Volkspartei; sowie, ehern und hegemonial wie eh und je, Zwicks Prinzip der tradierten Moral progressiv transzendierenden thermenkathartischen Super- oder, um Gehlens Terminus in einiger Behutsamkeit zu adaptieren, Hypermoral der prekär reinkarnierten Moderne. Und dies indiziert, so viel läßt heute sich absehen, nicht weniger als, über die Identität von Histoire und Posthistoire weit hinaus, auch eine zumindest partiale Koinzidenz von Faschismus konservativer Art und Futurismus reflektierter. Eduard Zwicks weniger im Sinne Arnold Gehlens denn in dem bekannten Arnold Toynbees so archaistisch wie doppelpfeilig – Benjamins Bild des Angelus Novus inmitten einer nochmals überholten, ja gleichsam runderneuerten Vita nuova et moderna – futuristisch »die Zeit stromauf und stromab« (Toynbee, p. 668) zielender vitaler Grundimpuls, einholend auch nochmals die Kreisbewegung der Goetheschen in den Lauterbrunner Staubbachfällen vom Symbol zur Realität rekurrierten Wasserzirkulation und d. h. natura naturans gewordenes Tauschprinzip des buchstäblichen Rebirthing: Beides reflek-

tiert sinnig und stimmig nicht nur auf das nahe Flüssedrei-
eck Donau–Inn–Ilz in Passau, gleichsam ein Hegelscher
Dreischritt in adjecto; triumphal wie einen Gordischen Kno-
ten zerschlägt die derart sichtbar gewordene Zwicksche
Weltrezeption und Resurrektion die alte und leidige Antino-
mie, jene spätmaniächische Dualität resp. Dichotomie von
Schicksal und Moira; indem es, als eben der Geist und das
Geistwesen Zwick, weit über jene Moira und herkömmliche
Geopolitik hinaus in ein, Theo Sommers Impromptu in der
»Zeit« luzid fort- und zu Ende führend, Drittes transfor-
miert: Gaia, die kosmisch griechische Mutter Erde also, aus
der da alles Wasser kommt; wo nicht von vice versa oben.

Zwicks langjährig angeeigneter und noch heute behaup-
teter Geschichtsbegriff ist ein so theozentrischer wie spät-
hegelianisch emphatisch dynamischer; so wie es der
Straußens war. Zwar hält sich der exilierte Thermalbadprak-
tiker wie der theoretische Kopf Zwick noch heute viel auf
jenen Teil seines Geschichtsverständnisses zugute, der da so
elastisch wie im Kern unbeugsam zu Teilen durchaus auf die
materialistische Weltverfassung der Kontinuität Büchner–
Marx–Bloch zurückdatiert; auch auf den wohlverstandenen
materialistischen Hedonismus des zumal hellenischen oder
auch spätantikischen Immanenzdenkens der stoisch-epikuräi-
schen, ja der, warum nicht, kynischen Schulen und Denkge-
bäude etwa eines Diogenes oder seiner späten Wiederkunft
durch Nietzsches prometheischen Zarathustra. Allein gerade das unverbrüchlich dominante Warmwassermotiv siedelt Zwick sodann auch und gerade in der überbordenden
Palette der Sinnangebote der Zeit dort an, wo eben dies erste
der Elemente bei aller geschichtlichen Motorik und Univer-
salität am allerersten daheim und zu Hause ist: in der Taufe
und, wenn auch vermixt mit Wein, in der Eucharistie, vor
der Zwick selbst in seinem profanierten Amt als Thermen-
chef ja stets das Haupt neigte und die Knie beugte. Das Alte
Wahre faßte ihn da wie ein Klang von ferne an.

Es weist dabei Zwicks starke, unter dem Diktat des »Credo ut intellegam« getragene Hoffnung auf eine Wiederaufrichtung des Wahren Kreuzes (WWK) vulgo einer rundumerneuerten »Republica Christiana« weit über O. Spenglers mehrheitlich pessimistische Pendelschlags- und Verfalls-Spekulationen der div. Kulturkreise hinaus, hinein in eine Theodizee, so via die spätnietzscheanische Vision des über der Masse thronenden »großen Mannes« (Strauß? Er, Zwick, selber?) einmündet selbstreferentiell und letztendlich in die banatmäßig altchristliche und per Hegel remilitarisierte stop: resäkularisierte Großmetapher des Gangs des notabenissime christlichen Gottes durch die Weltgeschichte.

Denn immer stellte sich für Zwick dabei und bei anderer Gelegenheit die Frage nach Gott. Wie andere, ja viele auch richtete er an sich selbst die Frage: Wenn es einen Gott gibt, warum erlaubt Er dann das viele Übel auf der Welt, die Leiden, Krieg, den Schmerz der Unschuldigen und Ungeborenen? Wenn, so fragte Zwick sich immer wieder und bohrte energisch nach, es tatsächlich ein »Gott der Liebe« (Papst Urban) ist, warum läßt er dann die Qualen, Schmerzen zu? Warum läßt er dann selbst Existenzen wie Huber oder Tandler durchgehen? Und so gut wie stets antwortete und konterte Zwick sich selber, daß Gott unendlich gut sei und die Menschen halt unendlich liebe. In ihrem Interesse lasse er deshalb auch Leiden und Existenzen wie Streibl oder Gerstl oder Tandler zu. Gottes sorgende Liebe, so sagte sich Zwick immer wieder mal, lasse auch diese zuweilen zu, umsorge sie und umhülle auch sie mit dem Mantel der Liebe. Und desgleichen tat auch er einst, Zwick, und fügsam. Die 200 000 Mark allerdings, die er, Zwick, damals, 1976, noch in der besten Zeit seines Freundes Strauß, da dieser ihn sogar allerlei Ministerämter erhoffen und erharren hieß, die 200 000 Mark an Tandler jedenfalls, die erst 1996 zur Rückzahlung und weitgehend zinsfrei anstanden, wie schlecht waren sie von jenem doch gelohnt ihm worden ...

Bei aller stoischen Grundausrüstung Zwicks – Nil admirari, anything goes – und bei all seiner unerläßlich christlichen Basisethik: Weinen, ja wimmern, ja jaulen macht uns, so wie Zwick selber, bei alledem auch und gerade vor dem gegenwärtig wieder da und dort aktualisierten Postulat des Sozial- und d. h. auch des moralischen Staats und der katholischen Soziallehre zumal der schmerzende, ja schlechterdings schreiende Fakt, daß einer der Giganten, einer der Magneten, einer der Eliterepräsentanzen dieses unseres aller Staates oder jedenfalls dieses unser allers Staats wie als dessen symbolische Selbstliquidierung, daß, kurz, ein Mann wie Zwick noch immer und erwartbar bis über seinen Exitus hinaus im grunzdumm schweizerfetten Lugano herumhokken und herumgammeln und Däumchen drehen und Dämmerschoppen halten muß. Statt mit seinem Sohn im Reich das Projekt der Sachsenthermen voranzutreiben.

Wer das versteht, werfe den ersten Stein.

Die »Prekärisierung« (Karl Heinz Roth) jedenfalls der Arbeitsmärkte kann dafür ebensowenig eine zureichende Erklärung und Entschuldigung sein wie die einstige vom DGB postulierte »Humanisierung der Arbeitswelt«. Keinen feuchten Pfifferling schert die Zwick, noch scherte sie ihn je. Kaum legte er überhaupt je irgend Wert darauf, »ein bißchen Gesellschaftstheorie zu bimsen« (Ilse Bindseil). Und die neue und angeblich »postfordistische Pauperisierung« des Landes wie ganz Westeuropas (O. Zwock)? Die juckt ihn nicht mal einen schierlichen Kehricht.

Zumal Zwick, wie einst Kaiser Friedrich, durchaus im Geist der Spätantike sein Imperium wie seine Hegemonialität immer und stets unmittelbar von Gott ableitete.

Was Zwick uns schließlich lehrt? Mit Jacob Burckhardt zu schwanen, könnte die Sache so und dergestalt sich regeln:

»Man muß glauben, daß in allem Schutt Edelsteine der Erkenntnis vergraben liegen, sei es von allgemeinem Wert, sei es von individuellem für uns; eine einzelne Zeile in einem vielleicht sonst wertlosen Autor kann dazu bestimmt sein, daß uns ein Licht aufgehe, welches für unsere ganze Entwicklung bestimmend ist.« (Winke für das historische Studium, in: Weltgeschichtliche Betrachtungen, herausgegeben und eingeleitet von Prof. Rudolf Stadelmann, o. J., p. 43.)

Es ist dieser Jacob Burckhardt natürlich um Gottes willen nicht, nie und nimmer zu verwechseln mit dem namens- und praktisch berufsgleichen Carl Jacob Burckhardt (vgl. Gustav Seibts sublime Studie in der gerngesehenen FAZ vom 7.9.91) – was aber könnte jene »einzelne Zeile« bei Zwick gewesen sein? Na ja, es war, man ahnt ganz recht, die gerade in eine Zeile passende Zeile »Johannesbad, Therme II, Johannesstraße 2«, ja, und nicht unterschlagen möge in diesem annähernd integralen Kontext werden die weiland Zwicksche – lang vor den Japsen! – bereits 1962 in Auftrag gegebene und 1966 erfolgreich uraufgeführte und dann etablierte Thermenverbandshymne mit dem Refrain »Heil, Zwick!« – eine frühe und wagemutige Form von Location samt Corporate Identity, welche abermals Zwicks entschieden futuristische stromabwärts gerichtete Progressivität beleuchtet, so wie sie ein abermaliges Licht wirft auf seine längst vorerwähnt östliche Seele sui gerontis.

In seinen späteren Jahren – und zwangsweise in Lugano vorzüglich – tat Zwick sich dann auch durch sehr eigenständige, ja autonome Forschungen auf dem Gebiet der Lymphknoten- und Schildkrötenkunde sowie dem der höheren Algebra, nämlich der sowohl logarithmischen als der sphärischen Trigonometrie, exzellierend hervor, ohne doch im recht eigentlichen Sinn ernsthaft etwa einen entsprechenden Lehrstuhl anzustreben. Zwick ein universeller Autodidakt also wie Willi Wüllenweber, Zwick ein Mann ergo, wie, laut Mathias Walden, Axel Caesar Springer, Goethes? Seine späte und unverhoffte Wiederkunft? »Ja und nein!« (M. Reich-Ranicki). »In Jedem von uns steckt e Goethe« (Friedrich Stoltze, 1849, in einem herrlichen Centenarfeiergedicht) –

gewiß, und wie weiland weidlich Goethe und den Griechen
wurde, kaum war Straußens Schweinsspeckhals und ständig
dumm dreinredender Riesenrüssel halbwegs glücklich abge-
schüttelt und unter der Erde, ihm, Zwick, dem Medizinaler
und geborenen, ja genusmäßigen Thermenwissenschaftler,
nahezu hymnisch approximativ dithyrambisches »Erfahren
ganz eigentlich zur Kunst« (Ernst Freiherr von Feuchters-
leben, Göthes naturwissenschaftliche Ansichten, 1837). Allerdings waren es, in Niederbayern wie später im Tessin,
dann nicht nur seine häufig schlecht gewählten Freunde wie
die Graf Krockowschen Mindergeschwister Graf Koks, Baron Keks und Baronesse Kieks (»Kiki«), welche im Zuge des
gesamtgesellschaftlichen Alzheimer dem »Arzt aus Passion«
(Abt Wichser) das Leben schwermachten und die Früchte
seiner wohlangelegten allseitigen Talente nicht zum Aus-
bruch bzw. zum Auftrag oder jedenfalls Austrag kommen
ließen, sondern diese lieber als reife Trauben selber ernteten;
es war auch nicht sosehr der zeitweise äquivalent dominante
Wunsch nach dem in der Visio pulchra Straußens vorgebe-
nen homo politicus, der dem Triumph des seitens Strauß
bereits in aspirative Aussicht gestellten Zweiten Bürgermei-
steramts von Pocking die schon halb eingefahrene doppelt
abgesahnte Ernte verdarb, ja
    solange noch ein kleines Mädchen, diese zartest zu um-
armen, sich aufs Sterbebett der Großmutter legt, kann es
aber ja um den Fortbestand der Gattung so schlecht nun
wieder auch nicht bestellt sein
    verderben mußte. Nein, Zwick, der da oft Gott selbst in
die Schranken forderte, Zwick, im Prinzip der wünschens-
wertesten und wassersichersten einer, stieß immer wieder an
die Grenzen seines Fachs und seiner beruflichen Höherent-
wicklung durch seine seinerzeitige zwanghafte Zwickelfixie-
rung (»Hörigkeit«) bei seiner Frau und anderswo (Gabi!);
und insofernlich war er halt zwangsläufig langfristigerweise
doch nicht so recht geeignet, einen Mann wie Strauß schon-

sam zwiefältig zu überzeugen. Noch mehr freilich sträubte sich die tiefe Religiosität eines G. Tandler (Altötting), die betrefflichen Aberrantismen, diese »schweinehundspritschenmäßigen« (D. Steinmann) Gebaren gerade des mittleren Zwick und seiner gesamten Bagage ungeprüft zu billigen und zu den Akten zu legen, ja, was Zwick sich wohl zuerst erhofft hatte, mitzumachen. Mit Moral hat das nämlich genausowenig zu tun wie mit der Hypobank oder der Hypermoral. Geschweige denn mit Hydraulik. Wohl aber sehr mit Hybris. Ganz recht hat Stoiber deshalb, wenn er heute hergeht und (über die FAZ vom 16.4.94) mitteilt, zwar sei anzuerkennen, daß Zwick »Macht, Willkür, Terror, Ignoranz, Mißgunst, Neid, Verbohrtheit und menschliche Leidenschaften in all ihren Spielarten« gekannt habe. Allein, so Stoiber resümierend noch am selben Tag: »Zwick hatte jede realistische Sicht der Dinge verloren.«

Wohnte in Zwick also in letzter Instanz und im Sinne gegenwärtig möglichen »Erkenntnisinteresses« (Professor Habimaus) eine moralisch kriminogen triebhafte Person, ein Getriebener? Nun, der Almauftrieb erfolgte damals in annähernd ganz Bayern und zumal Kernbayern in Mittenwald um Mitternacht, dies oft (zwmpffrt) zur Zeit der Mitternachtswonne und tiefer als der Tag gedacht. Und Zwick selber war es ja gewesen, der Fürst Zwuck (Spitz- und Codename für FJS) anno dunnemal den zagen Bärendienst erwies, unter Inkaufnahme des sog. Judenlohns sowie sonstiger hurtiger Dinge am laufenden Meter und

Immerhin: Im bräutlichen Bereich war Zwick, wenngleich wohlgesonnen und wennschon meist wohlgelitten, so doch weitgehend zurückhaltend, wiewohl nicht gänzlich nachlässig. Es waren damals an Zwick allerdings auch zuweilen Schadensersatz- und Schmerzensgeldpostulierungen herangetragen von angeblich (Stoiber/Habimaus) schmerzhaft geschändeten Jungfrauen und Mägden hold, daß es einer alten Wildsau grauste. Nein, da ließ er auch ethisch nichts anbrennen, wenig anbrennen ließ er da. Man verwechsle dabei aber Zwick-Füssing auch nicht mit dem damals gleichfalls sehr populären Zwick-Sauheim (sog. »Sau-Zwick«). Und es hieße auch Gott *über Gebühr* spottend zu versuchen, erwartete und erflehte man von seinem treuen Diener Zwick in den dortmals ja häufig sehr brenzligen Gesamtlagen eine über seinen vorne schon abgefackelten Fahneneid hinausufernde und übers zumutbar abdingbare Maß hinaus zuständige Gebühr (2 Mark, zahlbar in den Opferstock von St. Johannesbad). Bar allerdings seines thermischen Imperiums und in Teilen seines Bargelds vermag Zwick heute auch in Lugano am Vierwaldstädter See allzeitig die Auszahlung eines Fuders Barschecks zu verhoffen. Dennoch wie auch immer: Die altmoseanisch brummächtige Inkommensurabilität von Gottes Großdeutschland reinkarniert und konterkariert sich jedenfalls in Zwicks glaubensmäßig grundsatzfester Überzeugung: Le Individuum c'est ineffectibile. Daher und nur daher auch das fast invariant parsifaleske Amfortas-Motiv des wenn nicht schon heilenden, so doch einigermaßen lindernden Badens. Und deshalb und nur deshalb wurde Zwick zuzeiten auch gleichzeitig Mitglied sowohl der niederbayerischen Wasserwacht als auch der ortsansässigen DLRG.

Wobei allerdings und insgesamt Dr. Zwicks erkennbare physiognomisch-physiologische Gesamtzurüstung und Gestaltmorphologie im Sinne Osw. Spenglers und im Rahmen der neueren Moralkonzeption von Arnold Schwarzenegger respektive Gehlen und gleichzeitig ja auch »im besten Stürmerstil« (A. Arsch), nämlich in der Kontinuität der Spencer-Darwinschen allg. Deszendenzlehre, entschieden viel weniger an die kreuzweis höheren Primaten zentralafrikanischen Ursprungs und noch weit jenseits des Cromagnon oder auch nur des Erectus (auch wenn Zwicks Längsachse mit dem Gravitationszentrum Zwickelknochen durchaus nicht unerquicklich den Australopithecus oder gar den Schimpansen reklamiert) schleunigst anknüpft; sondern sattsamst phäno-typisch ungleich mehr an jenes Urbeutelhörnchen namens Cynodontus aus dem späten Mesozoikum, das auf der heute soweit bekannten Evolutionsleiter am Fußende als unser aller Ahn und Amtsvorstand oder jedenfalls Initialzündung rangiert; und zugegebenermaßen aber keinerlei Spuren mehr an den präkambrischen Trilobiten verrät.

Und so konnte es eben auf Dauer nicht ausbleiben, daß der »Bodybäder-Megastar« (Paul A. Hassold) als einer der modernen autonomen, ja autochthonen Freiheitsdenker so-wie als simultativer Seins- und zugleich Existenzphilosoph über Martin (»Bleedl«) Heidegger hinaus und noch »jen-seits« (Nietzsche F.) des »Verblendungszusammenhangs« (Adorno Seppl) das different »Nichtidentische« (a.a.O.) vulgo den »Sinn« des »Seins« genauestens erkannte und entlarvte als wohl was? Recte, jawohl, das ist und bleibt auch weiterhin und sogar über Zwick hinaus die Frage, die alte Reha-Frage.

Hugh!

Und daß er, Zwick, desdrob sein geheimstes, ja latentestes und »arschblunzenartigstes« (Steinmann) Lebensziel streng genommen wegen z. T. vorzeitigen Ablebens nicht mehr und nie recht erreichte, nämlich – in Umkehrung des eben Angedeuteten – über die Connection Strauß dessen starke Frau, geb. Zwicknagl, weißgott wohin zu zwicken: das zwickt ihn heute ja doch auch nicht mehr.

Wird fortges.

IN DER HOFFNUNG AUF HAPPEL

Die nagelneuen Verhältnisse in Deutschland (Neu- oder Wiedervereinigung) und damit in letzter Konsequenz auch in Bayern gingen einerseits über Zwicks Horizont, zwangen ihn andererseits selbst in Lugano meist zu erhöhter Wachsamkeit und kaum geringerer Geistesgegenwart. Wider den Stachel der Hoffart löckend usw. wurde ihm doch und gleichwohl zumeist schwer existentielle Raumzeiterfahrung, daß man sich jetzt in Deutschland wie in der angrenzenden Schweiz nicht mehr blamieren kann, weil ja alle sich ständig schwerst danebenbenehmen und entschieden das angepeilte Ziel verfehlen, und das galt und gilt nicht allein für Carolin Reiber usw., sondern für ihn, Zwick, ja selbst wohl autem. Das mochte Zwick an sich noch inniger, dieses schätzte er kaum minder als den geliebten pH-Wert fein. Und das einstmals Strauß so zugeneigt schwer inklinierte längsgestreifte Herrenhemd; jenes, das bei Festesaufläufen an der französischen Hochriviera von Strauß im Vollrausch nicht in aller Regel säuberlich gewechselt wurde, der allgemeinen Schweißabsonderung auch stark zu trotzen; wohl aber fett von Zwick: Er trug zuerst ein – Fotos weisen und beweisen es – helles, längsgestreiftes; sodann ein frisches, braun wie Kot. Oder wohl auch: Jod.

In seinen späten Jahren in Lugano wandelte der bekannte Bädernestor Dr. E. Zwick sich deshalb immer mehr vom Arzt zum Seher, Künder, Visionär. Zum Warner auch vor allem. Vor »allen möglichen Fazilitäten der Kommunikation«, warnte da so lauthals wie hellhörig der Exnuntius der niederbayerischen Thermenhochkultur, einer Kommunikation nämlich »mit dem Resultat der Allgemeinheit, daß eine mittlere Kultur gemein werde« (Eduard Zw., Gesammelte

Werke Bd. VI, p. 321), so im allgemeinen Zwick vor Zeugen. Dem gelte es den Hochgedanken herrlicher Humanität entgegenzuschmettern, kargte keineswegs jener, unter dessen haushoch hehren Ahnen sich ja immer wieder auch fein Exorbitanzen, Negromanten und Neandertaler gütigst sich flugs eingefunden hatten, dem Juniorpartner stracks ein Stelldicheinchen flüchtig zu gewähren.

Unter den Hassern Zwicks war es schon in der Füssinger Ära ein gewisser Alwin Stroppel, der Zwicks extreme Pracht ihm sorglich neidete. Zu seinem, Stroppels, unweigerlichem Verderben diente er, Zwick, Stroppel schon seit 1961. Indessen Stroppels Schwiegerschwager Walter Kuckuck unentschieden unentwegt verharrte. So war Zwicks Ehre vorderhand gerettet, gerettet und sehr stattlich auch beherbergt.

Denn, jawohl, hier kommt es raus: Walter Kuckuck war es, der Zwick zuzeiten Zwucks den dingfest sehr notwendigen Rückhalt gab und gar meist gewährte.

Es ärgerte Zwick sich in der früheren Zeit nicht allein mehrfach an Gott und stand nicht an, mit ihm zuhanden hart zu hadern. SOndern ein nicht geringes auch schon daran, daß besagter Strauß beim herkömmlichen Url. an der Côte d'Azür sich ja keineswegs immerzu auf Zwick allein klug konzentrierte. Sondern zuweilen gut halbnackt auch gern auf der Fam. Flick-Jacht »Diana II« ein sich fand, den Steuerknüppel raschst zu übernehmen. Und auch mit Jahn wie knusprig sah den DickeN oft man turteln (»Bunte«, Osterausgabe 14.4.94 usw.).

Harsch konterte Zwick da mit der Bestellung eines leibeigenen Hausarchitekten und Chefdesigners Sepp Türkis, von Freunden genannt auch »Hansi«.

Da sollte Strauß nur Augen machen! »Hansi« war der Chef im Ring der Ballsaison!!

Aus Herzensgrunde liebte Zwick da seinen Hausdesigner Hansi, ha! Der war aus Herzogenaurach. Wie sonst Loddamaddäus.

Zwick allein brachte Strauß zum Danke in so manche schwere, ja »verzwickte« (Tageszeitung) »Zwickmühle« (Abendzeitung). Und er zwickte ganz nebenbei auch noch den immer unsicherer wandelnden und gedeihenden Stoiber Edmund, Oberaudorf, in seinen HinTerer, hoho!

Dessen war Zwick sich praktisch hundertprozentig sicher, Stroppel hin, Kuckuck wider. Wiederholt war jener auch versucht, dabei ganz zart herauszulachen, he! SOwEIt dies.

»Wie das tote Meer vor Moses öffnet sich da die Mauer« (ARD-Sportschau, DFB-Pokal Greifswald–Mönchengladbach 19.8.94, 20.13 Uhr) des starren Schweigens, sobald die Rede heute noch auf Zwicks Eingemachtes kommt, die Latifundien im Westen, sein Knowhow zwar im Osten. Es ist ein Schweigen wie ein Grab, v. a. seitens Zwicks. Wieviel thermales Wissen wird Eduard Zw. mit i. s. bald. Grab mitnehmen? Viel? Etliches? Wird er sich bäldlich »nochmals« (Pfarrer Ottheinrich Knödler, Reutlingen) offenbaren? Man weiß es sei's kaum schwerlichst. Einst wird man mehr erfahren, leicht längst bald. Sobald man indessen mit zwei niedlichen, sehr freundlichen Kätzchen zusammenlebt, als der schimmerndste, tränentreibendste, tränenschimmerndste Gedanke mahnt ja dabei wohl der, ob jene ihren baldigen Tod auch ahnen, so wie wir. Wie auch immer, Zwicks Angelegenheiten nahmen letztlich auch nach seinem Weggang aus dem Reich einen angenehmen, wünschenswerten Fortgang. Zwicks Eidam zwar – und sein Name hacke Zwock oder Zwück oder wie er grade hurtig sei – umklafterte ihn schwer früh mit harter Niedertracht und Niederwürfigkeit. Aber das steht auf einem anderen Bier. Und dann mit seiner Ersten wirkl. Marienerscheinung in Begleitung und UNTER Zeugenschaft s. Erstfrau Zwick war ja auch dies geschafft und unterhöhlt. Noch *minder mühn* macht Dr. Zwick heute die CSU. Welcher Nominativ da welchen Akkusativ in die Pfanne haut, ist usrdem. ganz wurscht u. bleibe gleichw. offen.

Deshalb wenn Zwick also heuzut. auf seine gleichw. verfl. L. u. Th.-Treiben zurückäugt, so mißvergnügt wie schlechterdings, so hat er JA docH irgendwie, von Graf Koks zu schweigen und Baronesse Keks, geb. Kieks, hintergehend *völl*ig außer Atem außen vor zu lasse*n*.

Gott unterbreitete Zwick seinerzeit verschiedentliche attraktive sowohl als angenehme Angebote mit der gelegentlichen Auflage

EPILOGOS

»Ich möchte«, sagt die gut und gern 83jährige L. Rinser in einem Interview im Mai 1994, »ich möchte eigentlich allmählich, nachdem ich soviel geschrieben und geredet habe, verstummen für den Rest meines Lebens, weil ja nichts wirklich stimmt, immer ist auch das Gegenteil richtig« (cit. nach Helene Malms, Aachen, Leserbrief an die fünf Herausgeber der FAZ vom 8.8.94, im Zusammenhang der bekannten bzw. neu bekanntgewordenen Jesuitenprobleme).

Es bezeichnet u. E. dies aufsehenerregende Statement nicht schlecht jenes unauflösbar dialektische und wohlverstanden diskursethische Problem auch und gerade »oberster Biographik« (Willi Wüllenweber): ex negatione den »Köhlerglauben der Objektivität« (a.a.O.) nämlich, und wenn schon nicht die reife Luise (»Wuschel«) Rinser, dann weiß, konträr zur vielleicht auch etwas sehr spekulativen Buchtitelinsinuation, ja -beschwörung, natürlich auch ein Franz Beckenbauer in der neuen Folge seiner Memoiren keineswegs ja so hundertprozentig: »Wie es wirklich war« (F. Bekkenbauer, Wie es wirklich war, Bertelsmann Buchclub 1993). Denn sind die Einzelmenschen schon ziemlich unbegreifliche Lebewesen, ens ineffibile in extenso, so, an dieser Stelle forcierend und erschwerend hinzukommend und weit übers Onto- ins Phylogenetische hineinragend und -greifend, die »Deutschen das problematische Volk unseres Zeitalters« (Veit Valentin, p. 23) ja wohl oder übel schlechthin – eine bis in die aktuelle Gegenwart weisende Periode nämlich, welche in letzter und letzthinniger Sehweise und noch über Freuds »moderne Nervosität« hinaus und jedenfalls in mancherlei Betracht »das nervöse Zeitalter des 19. Jahrhunderts« (A. Hüttler, Führerproklamation vom 4.9.34 zum

Tausendjährigen Reich; und wer wüßte es besser als er) ja noch keineswegs in allen Belangen hinter sich gelassen hat, nein, weißgott nicht.

»Das niedere Weltgesindel«, spekulierte Goethe am 25.1.1813 anläßlich des ihn bewegenden Todes von Wieland beim Spaziergang mit Falk, »dies niedere Weltgesindel«, so nimmt er laut Falk nach einer Pause und etwas beruhigter wieder das Wort, »pflegt sich über die Maßen breit zu machen; es ist ein wahres Monadenpack, womit wir in diesem Planetenwinkel zusammengeraten sind, und es möchte wenig Ehre von dieser Gesellschaft, wenn sie auf anderen Planeten davon hörten, für uns zu erwarten sein« (aus: Gespräche mit Goethe ohne die Gespräche mit Eckermann, in Auswahl herausgegeben von Flodoard Freiherr von Biedermann, Insel-Unseld Verlag, o. J.; Falk war satirischer Schriftsteller und lebte in Weimar dortmals als Privatpatient oder jedenfalls Privatgelehrter).

Ewiges Wahrwort des Olympiers, der dann auch rasch und innerlich aufgewühlt fortfährt, die »Persönlichkeit einer Weltmonas« in der Tradition Leibnizens auseinanderzulegen und dergestalt auf die Unsterblichkeit der Einzelmonaden zu pochen – was aber heißt das im Falle des heute 72jährigen Dr. Eduard Zwick? Nun, Diderots Bloch vorwegnehmende Idee und Intention, daß, wenn Gott schon noch nicht – noch nicht! – sei, er doch vielleicht noch werde, ja gewissermaßen sicherlich, nämlich notwendig noch werde, sie findet in Zwick ihren abermaligen Propheten und, darüber hinaus, ihre gestaltsymbolische Inkarnation, in der Entelechie nämlich eines Werdenden, eines durchaus in der Hegel-Marx-Blochschen Linie noch homunkuleisch Virtuellen und doch schon intentional, ja teleopathisch Fleischgewordenen. Denn schließlich kein anderer als Zwick war es doch, der seinerzeit die Sache in die Hand nahm, stellvertretend fürs Große Ganze den Wiederaufbau und baldigen Wirtschaftsaufschwung in die Hand nahm und mit preisgekrönt

beispielgebendem Walten tendenziell die Weltherrschaft an
sich riß. Wie Goethe, laut Dorothea Schlegel, Heide und
Christ zugleich, als Naturkundler Deist, als Thermalprakti-
ker Agnostiker und Pantheist zugleich, so öffneten für
Zwick sich weiteste Räume sowie die Pforten der Verhei-
ßung auch da noch, als er schon als Jugendlicher, hin- und
hergerissen zwischen rebellischer Anmaßung und im Verein
analog zu seiner maßlosen Anmutung, entdeckte, daß – und
wie! – sein Haupt doch voller Grind und Aussatz sei – und
er dennoch – dennoch! – seinem Anspruch auf eben diese
Weltherrschaft (Welterbe) keinen Aufschub und Abstand
beließ, sondern mit Anstand jenen sich aufzuerlegen weiterhin nicht anstand. Zwicks hoher Mut – er ließ ihn in den
Augen so mancher, und nicht nur Einheimischer, fast zum
Gesalbten, fast zum »Sohn Davids« (A. Toynbee, p. 680)
werden, im Sinne der soeben oben gestreiften Realitäts- und
(hopp!) Realitätenwerdung und allerdings in einer auch
schon wieder und fast wehmutvoll späteschatologischen
Dezentralisation des Reiches Gottes nach Niederbayern und
ins Inntal.

Zwicks Bad Füssinger Quellen – lassen Sie es uns ab-
schließend mit einem ehrfürchtigen und ehrfurchtgebieten-
den Wort von Prälat Heino Jaeger sagen –, diese Quellen
sprudelten und rauschten und quollen in einem fort »zum
Zeichen der Gnade«.

Und dies gilt heute noch für die Quellensysteme I–III mit
ihrer modernen Musikboxanlage – aber es gilt dies vorzüglich für Stoiber. Das kann auch Zwicks damaliger Haupt-
und Erstvertrauter, Baron Alexander Jegorowitsch Wrangel, genannt Weps, bestätigen und bestätigend abzeichnen.
Denn kein Geringerer als sage und staune Zwick selbst
– auch und selbst wenn unter seinen Verwandten und Hohen
Ahnen, wir gestehen es hier unschwer ein, leider auch vieler-
lei Futuristen, zelotenartige Quietisten und pharisäerar-
schige Pietisten mehr aus dem Stuttgarter Raum sich tum-

melten – war es ja doch, der da immer und zu jeder Zeit darauf insistierte, daß vorher die Duschen und Seife benutzt werden. Denn sicherlich, klar doch, handelte es sich bei Zwick primär um eine sekundär schrundige Schwundstufe des Schrumpfgermanen; schon; allein, Zwicks Angebot an die gebildete Menschheit (und diese betont bei der von uns gewählten Kapitelüberschrift »Epilogos« anstatt der vulgären Form »Epilog« wohlgemerkt im Sinne des älteren Griechischen die zweite, nicht die dritte Silbe), an ein zukünftiges und besser durchraßtes Menschentum war – und ist – auch im Sinne des Freudschen Kultur-Verzichts-Axioms – das eines großen Gönners, das eines eminenten Waisen oder doch Weisen und – nota Stoiber! – Weisheitslehrers: praktisch eines Patriarchen, ja eines heiligen Kirchenvaters in säkularisiert-profaniertem, freilich noch immer »bayerisch-barockem« (Alois Hönle, Regensburg) Raum und Großraum. Des präludierenden Vordenkers des postchiliastischen Bädergedankens wie auch des »nolensvolens« (Zwick) derart stracks vermehrten Zasters. Wobei die Dunkelziffer angeblich in Bad Füssing noch schneller als im nahen Bad Altötting genesenen Schwer- und Schwerstkranken noch heute. Eine angebliche »Strauß-Verfügung aus dem Grabe« (vgl. Dr. Anton Hornstein, Kaufbeuren, Leserbrief an die FAZ 6.4.94), nämlich betreffend Zwicks Steuerschulden und pfändbare Vermögenswerte, und geschehen zwei (!) Jahre nach Straußens Tod, also 1990, ändert daran wenigstens. Und an allem anderen im Kern gerade nichts. Das sähe, lebte er noch, gewiß auch ein Theologe wie Karl (»Fisch«) Rahner sicher weitaus ähnlich.

»Kein Wesen«, so ein letztes Mal ausholend Goethe, übrigens, wenn ihm seine karg bemessene Freizeit Zeit für dieses sein Hobby ließ, Zwicks Lieblingsschriftsteller, »kein Wesen kann zu nichts zerfallen« (1821). Nun, Goethe starb dann doch 1832, mit 83 Jahren – Zwick selber ist heute ja erst 72, und da hat er denn allen Anlaß, sich weiter und trotz der ziehend anginapectorisartigen Hämmer in der Brustgegend weiter und nochmals am Riemen zu reißen und u. E. noch einmal 28 stramme Jährchen zuzulegen, ein Vorbild nämlich sich zu nehmen an jenem berühmten Lebensphilosophen des Renaissancezeitalters, Luigi Cornaro, dem Verfasser des fast noch berühmteren Traktats »Vom mäßigen Leben«, der diesem Werk noch im 95. Jahre eine »Ermahnung« nachschickte und erst mehr als 100jährig 1565 zu Padua starb (J. Burckhardt, K.d.R.i.I., p. 309–12) – und wodurch wird man vor allem so steinalt? Genau, durch »fließendes Wasser« (a.a.O., p. 310), na, wer sagt's denn, wenn nicht zu seinem Heile Zwick der alte Cornaro.

Mit anderen Worten: »O liebes Vaterland, was bist du doch für ein Schmutzfink!!!« (Bäderkomponist P. Tschaikowski, loc. cit., 1. Sept. 1887). Und das eben muß schleunigst wieder anders werden, und auch dazu dient nichts so innig wie das – navigare necesse est – fließende oder auch ruhiggestellte, vor allem aber das füglich thermische Wasser aus der Quelle. All den feierlich Bewegten aber unter unseren treuen Lesern sei hier so dankesgekräftigt wie schicklich unverdrossen noch einmal kurz bekräftigt und bestätigt: Die Thermenquellen zu Bad Füssing, auch wenn der Vater im Tessin, auch wenn der Sohn in Kerkermauern sitzt, sie fließen nachmals weiterund wohl fernerhin. Zwicks allzeit hoher Mut wird zwiefach tauglich nämlich fruchtbar da, wo man schon dann und wann von einer Zwangsversteigerung des Zwick quick quakt. Nicht nur der ungar. Likörmagnet Péter Zwack weiß davon ein zwiefach Lied zu singen, träumt doch auch er, laut FAZ-Magazin Mai 1994, von der »Lösung des Problems gesellschaftlicher Ausschweifungen« durch die Bereitstellung gewärmter – Schwimmbassins!

Wir meinen: »Jeder bessere Gesetzgeber« (Heino Jaeger) kann ihm hier nur schleunigst folgen. Zumal Bad Füssing – und die Beherzigung dieses Gedankens sollte sich auch und gerade ein Dr. Stoiber mal zur Brust nehmen – genau 56 Grad Celsius mitbringt.

Warum, wieso, weshalb aber, um dieser prekären Frage zum Beschluß nicht ausweichen, warum um Gottes willen diese Biografie samt ihrer Familienchronik?

Über jeden Schwachkopf, notiert klagend Eckh. Henscheid in seiner berühmtberüchtigten Helmut Kohl-Biografie von 1985, schreibe heute irgendein anderer Schwachkopf irgendeine Biografie (a.a.O., p. 218). Gewiß. Und das ist gut so. Denn, um nochmals mit dem Herrn Jesus zu unken oder doch zu prunken: »Was ihr dem geringsten meiner Brüder getan habt, das habt ihr mir getan« (loc. iste). Eben. Und für Herrn Jesus und Gabi tun wir alles. Genau. Und doch, wie raunt der fernöstliche Weise, jener, dem der junge Zwick einstens ganz besonders nahe stand? »Das zugewiesene Leben vollenden«, raunt er, Tschuan-tse, und er empfiehlt weiter, »nicht inmitten des Weges zu vergehen, das ist die Fülle des Wissens« (Stoiber). Und des, merke wohl, auch Wassers. Des warm wallenden Wissenswassers. Gewißlich, zwar zwingen die geläufigen und in der philosophischen Kontinuität Ror Wolfs sehr schweinehundmäßigen, ja schlachtschüsselartigen Weltaborthausverhältnisse des im näheren Sinne Abendlands und insbesondere rund um diese ganze Zwick-Bagage heute, 1994 ff., nochmals zu verschärfter Wachsamkeit rund um die Uhr, zum Hans Küngschen »Projekt Weltethos« (H. Küng) zumal und insgesamt vor dem gesellschaftspolitisch schon mählich verschimmelnden, im Verschimmeln wie phosphoreszierenden Background von Otto von Wittelsbach korrigiere sofort: Otto Wiesheu (CSU) auch und erst ja recht und fast sogleich. Denn nämlich umgekehrt, versa vissy nur eins, eins nur mag, von den 56-Grad-Celsius-Zaubertemperaturen das Maul zu halten, vermutlich standhalten im diskursivdialektischen Branden unserer späten, unserer – für manche – ja schon polizeistundenmäßig allzu späten Zeit. Und was? Was genau? Genau das nämlich ist es. Nur eins Paroli ledig bietet: Zwicks enorme »Treue« (Präses Oaschloch).

Zwicks großer und »trefflicher Hund« (George Eliot, Die Mühle am Floss, p. 62) ist davon freilich gottlob weiter nicht tangiert.

Wie auf der anderen Seite der Ruhm, wie der Nimbus, wie die Popularität Zwicks samt der Seinen heute andererseits und wider den frühen Anschein sogar noch am Steigen und gar Klettern sind, das aber werde hier schon durch den unleugsamen Fakt beweiskräftig gemacht, daß doch de facto noch inmitten der Niederschrift dieser ehrenrettungsvollen Biografie in der Stadt Amberg, wie das bekannte Bestseller-traumehepaar sich vorgestern eigenäugig und doppelt versichert und abgesichert hat, im August 1994 in Bierzelten sog. »Zwickel-Abende« stattfinden (meint: 1 Bier für 2 Mark als Spitzenattraktion) und offenbar drauf und dran sind, in jenem sehr füssingnahen Landstrich sogar noch die bisher konkurrenzlosen Huzza-Abende in der Publikumsgunst einzu- und werweiß zu überholen. Daß Zwick dereinst auch post mortem im Volke fortzuleben und fortzuwirken – aere perennius – durchaus in der Lage sein sollte, dünkt uns deshalb innerlich so wohlbegründet wie von ehern tiefem Sinn. Nicht irgendeiner war Zwick noch auch einer. Sondern wahrlich einer. Die Welt wird seinesgleichen kaum mehr sehen.

Inhalt

STEPHEN FRY
IM HAFFMANS VERLAG

DER LÜGNER
Roman
Deutsch von Ulrich Blumenbach

»Es ist, als haben sich Julian Barnes und John Irving zusammengetan, um mit Hilfe der Monty-Python-Truppe den Leser in eine intelligente Spionagegeschichte zu entführen.« *Foyer*

»Fry schildert bestechend witzig den Konflikt der modernen Welt mit der klassisch-britischen Verzopftheit.« *Christian Seiler / Weltwoche*

»Aberwitziger und intelligenter kann ein Roman kaum sein! Das ist englischer Humor vom Feinsten: hochgebildete, fein-geschliffene Dialoge voll ätzendem Witz. Oscar Wilde ohne Art deco. Ein Meisterwerk!« *Wiener*

»Stephen Fry hat wirklich vor gar nichts Respekt.« *NDR*

DAS NILPFERD
Roman
Deutsch von Ulrich Blumenbach

»Hinreißend geschrieben und voll amüsanter Sottisen, grotesker Einfälle, knüppeldicker Sexualitäten, haarsträubender Albernheiten, raffinierter Anspielungen, grober Witze und geistreichem Witz.« *Georg Hensel / FAZ*

»Man muß nicht lesen. Man will. Und, bitte, ohne Unterbrechung.« *Handelsblatt*

»Ein hinreißend satirischer Rundumschlag auf die orientierungslosen 90er. Wunderbar!« *MAX*